青天を衝《つ》け

二

作　大森美香
ノベライズ　豊田美加

青天を衝け　二

目次

装丁　bookwall
帯写真撮影　ＮＨＫサービスセンター

第十一章　横浜焼き討ち計画

文久《ぶんきゅう》二（一八六二）年一月、夜明け前の熊谷《くまがや》の宿場に、息を切らして走る渋沢栄一《しぶさわえいいち》の姿があった。

まだ薄暗い中、一軒だけ明かりのついている宿がある。栄一の従兄《いとこ》・尾高長七郎《おだかちょうしちろう》の定宿の小松屋《こまつや》だ。

間に合ってくれ——栄一は足を速め、勢いよく宿の戸を開けた。

長七郎は上がりがまちに腰掛け、草鞋《わらじ》のひもを結んでいた。

「いた……」

栄一は中に転がり込むと、そのまま地べたに倒れ込んだ。

「栄一？　どうした？　なぜここに……」

長七郎は目をしばたたかせた。瞬時に刀に手をかけていたのはさすがである。

「お前こそ、どこに行く気だったんだ？」

旅姿の従兄を鋭く見る。

「やっぱり江戸《えど》に出る気だったのか？　村にも寄らずに」

「……兄に言えば、また止められるに決まっている。こんなときに、いつまでも上州《じょうしゅう》で安穏としておれるか」

「河野顕三《こうのけんぞう》が死んだ」

長七郎は息をのんだ。河野は江戸で知り合い、草莽《そうもう》の志士として共に攘夷《じょうい》を成し遂げようと誓った仲間のひとりだ。

「坂下門《さかしたもん》で老中《ろうじゅう》の安藤対馬守《あんどうつしまのかみ》（安藤信正《のぶまさ》）を襲ったが、護衛に斬られた。水戸《みと》の志士も皆、その場で……」

「死んだのか？　安藤一人討てずに……」

「あぁ。六人、皆討ち取られた。大橋訥庵《おおはしとつあん》先生も捕縛された」

茫然《ぼうぜん》とする長七郎に、栄一は言った。

「今、江戸は連座した者を探せと火のついたような騒ぎらしい。そんなときに、お前が足を踏み入れてみろ。命を捨てに行ぐようなもんだ」

「俺はもとより命など惜しくはない！　俺がいれば、たとえ死んでもこんなことには……」

「だからそれは無駄死にだと言ってんだ！」

「何だと!?」

カッとした長七郎が、栄一につかみかかる。栄一はされるがまま、静かに長七郎を見つめた。

「……分かってくれ、長七郎。生き残ったお前には、今生きてる俺たちには、河野に代わってなすべき定めがまだあるはずだ！」

栄一の言葉で頭が冷えたのだろう。長七郎は息を吐くと、つかんでいた手をほどいた。

「……河野」

再び上がりがまちに座り込み、頭をかきむしる。栄一も無念は同じだ。

宿の外で、ゆっくりと夜が明けていった。

夕方、栄一は疲れ果てて血《ち》洗島《あらいじま》村に帰ってきた。

じっとしていられなかったのだろう、父の市郎《いちろう》右《え》衛門《もん》と、長七郎の弟・平九郎《へいくろう》が家の外で待っていた。

「栄一さん！」

平九郎の大きな声が家の中まで聞こえたと見え、母のゑいと妹・てい、そしてもうすぐ臨月の妻の千代《ちよ》が大きなおなかを抱え、急ぎ足で庭に出てきた。

「栄一さん、兄は……」

「どうにか間に合って信州《しんしゅう》に逃がした。藍の商いで懇意にしている者のもとで、しばし世話になるよう話をつけたと、あにぃに知らせておいてくれ」

「よかった！　ありがとうございました」

平九郎は眉を開いた。兄の無事を知り、千代も安堵《あんど》の表情を浮かべている。

下《しも》手《て》計《ばか》村の尾高の家では、長兄の惇忠《じゅんちゅう》が誰よりも心配しているはずだ。平九郎は皆に辞儀《じぎ》をして、慌ただしく帰っていった。

「あ！　平九郎さん！　忘れ物！」

置きっぱなしの荷物に気付いたていが、慌てて追いかけていく。

「そうか……無事だったなら、何よりだ」

家の中に入りながら、市郎右衛門が言った。今日一日、気が気でなかったのだろう。

「はぁ、なかなか帰ってこねぇから心配したんだよ」

いつもの母の小言に、栄一はようやくホッとした。

「すまん。かっさま……」

力が抜けたように上がりがまちに座り込む。

「あ……今、お水を」

千代は、泥まみれの栄一の足を洗う水をくみに行った。

「でも逃がしたって……長七郎は何をしてるんだい？」

ふと気付いたように、ゑいが言う。栄一はどきりとした。

「なんで逃げてんだい？　何《なん》か危ねぇことでも……」

「さぁな、俺たちには関わりねぇことだい」

市郎右衛門が話を打ち切るように言い、土間で農具の手入れを始めた。

「そうかい？　栄一、あんた何か知ってるんじゃ……」

そのとき、桶《おけ》を抱えて戻ってきた千代が、「あ」と自分のおなかに手を当てた。

「まぁた蹴った。えらく元気な子で……」

「まことか！」

栄一は跳び上がって、ふっくらと丸い妻のおなかにそっと触れた。

「……おぉ！　まことだに！」

「あれまぁ。もう、お千代、水なんか私がくむから」

ゑいが千代の手から桶を奪い取る。

「そうだに。無理しちゃあなんねぇ。あぁ～、男か、女か、待ちきれねぇなぁ」

市郎右衛門の顔が緩んだ。待望の内孫である。

「あぁ、待ちきれねぇ」

千代の腹にもうすぐ誕生するわが子がいると思うと、栄一は何とも言えぬ幸せを感じるのだった。


そして、雪のちらつく二月――。

「生まれたか？」

「生まれたのか!?」

栄一と市郎右衛門が、競い合うように家の中に飛び込んできた。

産婆を手伝って片づけをしていたていが、にっこり笑う。

「あぁ！　生まれた。元気な子だ。男の子だい！」

「そうか、でかした！」市郎右衛門が歓声を上げる。

栄一はもどかしそうに草鞋を脱ぎ、汚れた手を着物でごしごし拭きながら奥に駆け込んでいった。

「あ、にいさま！　まだ入ったら……」

ていに止められたが、栄一はかまわず奥の間の襖《ふすま》を開けた。

「お千代！」

「お前様！」

消耗しているものの、千代の顔は母になった喜びに輝いている。

生まれたばかりの赤ん坊は、ゑいに抱っこされていた。

「はぁ、栄一、あんた勝手に入ってきたりして……」

男が出産の場に立ち入るものではないと、ゑいは顔をしかめた。

栄一はかまわずわが子に歩み寄った。赤い顔をして、ふにゃふにゃと小さな口を動かしている。

「……やったぞ、お千代。俺たちの子だ。俺たちの子だい！」

いとおしさが込み上げ、大喜びで抱き上げる。

「あぁ、そんな手つきで、危ねぇじゃねぇか」

追ってきた市郎右衛門が、ハラハラして言った。

「やったーッ」

はち切れそうな栄一の笑顔を見て、千代は幸せそうにほほえんだ。


子どもは「市太郎《いちたろう》」と名付けられ、二十三歳で父親となった栄一は、一層仕事に精を出すようになった。

「これで『中の家《なかんち》』も安泰だい。よく働き、よく儲《もう》け、いいお父《とっ》つぁんじゃねぇか」

中の家にやって来た「東の家《ひがしんち》」の当主・宗助《そうすけ》は、満足そうに目を細めた。村のまとめ役も務める宗助は、型破りの甥《おい》が心配の種だったのだ。

栄一は今も庭に出て、手作りの風車で市太郎をあやしている。

「えぇ、まことに……」千代もうれしそうだ。

「これもお千代と市太郎のおかげだい。これで攘夷とか何とかいうざれ言も吐かなくなるだんべぇ」

不安の種がなくなり、市郎右衛門は晴れ晴れとしている。

「ええ、そうです。そうですよ。あんなにかわいがって」

息子があれほど子煩悩だとは、ゑいも意外だった。

しかし、〝三つ子の魂百まで〟と言う。皆は、怒った牛より剛情《ごうじょう》な栄一の性分を忘れている。

深夜、蔵で一人、藍玉の売上金を確認している栄一の姿があった。子ができたからといって、男子たるもの一度立てた志を捨てるわけにはいかない。

人の気配がないのを確かめると、栄一は売上金の一部を、そっと懐に押し込んだ。


江戸幕府にも、大きな動きがあった。

安政《あんせい》六（一八五九）年に謹慎処分を下されていた一橋《ひとつばし》家当主・徳川慶喜《とくがわよしのぶ》が、将軍後見職《しょうぐんこうけんしょく》という立派な役職を与えられて幕府に戻ることになったのである。

この春、薩摩《さつま》藩の国父《こくふ》・島津久光《しまづひさみつ》が最新鋭の武器と兵を率いて上洛《じょうらく》し、時の孝明《こうめい》天皇を取り込み、「若い将軍には慶喜のような英邁《えいまい》な後見人が必要だ」と強硬に主張したためだ。

「このたびの御就任、誠におめでとうございます」

一橋家の大広間で、養祖母である徳信院《とくしんいん》はじめ、正室の美賀君《みかぎみ》、家中《かちゅう》の者たちが慶喜を祝った。

「いいえ。長きにわたり、徳信院様が当主としてこの一橋家を取りまとめてくださったこと、誠にありがたく存じます」

「いいえ、きっと戻られると信じておりました。きっと水戸の御父上も、天でお喜びのことでございましょう」

慶喜はうなずき、家臣一同に言った。

「これより天下の政に関わる身と相成った。皆の者も御公儀《ごこうぎ》の方針に意見あれば、身分の上下にこだわらず進んで提言せよ。私もこの三年を忘れず、おごり高ぶる心には十分に気をつけ、精進する所存である」

側用人《そばようにん》の中根《なかね》長十郎《ちょうじゅうろう》を筆頭に皆、感激の面持ちで平伏した。こらえきれずに涙ぐんでいる者もいる。

慶喜はふと、視線をさまよわせた。主君の復活をいちばん喜んでくれたであろう、そこにいるはずのない家臣の姿を捜していた。

数日後、慶喜は薩摩藩邸の島津久光のもとを訪れた。隠居していた、越前《えちぜん》国福井《ふくい》藩主の松平慶永《まつだいらよしなが》もいる。

「この私が再び御公儀の政に関わることになるとは……これもすべて、島津殿のおかげ」

慶永は政事総裁職《せいじそうさいしょく》という新しい役職に就任し、このころには松平春嶽《しゅんがく》と名乗っていた。

「うんにゃ、そもそもお二人《ふたい》は、四年前に要職に就かれるべきでごわした。こいでようやく死んだ兄（島津斉彬《なりあきら》）や水戸烈公《れっこう》（徳川斉昭《なりあき》）の無念も晴れもんそ」

久光は饒舌《じょうぜつ》に語るが、慶喜は無言だ。その顔には笑みもない。

「そして一橋様、こん先はわれらで力を合わせ御公儀を動かし、一刻も早《は》よ攘夷を行いもんそ」

そうじゃ、と春嶽が大きくうなずく。

「公方様《くぼう》（徳川家茂《いえもち》）が、義兄《あに》となられた天子様に今までの無礼を詫《わ》び、御叡慮《ごえいりょ》に従い攘夷を決行すれば、御公儀と朝廷との関わりは必ずや深まることになる。そのためにも、まずは公方様を京に……」

「『攘夷攘夷』とおっしゃるが」たまりかねたように、慶喜が春嶽の話を遮った。

「あなた方は、攘夷が可能だと本気で思われているのか？」

慶喜の口から思いもよらぬ言葉が出てきて、久光はきょとんとした。

「ないをおっしゃる。攘夷は水戸の烈公が……」

「われわれの謹慎中、すでにメリケン（米国）のみならず、エゲレス（英国）、フランス、ヲロシャ（ロシア）、オランダ、プロイセン（ドイツ）と条約が結ばれた。異国同士の交易が盛んになった今、もうわが国のみ鎖国などできようはずがありますまい」

慶喜は理路整然と述べた。

「攘夷など、もはや詭弁《きべん》。父が『攘夷攘夷』と申したのも、ひとえに国が辱められるのを恐れたためだ。いまだ兵備《へいび》とて足りず、異国に攻められればひとたまりもない。それを知りながらあなたは、若い将軍が天子様に頭を下げさえすればすべてが丸く収まるだろうと、その場逃れの空虚な妄想をしているだけではございませぬか」

舌鋒《ぜっぽう》鋭く詰め寄る。春嶽も久光も、あっけにとられるばかりだ。

この様子を、襖の隙間からひそかにのぞいていた者がいた。

「あいが一橋……あん男は危なか」

久光の信を得て小納戸役《こなんどやく》に抜擢《ばってき》された、薩摩藩士の大久保一蔵《おおくぼいちぞう》である。

「お待ちくだされ、一橋様！」

廊下を帰っていく慶喜を、春嶽が追ってきた。しかし、慶喜は説得に耳を貸す気はない。

「われわれの謹慎中に変わったことが、もう一つある。それは、御公儀の力が驚くほど衰えたことです」

「だからこそ、われわれが戻されたのです」

「いや、四年前ならともかく、今やわれわれは城内で全く喜ばれておらぬ」

去る七月六日、江戸城の御座《ござ》の間で、第十四代将軍・徳川家茂より後見職を拝命したときのことだ。慶喜は、自分に向けられた幕閣《ばっかく》たちの冷ややかな視線に気付いた。

この任命は、そもそも幕府が望んで決めた人事ではない。かつて家茂と将軍後継ぎを争った慶喜が後見人になるのはもめ事の元だと、むしろ難色を示していたのである。

「そもそも薩摩のような外様《とざま》の後ろ盾でわれらが表舞台に戻ったこと自体、御公儀の衰えを物語っているとは思いませぬか」

「そんな……」

慶喜を愛してやまない春嶽は、傷ついたように胸を押さえた。


「将軍後見職も飾り物であった」

一橋家に戻った慶喜は、吐き出すように美賀君に言った。

「では、水戸の御父上のお望みに近づいたわけでは、あらしゃりませんのですか？」

「ああ。薩摩は、私や越前殿を自らの覇権のために利用しようとたくらんでいるのみ。公儀も、わが名を朝廷の御機嫌取りに都合よく使おうとしている……頭が痛い」

美賀君はかすかに眉をひそめた。あまり感情を表に出さないが、心中では夫を心配しているのだ。

慶喜の脳裏に父・徳川斉昭の言葉がよみがえる。

——そなたには人の上に立つ器量がある。いずれはこの父よりさらに多くの者の上に立ち、その命運を担うことになるかもしれぬ。

「父上……あなたの目は、どうやら節穴ですぞ」

憂鬱なため息とともに、慶喜はひとりごちた。


生後半年を過ぎた市太郎はまるまると太り、よく笑うようになった。

わが子とは、これほどかわいいものか。仕事であちこち出かけるたびに栄一が市太郎に土産を買ってくるので、ていに親ばかぶりをからかわれるほどだ。

この日、藍葉の買い付けから帰ってきた栄一は、家の様子がいつもと違うことに気付いた。

ふだんは誰かしら働いている広い庭はがらんとしていて、玄関先や土蔵もひっそりとしている。

怪訝《けげん》に思っていると、作男《さくおとこ》の利吉《りきち》と女中のうめが、慌ただしく水を運んできた。

「どうした、利吉さん。なんで誰もいねぇんだい？」

「栄一さん。それがみんな麻疹《はしか》にかかっちまって……」

「若奥さんも……」

栄一は土産のでんでん太鼓を手にしたまま、はじかれたように家の中に飛び込んだ。

このころ、再び流行《はや》りだした致死率の高いコレラに加え、北関東一帯で麻疹が大流行していた。

当時、「疱瘡《ほうそう》（天然痘）は見目定め、麻疹は命定め」——あばたが残る天然痘は器量が悪くなり、麻疹は命を危険にさらすということわざがあるほど、麻疹は恐ろしい伝染病だった。

「千代！　お千代、大丈夫か？」

千代は、夫婦の部屋で床に伏せっていた。

「お前様……」

起き上がろうとする千代を、看病していたゑいが止める。

「お義母《かあ》様、市太郎は……」

「いいから。いいから今は自分の体のことを考えて」

「かっさま、市太郎は……」

栄一の胸を不安がかすめたとき、座敷に続く戸が開いた。ていだ。涙を浮かべ、首を横に振る。

「そんな……そんな、あぁ……」千代が泣き崩れた。

「嘘《うそ》だ……嘘だ！」

ていを押しのけるようにして、座敷に駆け込む。

布団に寝かされた市太郎は、顔にぽつぽつとある発疹を除けば、いつもと変わらず健やかに眠っているように見えた。栄一の手から、でんでん太鼓が音を立てて落ちる。

幼い息子の亡骸《なきがら》を抱き、声を殺して泣く栄一を、市郎右衛門が戸の隙間から痛ましそうに見守っていた。


市太郎は、村の外れの小さな墓に埋葬された。

「あんなに元気な子だったのに……」

手を合わせて嗚咽《おえつ》する千代の肩に、ゑいがそっと手を置く。

「あんたが悪いんじゃねぇよ。誰《だあれ》も悪くねぇ。どんな偉いお殿様だって、何十人と子を作ってちゃんと育つのはほんの一握りだと」

生まれた子どものうち、半分が育てばいいとされていた時代だ。

「私も栄一の前に二人亡くした。一人は生まれてすぐに、もう一人は市太郎と同じ、一歳《ひとつ》になる前に病で逝っちまった。栄一が三歳《みっつ》になるまで生きてくれたときは……本当にありがたくてねぇ」

短い間でも同じ母親となった千代には、ゑいの気持ちが痛いほど分かる。

「さぁ、行ぐべぇ。市太郎の分も精いっぱい生きねぇと。こういうときは忙しいんが救いだ」

「へぇ」

墓前には、栄一が買ってきた、でんでん太鼓が供えてあった。

この夏、関東では、コレラと麻疹で二十万人もの人々が亡くなったという。

年が明けた文久三（一八六三）年、京では過激な志士が「天誅《てんちゅう》」と称し、和宮降嫁《かずのみやこうか》に力を貸した者や、開国に賛成する者に危害を加えるという事件が頻発した。

公卿用人《くぎょうようにん》の賀川肇《かがわはじめ》も被害者の一人で、その首は東本願寺《ひがしほんがんじ》の太鼓楼《たいころう》にさらされた。首のそばには封書が貼り付けてあり、その内容は、『攘夷の血祭《ちまつり》、お祝いのしるしとしてこの首を御覧に入れる』というものだった。

「『一橋殿へ御披露いただきたい』と……」中根が報告する。

攘夷実行について朝廷と協議するため、慶喜は上洛する将軍に先駆けて一月に入京し、東本願寺に滞在していた。

「……なんと。京がここまで物騒なところだったとは」

「心配御無用！」

意気盛んに入ってきたのは、水戸藩家老《かろう》の武田耕雲斎《たけだこううんさい》と水戸の藩士たちだ。

「一橋様が御叡慮に従い攘夷を御決意されたところに、一番首の一番手柄が転がり込むとは、実に幸先《さいさき》のよい滑り出し。攘夷決行がかなうという吉兆でございましょう！」

藩士たちが「そのとおり！」「吉兆なり！」と口々に盛り立てる。

「……はぁ、耕雲斎殿。一橋家は兵を持たぬゆえ、水戸から護衛に来てくれたことはありがたいかぎり」

耕雲斎らの張り切りぶりに少々けおされつつ、中根が礼を述べる。

だが慶喜は、「攘夷の血祭」「一橋殿へ」の文字に目を落とし、ひそかに憂色を浮かべていた。


二月十一日の夜、寺の客間に、朝廷からの勅使である八名の公家がずらりと顔をそろえた。

相対するのは、慶喜と春嶽である。

「公儀は、今もって攘夷を行う様子がうかがえません」

京の攘夷運動の先頭に立っているのは長州《ちょうしゅう》藩の浪士と、彼らに担がれた、この三条実美《さんじょうさねとみ》だ。

「天子様の御叡慮は一日も早い攘夷の決行でござります。いつ、何日に攘夷を行うか、今すぐ期限をお決めくだされ。そうでなければ、京の浪士は今にも暴発します」

「浪士の暴発など恐れませぬ。すでに京には守護職《しゅごしょく》も所司代《しょしだい》も、私もおりますゆえ」

冷静に答える慶喜に、三条は「何？」と目をつり上げた。春嶽が慶喜に続く。

「それに、攘夷決行は口で言うほどたやすいことではない。まずは公武の融和で天下の人心をまとめるべきです」

広い額に青筋を立てて、三条が立ち上がった。

「こら勅命じゃ！　私らは天子様の勅命で来てるんです。今すぐや。今すぐ攘夷の期日を決めなされ！」

「もう、めちゃくちゃだ。エゲレスは軍艦を率いて『攘夷事件の賠償金を支払え』と脅してくる。そんな中、朝廷は『早く攘夷をせよ』とのたまう。攘夷、攘夷、攘夷……」

慶喜は部屋をうろうろ歩きながら、耕雲斎に愚痴をこぼした。

「攘夷など詭弁だと、なぜ分からぬ！　私には天子様が、今、日本に起こっていることのすべてをお分かりのうえで『攘夷』と仰せられているとは、決して思えぬ」

そのとき、廊下でカタリと物音がした。とっさに耕雲斎が刀に手をやり、「誰じゃ！」と片膝を立てる。

「誠にそのとおり！」

廊下から、朗々とした男の声が聞こえてきた。

「日の本《ひのもと》は今、外は『異国』、内は『攘夷』に攻められ、自分で自分の首を絞めておるも同じだ」

戸ごと斬りつけようとした耕雲斎を、慶喜は「待て！」と制し、歩み寄って自ら戸を開いた。

「こんなときに将軍後見職御就任とは、なんという貧乏くじ」

男の顔を見た慶喜は、子どものように破顔した。

「円四郎《えんしろう》！」

慶喜の側近だった、平岡《ひらおか》円四郎である。

「ハハハッ、殿、少しお痩せになりましたな。なぜそんな御役目をお受けになられた？」

「あぁ、幾度となく辞めたいと申したが、『辞退は天子様の勅旨《ちょくし》を汚《けが》すことになる』と言われてしまった」

「水戸育ちのあなた様は天子様に弱い。そしてあっちはあなた様に弱い」

円四郎は苦笑し、改めて膝を正した。

「御勘定所《ごかんじょうしょ》に出仕《しゅっし》の命を受けましたが、どうしても一橋家に戻りたいと頼み込み、このたび……」

いったん言葉を切り、慶喜に平伏した。

「殿のおそばに戻れることと、相成りましてございます」

「おぉ、円四郎殿。これは頼もしぃ！」耕雲斎が膝をたたく。

「そうか……そうか、よかった」

慶喜の目には、隠しきれない喜色が浮かんでいた。


京に攘夷の嵐が吹き荒れる中、江戸に近い武蔵《むさし》国では、尾高惇忠のもと、栄一と、従兄の渋沢喜作《きさく》が道場に集まり、密談を交わしていた。

「目的は、攘夷遂行と封建打破！　栄一の言うとおり、幕府が腐ったのは封建制の弊害だ。幕府を根本から正し、国を一家のように、家が国、国が家であるようにして初めて攘夷が成る」

もう絵に描いた餅ではない。栄一はごくりと唾を飲み込んだ。

「そのためには、天下の耳目を驚かす大騒動を起こし、世間を目覚めさせなくてはならねぇ。そこで、俺は考えた。異人の商館がある横浜《よこはま》を焼き討ちにする」

「焼き討ち？」

驚く二人に、惇忠は語った。横浜の異人の居留地を、異人ごとすべて焼き払う。惇忠たちが旗揚げすれば、それを見て多くの志士がはせ参じるだろう。さすれば、その勢いはますます強大になり、天下の大勢を一変させるに違いない――と。

「……そうか。一方、横浜を襲えば異国だって黙って見ているわけがねぇ。異国は幕府を責め、幕府はそれを到底支えきれず転覆する」

栄一は納得した。一見、衝動的に思えたが、惇忠の計画は深謀遠慮した結果だ。

「……幕府が転覆する？」

話を聞きたくて我慢できなかったらしく、外で見張りをしていた平九郎が道場に入ってきた。

惇忠は弟にうなずき、続けた。

「幕府が転覆した暁には、いよいよ天晴《あっぱれ》忠臣のわれらが天子様を戴《いただ》き、王道をもって天下を治める」

「俺たちが……天下を治める？」

ぽかんとしている喜作の背中を、栄一は力いっぱいたたいた。

「おぉ、そうだい、喜作！　俺たちは命を懸け、国のために一矢報いることができりゃあそれでよい。それで十分だ。しかし、もしこのはかりごとがかなった暁には、どうせなら俺は、いつかこの日の本の政を動かしてみてぇ。俺たちなら、きっといい国にしてみせる。そうは思わねぇか？」

豪語する栄一に、惇忠はほほえんだ。

「あぁ、天下は無謀でも、攘夷の志を果たす口火となろう」

「……うむ。よぉし、やってやんべぇ！」喜作が前のめりになって腕をさする。

「頭取はあにぃだ。俺たちが参謀となり、はかりごとを立てんべぇ」

喜作にうなずくと、惇忠はすぐに長七郎に文を送ると言った。

「長七郎は、すでに信州から日本中の志士が集まる京に移り、天下の形勢を探っている」

「あぁ、この計画には長七郎がぜひとも必要だ」

あのとき長七郎の江戸行きを阻止できてよかったと、栄一はつくづく思った。

「俺たちは、この北武蔵から攘夷を決行する！」

惇忠が宣言する。男たちの血は、いやおうなくたぎった。


「江戸に、行かせてほしい」

数日後、栄一は両親に頭を下げた。当然、ゑいは渋い顔をした。

「市太郎の一周忌も終わらねぇうちに、そんなこと……」

「喜作と、一昨年の旅は誠にためになったと話してたんだ。今度は、ひと月と言わずもう少し……」

「あぁ、もううんざりだい！」

市郎右衛門は立ち上がり、「勝手にしろ」と言い捨てて座敷を出ていった。

市太郎の死後、しばらく英気がなかった栄一を夫婦ともども心配していたが、まさかまだ攘夷の熱が冷めていなかったとは夢にも思わない。

だが栄一の覚悟は、すでに固まっている。中庭で仕事をしながら千代を説得にかかる。

「公方様も上洛し、今、江戸は攘夷の気運がこれまでになく高まってるという。きっと多くのことが学べる」

千代に対して少々言い訳がましくなるのは、やはり後ろめたさがあるからだ。

栄一の邪魔はしたくない――言おうか言うまいか千代は逡巡《しゅんじゅん》したが、おなかに手を当て存在を感ずれば、母親として伏せてはおけなかった。

「お前様。お子を、授かりました」

「……まことか？」

「無事に育てば、きっと秋には生まれます。ひょっとしたら、市太郎の生まれ変わりかもしれねぇ」

わが子への愛情が込み上げ、栄一は思わず千代に歩み寄った。千代のおなかに伸ばそうとした手が、しかし途中で止まる。

もはや後戻りはできない。栄一は何も言うことができず、千代を残して立ち去った。

人のいない藍寝せ部屋に呼び出して栄一が計画を話すと、作男の伝蔵《でんぞう》は目を輝かせた。

「よぉし！　俺っちにもやらしてくれ！」

「命を捨てる覚悟なんだい。本当にいいのか」

「当《あっ》たり前《めぇ》だで。親戚連中にも声かけてみんべぇ」

「シーッ。お前は声がでっけーんだ」

栄一たちはふだんどおりの生活をしながらも、その日から秘密裏に準備を始めた。

喜作もまた、昼間は畑で一生懸命働いた。そんな夫を、よしがいぶかしそうにじっと見る。

「なんだ？　真面目に励んでるだんべぇ」

「お前様が真面目に励んでるから心配なんだがね」

「何だい、そりゃあ」

惇忠の規律が厳しいこともあり、計画は栄一たちが暮らす岡部《おかべ》藩はおろか、親兄弟にもばれることはなかった。

やがて八月になり、惇忠の部屋に、栄一と喜作、そして伝蔵が集まった。

「まずは、上野《こうずけ》の高崎《たかさき》城を乗っ取る」

惇忠が、地図を広げて言う。「高崎城？」と首をかしげる伝蔵に、栄一が説明する。

「岡部の陣屋《じんや》では小さすぎるからな。ここから七里《り》（約二十八キロメートル）の松平右京亮《うきょうのすけ》八万二千石の高崎城を夜襲し、城内を制圧して武器弾薬を奪い、そこを本拠地に決起するんだ」

「そんでも、どうやって？」

「『八犬伝《はっけんでん》』を思い出せ」今度は、喜作が答える。

「里見義実《さとみよしざね》は安房《あわ》の滝田《たきだ》の城を取るときに、まず百姓にちょうちんを持たせ、『お願いがござります』と訴えさせた。そして門番に城門を開かせたところで一気に乱入！　城を乗っ取るんだ」

後を栄一が引き受け、地図を指しながら伝蔵に話す。

「城を奪ったら、幕吏《ばくり》の守りがいちばん手薄な鎌倉《かまくら》街道を横浜へ向け、一気に進撃する。そして横浜を焼き払い、夷狄《いてき》を討つ！　向こうには最新の兵器があるだんべぇが、俺たちには大和《やまと》魂で鍛えた刀がある。斬って斬って斬りまくるんだ！」

鼻息の荒い栄一の手綱を締めるように、惇忠が言った。

「肝心なのは焼き討ちだ。横浜をとことん燃やすには、火の早く回る時節でなければならねぇ」

「ということは、冬か」と伝蔵。

惇忠によって、決行は今年の冬至の日の、十一月十二日と決まった。

「十一月十二日は一陽来復《いちようらいふく》の絶好の日和だ。赤城《あかぎ》おろしで一気に横浜を焼き尽くすべー」

喜作が奮い立つ。

「横浜で勢いがつけば、さらに関東一円にその趣意を宣伝し仲間を集める。しかし……もとより甘いはかりごとではない。言うはやすくても、行うのは至難の業だ」

さすがに惇忠は冷静で、楽観はしない。

「だが一死の覚悟をもってすれば、きっと爪痕を残せる」

栄一のまなざしの強さに応えるように、惇忠も喜作も伝蔵も、しっかりとうなずいた。

そのとき、部屋の外で人の気配がした。誰かに聞かれたか——惇忠が慌てて戸を開ける。

「……平九郎！」

せっぱ詰まった顔の平九郎が、がばっと手をついた。

「頼む、あにぃ。俺にもやらせてくれ！」

「だめだ。お前はまだ若い。それに幕府に異を唱え兵を挙げれば、俺たちは二度ともうこの地には戻れねぇ。お前には、俺がいなくなったあとのこの家を頼みたいんだ。平九郎、どうか頼む」

尊敬する兄に頭を下げられれば、無念でも首を縦に振るしかない。

「……はい」

そんな二人のやり取りを見て、喜作が栄一に言う。

「俺たちも、家のことを考えねばな」

「うむ……」

これが、唯一の男子の跡取りである栄一にとって、一番の難題であった。


そのころ、日本は大きく動き始めていた。

幕府が朝廷に返答した攘夷の期限当日、長州藩の志士たちが、馬関《ばかん》海峡（関門《かんもん》海峡）に停泊中のアメリカ船を砲撃、後日にはフランス艦、オランダ艦を次々に砲撃した。その結果、近代的な兵器を備えた各国からの反撃に遭い、壊滅的な打撃を受ける。

またイギリス艦隊は、武蔵国生麦《なまむぎ》村でイギリス人を殺傷（「生麦事件」）した薩摩藩に進軍し、世に言う「薩英《さつえい》戦争」が勃発。この事件によって、薩摩藩もまた、攘夷が無謀であることを思い知った。

こうした中、三条実美ら過激な尊攘《そんじょう》派の公家や、長州・土佐《とさ》の志士を京都《きょうと》から追放するクーデター（「八月十八日の政変」）も起こった。

各地で尊王攘夷運動の火が消えていく中、栄一と喜作は、再び江戸に出て準備を進めていた。

「ご主人、刀を買いてぇ。まずは六十か七十振り」

武具商を訪れた二人を、店主の梅田慎之介《うめだしんのすけ》が、頭のてっぺんから足の先までじろじろと見る。

「はぁ？　お前《めえ》さんたちは百姓じゃないか。どんな訳があって刀なんぞ……」

梅田の話を遮るように、栄一が懐からどさりと金を出した。藍玉の売上金から、少しずつためておいたものだ。

「日の本はお武家様だけのもんじゃねぇ。俺たちにも志はあります」

「何だい？　志って」

「今、すっかりよどんで、沈みかけちまってるこの国に一石を投じることです。この国をよみがえらせることです！」

正面きって言い放つ栄一に、梅田はのまれたように黙り込んだ。

「どうか、よろしくお願いします！」

喜作が深々と頭を下げる。栄一も続いた。

「……お前さんたち……」

二人の心意気が、梅田を動かした。

「よっし！　分かりました！　任せてもらいましょ！」

店の奥から、どんどん刀を出してくる。二人も慌てて手を貸す。

「ふっ、近頃じゃ威張りくさった貧乏な侍が、金も払わないで俺たち商人にたかってきやがる。それに比べたら、お前さんたちのほうが、よほど気持ちがいい！」

栄一と喜作は、刀を詰めた木箱を大八車に載せ、江戸の河岸まで運んだ。中瀬《なかぜ》河岸では、平九郎と伝蔵が、大八車を用意して待っている手はずだ。

二人が木箱を船に積み込んでいると、役人たちがやって来た。

「おい、荷をあらためるぞ。荷の中を全部見せろ」

栄一と喜作は、ひやりとして顔を見合わせた。

役人が問答無用で木箱を開く。中には、植木がぎっしり詰まっていた。

「……よし」

無事に役人の目を逃れた二人は、そっと胸をなで下ろした。植木をいくつか取り除けば、ずらりと並んだ刀身が見えたはずだ。

尾高家の土蔵には、すでに多くの槍《やり》や刀、着込みやちょうちんなどが集められていた。


その夜、大仕事を終えた栄一と喜作は、真田範之助《さなだはんのすけ》らと料理茶屋で一献を傾けた。

「皆、腕の立つ、必ず勝てる連中ばかりだ」

範之助が紹介する。千葉《ちば》道場からは佐藤継助《さとうつぎすけ》、竹内練太郎《たけうちれんたろう》、横川勇太郎《よこかわゆうたろう》、下谷《したや》の海保《かいほ》塾生の中村《なかむら》三平《さんぺい》など、栄一たちの呼びかけに賛同する者が集まっていた。

「ありがてぇ。郷里のほうでも、俺たちの親類や、信頼できる筋から気力ある男たちが続々と集まっておる」

喜作が言った。しかし、と中村が声を潜める。

「幕府の犬がどこで見張っておるか分からぬ。気をつけぬと目をつけられるやもしれぬぞ」

「え……」栄一は箸を持つ手を止めた。

そこへ、「おぬしら、見ねぇ顔だな」と身なりのよい若い武士が、仲間を連れ歩み寄ってきた。

目元が赤い。少し酔っている様子で、栄一たちの酒や料理を見やる。

「……ふーん。羽振りはいいようだ。悪いが金を貸してくれ。もう飲む金が足りぬのだ」

「は？　金？」

初対面の人間にいきなり金をたかるとは——顔をしかめる栄一に、範之助が言った。

「栄一、喜作。こちらは、水戸の藤田小四郎《ふじたこしろう》様だ」

「水戸の藤田とは……」

「え？　まさか……」

二人にとっては、将軍様の名前よりも骨身にしみこんでいる響きだ。

「あぁ、水戸の藤田東湖《とうこ》先生の御子息よ」

「なんと！　おぉ！　俺たちは小せぇ頃から東湖先生の御本を読んで育ったんだい！」

「そうよ。たまげたのう！　あにぃに知らせてやりてぇやい」

栄一と喜作は、小躍りせんばかりに喜び合った。

そんな二人に、小四郎が見下すような視線をくれる。

「ふん。おぬしらのような田舎者までが本を読んでおったとは、死んだ父も驚くであろうのう」

「は？　ばかにすんな。俺たちとて本ぐれぇ……」

喜作が言い返したが、小四郎は取り澄ました顔で、

「今どきは百姓でも字が読めるのか。ハハ。まぁ、よい。共に飲もうではないか」

なれなれしく席に着き、勝手に酒を飲もうとする。

これが尊敬する東湖先生の息子だとは——栄一は久しぶりに胸がムベムベしてきた。

「待て。おぬしに飲ませる酒などねぇ！」

栄一は、小四郎の手から徳利《とっくり》を取り上げた。

「おい、渋沢！」

範之助は青ざめたが、こうなったら栄一の口は止められない。

「俺たちは水戸の烈公や東湖先生の教えを学び、百姓だてらに『今が国の一大事だ』と、『日の本はこのままじゃいけねぇ』と身を捨てて立ち上がろうとしてんだい！　それを何だ？　代々勤王を唱え、大義名分の明らかなる水戸の武士ともあろう者が世を正そうともせず、こんなところでただ酒を飲んで何をしておる！」

百姓に喝破された小四郎は表情を変え、一言もなく唇をかんでいる。

「しかも、おぬしはあの東湖先生の御子《おこ》じゃねぇか！　今のおぬしのこの姿を見たら、先生はどう思う？　地震で無念にも亡くなった御父上に恥ずかしいと思わねぇのか！」

「栄一！　相手はお武家様だぞ。言い過ぎだい」さすがに喜作が止めた。

小四郎はしばし無言でいたが、不意に目頭を押さえた。亡くなった父のこと、父の亡骸に取りすがって名を呼ぶ斉昭の姿が思い出されたのだ。

水戸の仲間たちも肩を落とし、中には涙を流している者もいる。

「え？」栄一は慌てた。

「あ……いや、すまねぇ。俺たちはその、水戸を、なっから慕っているもんだから、つい……」

「いや……おぬしの言うとおりだ」

涙をのみ込むと、小四郎は酔いのさめた、真剣な目で栄一を見た。

「でもな、俺たちとて烈公を失い、仲間も殺され、決してこのままでよいとは思っておらぬ。水戸の血を引く一橋様が政に返り咲いた今が好機と、策を練っておる」

「そうだ」「そのとおり」と仲間たちが応じる。

「今に見てろ。俺は、父を超える大義をなしてみせる！」

「おう、頼もしい！　そうだ、その意気だい！」

それでこそ藤田東湖の血を受け継ぐ者だ。栄一は晴れやかに笑った。

「よぉし、飲んべぇ！　今日は俺たちがごっつぉーしてやらい」喜作が胸をたたく。

「おぉ、さすが渋沢だ」と範之助。

「ありがたい……大いに飲もう！」

小四郎たちも座に加わり、楽しく酒を酌み交わす。

栄一たちからやや離れた席に、その様子をうかがっている目つきの鋭い青年武士がいた。


八月二十四日、江戸から戻った栄一と喜作は、早速惇忠のもとにはせ参じた。

「小四郎様とは、もし互いに大義を果たし、かつ命があったなら……また共に酒を酌もうと契りを交わした」

栄一より一歳年下の小四郎は才気煥発《さいきかんぱつ》で、話すうちに身分の壁を越えてすっかり意気投合した。

「そうか。東湖先生の御子息に会えたとは心強い」

「それに栄一の出過ぎる口もたまには役に立って、思いもかけず仲間がもう六十名も集まった」

喜作が報告すると、惇忠は満足そうにうなずいた。栄一が言う。

「しかし、こうなると武器が足りねぇ。秋までにもう一度、江戸に出て買い集めてくんべぇ」

もはや愛想を尽かしたのか、市郎右衛門は栄一のすることに何も口出ししなくなった。

そこに「にいさま〜」と声がして、ていが道場に駆け込んできた。

「にいさま、早く！　お千代さんが……」

急に産気づいたという。栄一は、おっとり刀で家までの道を一気に駆けた。

「お千代！　お千代！」

息を切らして座敷に入っていく。

「お前様……」

ぐったりした様子の千代が、ゑいに汗を拭いてもらっていた。

「旦那さん、見てみぃ、今度は女の子だで」

産婆の腕の中で、布にくるまれた小さな赤ん坊が、元気な声で泣いている。

「まぁまぁ、なんてかわいらしいことだんべねぇ」

ゑいが相好を崩す。へぇ、と千代も目を細めた。

「……そうか。おなごか……」

作り笑いを浮かべたものの、栄一は、子の顔も見ずに座敷を出ていった。

「ちょっと、どこ行ぐんだい、栄一」

庭に出た栄一は、小さく息をついた。栄一には、自分の態度に傷ついたであろう、産後すぐの妻を思いやる余裕がなかった。

ゑいが栄一を追ってきて、困惑と非難の入り交じった声で言った。

「なぁ、栄一。あんた一体、何すべーと思ってるんだい？」

胸をぐっとつかむと、栄一は歩きだした。一度も家を振り返らなかった。

挙兵の実行予定日までふた月となり、栄一と喜作は再び江戸に来ていた。

梅田慎之介の武具商で、買った武器を運ぼうとしていたときだ。

「……おい」

役人たちがこちらを見ていることに、喜作が気付いた。栄一は小さくうなずき、知らん顔で立ち去ろうとした。すると、役人たちが足早に近づいてくる。

――まずい。二人は武器を置き、猛烈な勢いで駆け出した。「待て！」と役人たちが追ってくる。

栄一が喜作に目くばせし、阿吽《あうん》の呼吸で二手に分かれる。

うっかり路地に入った栄一は、逃げ道がなくなって立ち止まった。背後で追っ手の声がする。役人たちも二手に分かれたようだ。引き返したら、鉢合わせしてしまうだろう。

進退窮まって動けずにいたそのとき、誰かにいきなり腕をつかまれた。すぐ脇のボロ家に力ずくで引っ張り込まれる。

「どこだ？　どこに逃げた⁉」

栄一を捜す役人の声が、徐々に遠ざかっていった。

窮地を救ってくれたのは、年の頃は栄一とそう変わらぬ、目つきの鋭い青年武士である。

「何だ、今のは……」栄一は、肩で息をしながらつぶやいた。

「おいっ、ありゃあ、お前《めえ》、町を取り締まってる同心《どうしん》だぜ」

振り返ると、薄暗い部屋の奥に、立派な身なりの武士が座っていた。

「よおっ、見たところ田舎っぺぇの百姓だが、追われてっところを見ると、何か悪《わり》ぃことでもしてたのか」

栄一は、武士の脇差しの柄頭《つかがしら》に入っている三葉葵《みつばあおい》に目を留めた。

「……葵の紋？」

徳川家、すなわち幕府の人間だ。

とっさに逃げようとした栄一を、剣を手にした青年武士が、素早い身のこなしで遮った。

「悪《わり》ぃが、ちぃ〜っとばかり話があるんだ」

葵の紋の武士がよっこらしょうと立ち上がり、栄一の背に歩み寄る。

「顔を貸してもらいてえ」

主君と共に江戸に戻ってきた一橋家家臣・平岡円四郎は、振り返った栄一ににっこり笑った。

第十二章　栄一の旅立ち

茶屋に連れていかれた栄一は、一癖ありそうな武家――円四郎の前に縮こまって座った。

「案じるな。俺といるかぎりは、誰も手を出しちゃこねぇ」

周囲を気にする栄一に、円四郎が言う。ますます得体《えたい》が知れず、栄一は緊張した。

「で？　どんな悪《わり》ぃことをしたんだ、言ってみろ」

「悪《わり》ぃこと……」栄一は少し目を泳がせて考えてから、円四郎に視線を戻して言った。

「悪《わり》ぃことは、何一つしておりません」

「ほう～」

「俺は百姓ではありますが、とある志を抱き、この先、命を懸け戦うつもりでおります。それを邪魔されるわけにはいがねぇ。だから恥ずかしながら逃げたんです」

「ほほう。百姓が命を懸けて戦うってか？」

「はい、そうです。それに俺は、百姓の志が、お武家様のそれより下とは思っておりません」

「ふ～ん、それで」と円四郎が先を促すように身を乗り出す。

「俺たちはふだんは鍬《くわ》を振り、藍を売り、その合間に、儲けた金でこうして日の本のために戦う支度をしております。一方、戦うのがなりわいのはずのお武家様は、今や攘夷を名目に『金を出せ』

と商家を脅し、ゆすりたかりや、追い剝ぎを働く者までいるという」

円四郎が黙って耳を傾けているので、栄一の口はますます滑らかになる。

「武具屋も言っておりました。威張るばかりで金も払わぬお武家様より、俺たち百姓のほうがよほどよい客だと。百姓だろうが商い人だろうが、立派な志を持つ者はいくらでもいる。それが生まれつきの身分だけで、ものも言えねぇのがこの世なら……俺はやっぱり、この世をぶっ潰さねばならねぇ！」

最後は舌端火《ぜったんか》を吐く勢いで締めくくった。黙り込んだ円四郎は、まじまじと栄一を見ている。

「……なるほど。こりゃあ、おかしれぇや」

「おかしれぇ？」おもしろおかしい、という江戸言葉の意味が、栄一には分からない。

そこへ、姿の見えなかった青年武士が、暴れる喜作を無理やり引っ張ってきた。

「お、喜作！」

栄一が駆け寄る。喜作と並んで地べたに座り、恐る恐る言った。

「そ、そうだい。俺たちには大事な仲間もおります。も、もしも、ここから逃がしていただけねーのなら……」と震える手で刀の柄を握る。

「あぁ、心意気は分かったから、そいつはやめとけ」円四郎は苦笑し、手をひらひらさせた。

「それを抜く間に、そいつがお前らをみじん切りにするだけだ」

言いながら、無表情に刀の鍔《つば》をもてあそんでいる青年武士を顎でしゃくる。

川村恵十郎《かわむらえじゅうろう》といい、武芸の才を見込まれ、円四郎の部下になった男だ。恵十郎はいつぞや、円四郎の指示で有能な人材を探していたところ、城下の料理茶屋で栄一たちを見かけたことがあった。

「それによ、こちとら斬る気はねぇ。話がしたかっただけだ。ただ、そんなでっけぇ志があるってんなら……」と、円四郎はニヤリと笑った。

「お前ら、いっそ、俺のもとに仕えてみてはどうだ」

「……へ？」

栄一と喜作は、口をぽかんと開けた。

「お前らの狙いが何かは知らねぇが……お前が思うよりずっと、世の中は大きく動いておる。だが百姓の身分では、もとよりそれを見ることも知ることもできぬであろう。でっけぇことをしてぇなら、文句はあるだろうが、武士になっちまったほうがいい」

「武士に？」喜作が、間の抜けた顔で問い返す。

「そうだ。幸い今なら仕官の道がある。それにもし万が一、お前らがぶっ潰したいってえのが御公儀だというなら、わが殿がいるところは江戸のお城のど真ん中だ。てっとり早くぶっ潰しに行くには、もってこいの場所だぜ。ハハッ！」

栄一が「この人、正気か？」というように喜作を見た。喜作は「いや、分かんねぇ」というように首を横に振る。

「どうだい？　どうせでっけぇことをしてみてぇなら、俺のところに来なよ」

突拍子もない申し出だが、栄一はこのお侍の話を聞いていると、妙に胸がワクワクしてくる。

「……いやぁ、思いもかけねぇお言葉ですが、俺たちは田舎に家があるし、仲間も……な？」

喜作に促され、栄一は「あ？　あぁ、そうです」と慌てて答えた。

「そうか？　そりゃ惜しいねぇ」

「あの、失礼ですが、あなた様のお名前は……」喜作が尋ねる。

「あ、そうだ、お名前……」栄一も、まだ聞いていなかったことに気付く。

「ばか野郎！　人に名前《なめえ》を聞くんだったら先に名乗らねぇか！」

出し抜けに雷が落ちて、二人は跳び上がった。

「し、渋沢栄一と申します！」

「渋沢喜作と申します！」

「へええ、兄弟なのかい？」

「あ、いや、従兄弟《いとこ》で」栄一と喜作は、すくめた首を横に振った。

「そうかい。それがしは一橋家家臣・平岡円四郎と申す」

座ったまま股を割って軽く会釈すると、円四郎は「あ〜あ」と残念そうにため息をついた。

「いい話だと思ったんだが、まぁ、やらなきゃならねえことがあるってんならしょうがねぇや」

そこに、七十近いと思われる武士が顔を出した。

「ここにおったか、平岡。殿がお捜しだ」

中根である。

「おっと、そりゃまずいや」

円四郎は急いで立ち上がり、栄一と喜作に言った。

「つきあわせて悪かったなぁ。あっ、そうだ、こいつを」と小銭を置く。茶屋の代金だ。

「お前らに、武士がみぃんな、威張るばかりのけちな野郎だと思われちゃあたまらねぇからよ。じゃあな」

立ち去ろうとして、円四郎は後ろ髪を引かれるように、栄一たちを振り向いた。

「いつか気が変わったら来な。悪いようにはしねぇから」

いたずらっぽく笑み、颯爽《さっそう》と出ていく。中根が続き、最後に恵十郎が、二人に一瞥《いちべつ》をくれて出ていった。

残された栄一と喜作は、狐《きつね》につままれたような顔で地べたに座っていた。

「……今、一橋家と言ったか？」

やっとわれに返り、栄一が喜作に聞く。

「あぁ、御三卿《ごさんきょう》の一橋家か？」今度は喜作が聞いた。

「だとすれば、あのお方の言ってた殿ってのは、水戸烈公の御子息の一橋様だいなぁ。ひゃあ、そんなとこのお方が俺たちを召し抱えたいとは……行ったほうがよかったんじゃねぇか？」

「は？　ば、ばか言《ゆ》ってんじゃねーや！」

「冗談だで！　でも……たまげたいなー……」

「うん……身なりこそ立派だったが、あの豪気さは、とてもお上品な御三卿の御家中の方とは思えねぇ。それに……『おかしれぇ』って、何だ？」

栄一は首をひねった。


以前とは比べ物にならない上等の着物を着て、茶をいれようとすれば、女中たちがよってたかって急須を奪い取る。

「はぁ～、なかなか慣れないもんだねぇ、こんなお邸《やしき》も、奥方様って呼ばれるのも……」

やすが贅沢《ぜいたく》な悩みをつぶやいていると、円四郎がうきうきした様子で帰ってきた。

「いやぁ、久しぶりにおかしれぇのに会ってきたぜ」

「あんた、それより……」

「これが百姓なんだがよ、談じてみるってえと、至っておかしれぇ。そのうえ、どうやらその辺の直参《じきさん》にも負けねぇくれぇ、実に国の行く末を案じているときたもんだ」

「あら、お百姓さんに会ってきたのかい？」伝えようとしていた用件を忘れて、やすが聞く。

「そうよ。一橋の家臣によさそうなのがいねえかいろいろ探してんだが、今日会った渋沢ってのはずぬけておかしろいぜ。でもなぁ、あの無謀っぷりじゃあ……」

円四郎は首を振り振り、腰を下ろした。

「きっと長生きはしねえだろうなぁ。多少剣が使えたって、しょせんは百姓だ。『うわぁッ』って行ったとこで『ドウッ』って、あっさり斬られちまうのがオチだ。あ～惜しいねえ、死んじまうだろうなぁ。死なねえといいんだがなぁ……」

「お前《めえ》こそ、用心しろい」

不意に声がして、奥から客人が現れた。円四郎の顔がパッと輝く。

「川路《かわじ》様！」

「安政の大獄」で罷免されたものの、処分を解かれ、幕政に戻っていた川路聖謨《としあきら》である。

「ふふふ。そうだよ、さっきお寄りくださってさ」やすが言う。

円四郎は大喜びで歩み寄った。夫婦ともに、川路とは久しぶりの再会だった。

「川路様も確か、外国方《がいこくかた》（奉行《ぶぎょう》）にお戻りになったとか」

「あぁ。水戸や長州や薩摩がばかやったせいで、毎日外国から袋だたきだぜ。しかし、もう御公儀を存分にお守りするには、身が思うように動かねぇ。そろそろ隠居だ」

実際に川路はこのあと、外国奉行をわずか五か月務めただけで役職を辞する。

「それより、嫌な噂《うわさ》を聞いた。水戸の過激なやつらが、お前《めぇ》の命を狙ってるってぇ話だ」

川路いわく、水戸の志士たちは、慶喜が斉昭と同じ攘夷論者だと思い込んでいる。なのに攘夷をしないのは、御用人《ごようにん》の誰かの入れ知恵に違いないと考えているというのだ。

「おっと、そりゃ買いかぶり過ぎってえもんですぜ」円四郎は一笑に付した。

「あの剛情なお方が、俺なんかの入れ知恵をそうやすやすと聞き入れるわけがねぇ。『尊王攘夷は古い。これからは何はともあれ開国だ』ってぇ俺をこんこんと諭したのは、殿や川路様や、死んだ橋本左内《はしもとさない》殿じゃああありゃあせんか」

「そうですよ。この人なんて開国した今でも『あぁ、異国人は怖《こえ》ぇなぁ』なんて、こそこそ言ってるってえのに」

円四郎は「それを言うなよ、お前《めぇ》」と顔をしかめるが、やすは心配なのだ。

深刻な面持ちで、川路が言う。

「俺はよぅ、円四郎、烈公と東湖先生が生み出した『攘夷』って思想が、長い時がたつうちに変異して、とんでもねぇ流行り病になっちまった気がしてる。その熱にいったん浮かされちまうと、やすやすとは治まらねぇのさ」

「流行り病ねぇ」

円四郎はいまひとつ腑《ふ》に落ちない顔をしていたが、その流行り病に家中の者が倒れようとは、このときは思いもしていなかった。

　十月になり、慶喜は再び京へ行く旨を、奥御殿《おくごてん》の徳信院に報告した。

「江戸に戻られたと思えば、またも上洛とは……」

「はい。しかし天子様は、自らの御叡慮で攘夷派の公家や長州らを追い出してくださった。それで……ようやく私にも分かったのです。天子様は異国がお嫌いだが、決して国や民を犠牲にするようなむちゃをしてまで追い出そうなどとは考えておられませぬ」

「えぇ。それがきっと、天子様の御心《みこころ》でございましょう」

「私はこれより京に向かい、徳川家の一人として、心して天子様をお助けしたいと存じます」

「では、この先は京で政をなさるのですね。分かりました。私や美賀君からも、天子様や親類に書状を出しておきましょう。慶喜殿をよろしくと」

　徳信院は皇族、美賀君は公家の出で、共に生まれは京だ。

「ありがとうございます」慶喜は深々と頭を下げた。

　徳信院は、江戸の一橋邸に残ることになる美賀君にも心を配った。

「このたびの上洛は長引くことになるでしょう。御支度はあなたのお務め。拗《す》ねていてはなりません」

　庭で寂しげにたたずんでいた美賀君に歩み寄って、徳信院は優しく諭した。

「はい。しかし、これでもう……わらわが殿の御子を産むことはあらしゃりません」

「……そうかもしれません。私も、先々代のお世継ぎを産むことはできませなんだ。しかしそれでも、われらの一橋家を守るという務めに変わりはありませぬ」

輿入《こしい》れしてきた当初、美賀君は、夫と仲のよい徳信院に嫉妬したこともあった。しかし今ではそんな感情も失《う》せ、子がなく夫も不在の美賀君にとって、むしろいちばん近しい存在と言っていい。

「美賀君、これからは、もっと仲よくいたしましょうぞ」

「……はい」

徳信院の言葉に救われ、美賀君はほほえんだ。


江戸で武器を買い調え、支度を終えた栄一と喜作は、ようやく故郷に戻ってきた。

攘夷決行の日は近い。栄一は中の家の後継ぎで、喜作は「新屋敷《しんやしき》」の後継ぎだ。家の者たちに、今後のことを伝えねばならなかった。

家に帰った喜作は、せっせと畑仕事をしていた妻・よしに、志を果たすことを打ち明けた。

「おい、およし、泣くなって……」

よしは、鍬を振るいながらも涙が止まらない。

「えぇ、泣いてなんかいちゃーいげねぇ。こんな好機があるかいね」

よしは涙を拭うと、笑顔を作った。

「お前様が、お武家様みてぇに天下のお役に立ちたがってたことは、このよしがいちばんよく分かっております。どうぞこの家のことは心配しないどくれ。家のことも、私のことも一切忘れ、必ずや男子の本懐を遂げてくださいい！」

「およし……俺がお前のことを忘れるわきゃーねぇだんべ」

思えば尻に敷かれっぱなしだったが、気丈なよしだからこそ、家と子を任せられる。

「忘れてください。いえ、忘れないで……やっぱり、寂しい。寂しくってしょーがねーよ……」

喜作に抱きついて、またわんわん泣きだす。いまだ夫に惚《ほ》れぬいているのだ。

そんな妻がかわいくもいとおしく、喜作はよしの肩を優しくなで続けた。


市郎右衛門は縁側に座り、ゑいの酌で酒を飲みつつ月を眺めていた。

栄一は意を決して座敷に入っていき、正座すると、一息に言った。

「とっさま。俺を……この中の家から勘当してください」

仰天したゑいの手から、徳利が滑り落ちる。

「勘当？　え？　栄一、急に何言いだすんだい？」

「……こんな乱れた世の中になった以上、もう安穏としてはいられねぇ。家を出て、天下のために働きてーと思う」

座敷の片づけをしようとやって来た千代が、栄一の声に足を止めた。

「天下って……お前、一体、何をする気だ？」

市郎右衛門が、栄一に静かに問う。

「それは……言えねぇ。しかし天下のために働くとあっては、家に迷惑がかかることもあるかもしんねぇ。どうか、おていに婿養子をとって、この家を継がせてください」

額を畳につける栄一を見据えたまま、市郎右衛門は黙り込んでいる。

「なぁ、栄一。なんでこのままじゃいげないんだい？」ゑいがたまらず口を開いた。

「あんたさ、この家は俺が継ぐんだって、ずっと言ってたじゃないか。とっさまみてぇになりてぇって、藍を初めて一人で買いに行ったときはあんなに喜んで……苦労もあるけど、一家みんなで働いて、村の仲間と助け合って……いい暮らしだよ？　そのうえ働き者の嫁がいて、あんなかあいい子まで生まれて……あんたこれ以上、何が足りねぇっていうんだい？」

「すまねぇ、かっさま。いくら俺一人満足でも、この家の商いがうまくいっても……この世の中みぃんなが幸せでなかったら、俺はうれしいとは思えねぇ。みんなが幸せなのが一番なんだ」

ほかならぬゑいが、幼い栄一に言ったことだ。人は生まれてきたそのときから、一人ではないのだと。自分一人がうれしくても、周りがみんな悲しんでいたら、幸せではないのだと。

「俺は……この世の中が間違った方向に行ごうとしてるっつんに、それを見ねぇふりして、何でもねぇような顔して生きていくことが、どうしてもできねぇ！」

ていと、たまたま家の手伝いに来ていた姉のなかが、何事かとやって来た。なかは、「うた」と名付けられた栄一の子を抱いている。

「何度も胸に手を当てて考えた。でも俺は、この国を変えることに命を懸けたい。村にいては決してできねぇ、大義のために生きてみてぇんだ！」

そのとき、千代が市郎右衛門とゑいの前に進み出てきた。

「私からもお願いいたします」

「お千代……」

驚いている栄一の隣に座り、義父母に手をつく。

「栄一さんは……この日の本を、己の家のように、一家のように大事に思ってらっしゃるんです。

家のことに励むみてぇに、日の本のために懸命に励みてぇって……一つだけじゃない。どっちも、どっちもに、栄一さんの道はあるんです」

「お千代、あんたまでそんなこと……」ゑいはあきれてものも言えない。

「……もういい」ついに市郎右衛門が口を開いた。

「剛情っぱりのお前のことだ。俺が何を言おうが、しまいには思うようにするんだんべー。もう、お前という息子はいねぇと思って、俺が十年若返って働くことにすらい」

「そんな、お前さん……」

「ただし、千代とうたは、うちのもんだ」

きっぱり言い渡された栄一は、伏し目がちに、なかの腕の中にいる娘に視線をやった。

「お前はお前の道を行け。俺は政がどんなに悪かろうが、百姓の分《ぶん》を守り通す。それが俺の道だ」

父の信念もまた揺るぎない。

「しっかし、せっかく一人前になった後継ぎがこんなことを言いだすとは……なんとひでぇことだがな」

最後は冗談めかして言うと、市郎右衛門はぱくりとだんごを頬張った。

「とっさま……ありがとうございます」

感謝と申し訳なさが同時に込み上げ、栄一は深々と頭を下げた。

蚕は、人が世話をしないと生きていくことができない。早朝から深夜まで、赤ん坊にするように手をかけてやらなければならないが、そうすれば輝くように美しい絹を作り出してくれる。

人の世も同じだ。誰もが見て見ぬふりをしていたら、世の中は腐ってしまう……。

二階の蚕部屋で千代が桑の葉をやっていると、なかとていが上がってきた。

「千代さん、本当によかったの？」ていが心配そうに聞く。

「いいわきゃーねぇがね、うただって小せーんに」なかはプンプン怒っている。

「とっさまも、なんで本気で止めないんだがなねー」

すると、少し奥で餌やりをしていたゑいが、仕事の手を休めて話しだした。

「実はね……とっさまも、若ぇ頃《わけ》は、お武家様になりたがってたんだよ。とっさまは、元は東の家の三男坊だろ。若い頃は、家を継ぐこともねぇからって本ばっかり読んで、武芸を学んで、いつかお武家様になるとずうっと言ってたんだよ」

だが、市郎右衛門は女しか生まれなかった中の家に婿入りし、この家を継ぐことになった。ゑいと夫婦になってからは百姓に専念し、才覚を発揮して家業をぐんぐん盛り立て、中の家を名字帯刀まで許されるような大きな家にした。

「そういう、めったにないお人なんだ」

「でも、東の家ほど財があれば、お武家様の株も買えたかもしれねぇんに、そんなにさらりとお武家様になりてぇって望みを捨てられたんかねー？」

なかは納得できない様子だ。

「私もそれが心配でな、あんたが生まれる前、いっぺんだけ、聞いてみたことがあるんだ……」

三十年近く前になる。不安そうな若妻を安心させるように、市郎右衛門は白い歯を見せた。

「お武家様となり禄を食《は》んでも、たかが知れてる。運よくお武家様の端くれに加わったとしても、才覚で出世ができるわけでもねぇ。その点、百姓はこの腕で勝負ができる」

そう言って、青々と育った藍の葉を手に取った。

「お前のとっさまは一切合財、婿の俺に任せると言ってくれた。へッ、こっちのがよほどやりがいがあらぁ」

思い切りよく、晴れ晴れと笑う市郎右衛門に、ゑいは惚れ直したものだ。

「……そうですか」

若き日の義父母の姿が浮かび、千代はほほえんだ。

「はぁ、とっさまは百姓の仕事に誇りを持ってるんだね」

「まっこと男の中の男、百姓の中の百姓だに」

姉妹は、どれほど立派な武家より、そんな父が誇らしい。

「だから……あの人も根っこのとこで、栄一の気持ちが分かってしまったんかもしんねぇ」

そして、その市郎右衛門の気持ちが分かったから、ゑいも最後は反対しなかった。

「はぁ、それにしてもお千代に申し訳ねぇ。栄一があんなになったのは私のせいだ……」

「お義母様……」千代は首を横に振った。

市郎右衛門は、千代とうたはこの家のものだと言ってくれた。なかもていも、本当の姉妹のようにいたわってくれる。みんなの気持ちが、ありがたかった。

千代がうたの寝顔を見つめていると、栄一が部屋に入ってきた。

後ろめたいような気まずいような顔をして、娘を視界に入れたくないかのように、うたを背にして座る。そして、ぽつりと千代に言った。

「……さっきは、ありがとう」

「お前様……一つだけ、お願いがございます。うたを、抱いてやってくれやしませんか」

栄一は昼間に一度、家に帰ってきたのだが、千代とうたの姿を見ると、また出ていってしまった。男子でなかったから、栄一は気に入らないのだろうか。千代はうたが不憫《ふびん》でならない。

「うたが生まれてから、お前様は江戸に向かわれたりとお忙しく、まだ一度もうたを抱いておられません。おなごではございますが、この子とて、あなたの子です。どうか旅立たれる前に一度でもお前様のぬくもりを……」

千代は切々と訴えたが、栄一は小さく息をつくと、背を向けたまま横になってしまった。


十月も終わりに近づき、やがて冷たい赤城おろしが吹き始めた。

尾高家の惇忠の部屋には、栄一と喜作、そして江戸から真田範之助と中村三平らが集まった。

挙兵まで、あと二週間ほどしかない。計画を綿密に記した紙と地図をもとに談合していると、襖が開いて、平九郎がうれしそうに顔を出した。

「あにぃ！　あにぃが、長七郎あにぃが帰ってきた！」

ふらりと入ってきた長七郎を、栄一たちが大喜びで取り囲む。

その様子をうらやましそうに見ながら、平九郎は階下に戻っていった。

「待ちわびたぞ、長七郎！　これで百人力だい！」

喜作は満面の笑みを浮かべた。だが、なぜか長七郎は無反応だ。

「よく戻った、長七郎。ここに座れ」

惇忠に言われるまま、長七郎は惇忠と栄一の間に座った。

「知ってのとおり来月十二日、死を覚悟したわれら同志六十九人で高崎城を乗っ取り、横浜へ向かい、焼き討ちして異人を斬り殺す」

「あぁ、武器も不足なくそろい……」

栄一を遮るように、長七郎がボソリと言った。

「これは暴挙だ」

「ん？　今、何と言った、長七郎」惇忠が聞きとがめる。

「あにぃのはかりごとは間違っている。俺は同意できぬ」

「……何？」

「七十やそこらの烏合《うごう》の衆が立ち上がったところで何ができる？　幕府を倒す口火どころか、百姓一揆にもならねぇ」

「百姓一揆にもならねぇだと？」喜作は気色ばんだ。

「臆したか、この卑怯《ひきょう》者！」

いきりたった範之助と三平が刀に手をかける。「待て！」と栄一が二人を制し、長七郎に言う。

「ならば、百人集まればいいのか？　それとも千人か？　だったら大丈夫だ。俺らは六十九人だけじゃねぇ。立ち上がれば俺らの意気に応じて、あまたの兵が集まってくる」

「いいや、集まらねぇ！　こんな子どもだましの愚かなはかりごとは、即刻やめるべきだと言ってるんだ！」

子どもだましなどと愚弄されては、栄一も黙ってはおれない。

「何だと！」

長七郎につかみかかろうとした栄一を、今度は惇忠が止めて言った。

「なぜそう思う、長七郎？　長州も薩摩も、エゲレスやフランスと立派に戦ったというではないか」

「立派どころか、薩摩はエゲレスの軍艦に撃ち込まれ、もう攘夷を捨てた。あにぃは知らぬのか？　それだけじゃねぇ。八月には、大和で千人以上もの手練《てだ》れの同志が挙兵したが、あっという間に敗れた。おもだった者は皆、無残に死んだ。長州も攘夷派の公家衆も皆、京から追い出され、雨の中、逃げ落ちたんだ」

「……大和五条の一件が失敗したことは聞いた。しかし……」

「しかも、その命を下したのは天子様だという」

長七郎は、苦い薬を無理やり飲まされたような顔になった。

「天子様は、攘夷の志士よりも幕府を選んだ。なぜだ……？　天子様のための義挙が、なぜこんなことに……」

目に涙をため、長七郎は惇忠が作った計画の紙をつかみ上げた。

「こんな時勢で、誰が俺たちに加勢する？　あにぃのはかりごとは、訥庵先生に劣らず乱暴千万だ！」

「尾高先生に何を言うか！」範之助が憤る。

「命が惜しくなったのか、長七郎！」栄一も、たまらず叫んだ。

「日の本は幕府のものでも、公家や大名のもんでもねぇ。百姓や町人や、みんなのもんだ。だから俺たちはそれを救うため、世間の笑い者になろうと愚かと言われようと、たとえ死んでも一矢報いてやろうと覚悟したんだ！」

そのために栄一は大事な家族を欺き、喜作とともに苦労して準備してきたのだ。

長七郎と同い年の従兄の喜作は、信じられないというように詰め寄った。

「なんでいまさらそんなことを言う？　お前はいつも俺たちの前に立ち、俺たちを引っ張ってくれた。誰より国のために命を投げ出す覚悟だったはずじゃねぇか」

説得を試みる。だが、すでに家を捨ててきた範之助は、弱腰の長七郎に怒りを抑えきれない。

「いいや。いくら剣が強くても、心根が腐ってしまっては何の役にも立たぬ。これ以上、文句を言うなら俺は、おぬしを斬ってでも決行する！」

そう言うと、再び刀の柄に手をかけ鯉口《こいぐち》を切った。「やめろ、真田！」と惇忠が叫ぶ。

長七郎はもろ肌を脱ぐと、自ら範之助の前に座った。

「俺の命は惜しくはない。裏切り者と恨むのなら、甘んじてお前らの刃《やいば》で死んでやろう」

「何してんだよ、長七郎！」喜作が目をむいた。

「お前たちが暴挙でそろって打ち首になるよりましだ。俺は命を捨ててでも、お前たちを思いとどまらせる」

「いや、俺は決してやめねぇ！」頭に血が上った栄一も、思わず刀に手をかけた。

「だったら殺せ！　刺し違えてでも行がせねぇぞ！」

長七郎は栄一をにらみ返した。その目には、不退転の決意が見える。

「大体、むざむざ命を捨てるなと……無駄死にするなと言ったのはお前じゃないか、栄一！」

栄一がグッと詰まる。熊谷宿で長七郎の江戸行きを止めたとき、確かにそう言った。

「俺は、河野たちは国のために、天子様のために命を捨てたのだと思ってた。しかし今は、あいつらが何のために死んでしまったのか分からねぇ。俺は今、ただ……ただもう、お前たちの尊い命を犬死にで終わらせたくねぇんだ。なぜそれが分からねぇ……やめてくれ、頼む。行かないでくれ……」

長七郎は床をたたき、声を上げて泣き始めた。蛮勇を誇った猪《いのしし》武者が号泣する姿は、栄一たちの興奮を冷まし、毒気を抜くに十分であった。

それから二日間、栄一たちは昼夜を通して話し合った。

長七郎の言うとおり、京の情勢は全く変わってしまった。情勢を鑑みて緻密に謀るべきだというのが、惇忠の意見だ。

喜作は、志を示すことができないまま、ただの賊徒となって死ぬのはごめんだと言った。

栄一もまた、考えを改めた。「お前が思うよりずっと、世の中は大きく動いておる」――平岡円四郎の言葉を思い出し、のぼせた頭を冷やしてみれば、長七郎の言うことはもっともだった。

計画の遂行を主張していた範之助と三平も最後は諦め、長七郎の助言を受け入れて、挙兵は中止することに決まった。

「申し訳ない、真田。俺の家で二日過ごしたことは、もう誰かに知られているかもしれねぇ。早く去ったほうがいい」

朝まだきに一人旅立つ範之助に、惇忠は金の包みを渡した。

「道中、気をつけろよ。決して捕まんなよ」

喜作と栄一も見送る。

「俺より、渋沢、お前たちだろう。やめたとなればこの先、六十九人のどこから話が漏れるか分からんぞ。それに、尾高は大丈夫か？」

あれ以来、長七郎はぼんやりして、どこか様子がおかしかった。

「あぁ……俺たちのことは案じるな。共に生き延びよう。そしていつかまた、共に戦おう」

惇忠が言うと、範之助は首を横に振った。

「いや、先生。俺はきっともう、違う道を行く」

達者でなと笑い、範之助は去っていった。

その後、伝蔵や道場の仲間たちにも企ての中止が伝えられ、栄一たちは集まった同志にそれぞれ手当を配り、皆を解散させた。


喜作と畑に座り、栄一は雲一つない空を見上げた。

「あとは武器の始末か。あれだけ集めちまったんだ。どうやって始末するか……」

心血と金を注いだ分、気が抜けたようになってしまった。

「それより、俺たちはどうするよ？」

腕を枕代わりに、喜作はごろんとあおむけに寝そべった。

「さっき道で急にゾッとしたでー。すれ違った岡部の役人が、俺を捕まえに来たんじゃねぇかってさ……。あれだけ派手に江戸とここを行き来してたんだ。八州廻《はっしゅうまわ》りに狙われるなら、俺たちだんべ。訥庵先生が捕まったときも、八州廻りが田舎まで手配りしてたとよ」

八州廻りとは、無宿《むしゅく》や博徒を取り締まる、関東取締出役《かんとうとりしまりしゅつやく》という役人の別称だ。水戸藩領を除く関八州《かんはっしゅう》を巡回するので、八州廻りと呼ばれていた。

「あぁ、俺も怖《こえ》ぇ」

引っこ抜いた猫じゃらしをもてあそびながら、栄一は言った。

「なんでなんだんべなぁ、戦って斬られるかもしれねぇと考えてたときは、少しも怖くなかったんに……今、幕吏に捕らえられて、拷問にかけられたり死罪になったりと考えたら……怖くてたまらねぇ」

向こうでよしと遊んでいた、喜作の長男の作太郎《さくたろう》がとことこ歩いてきた。

喜作が起き上がって、三歳になった息子を抱き上げる。

「作太郎も、ちっと見ねぇうちに大きくなったのう」

栄一が顔をほころばせていると、よしがやって来た。

「お前さん、栄一さん。私も、きっとお千代さんも、この子たちも、お二人がこの先どんな道を歩まれようが、ご無事であることが何より大事です」

そうだな、と喜作は笑ってうなずいたが、また悩ましそうに眉を寄せた。

「しかし、ここを出て身を隠すにしても、どこに行けばいいのか」

「……そうだ」

栄一はふと思いついたことがあり、喜作と相談してから、尾高家に向かった。

「俺たちは、京に向かおうと思う」

土蔵の中で、惇忠に今後のことを話す。

「今や政は、江戸から京に移ってるという。長七郎が見たものを俺も見てみてぇんだ。そして、もっと時勢を知り、京で再起を図りてぇ」

「しかし京までは遠い。道中、八州廻りの目もある」

惇忠は案じたが、その点については、二人に考えがあった。

「……ならいい。こっちの始末は、俺に任せろ」

「え？　あにぃはどうするんだ？」

栄一は驚いた。惇忠も、しばらくどこかに身を隠すだろうと思っていたからだ。

「俺はお前たちと違い、父親もおらず、名主《なぬし》の仕事もある。ここに残り、少しずつ武器の始末をしておく」

「しかし、誰かが怪しんでここに押しかけたら……」喜作は憂慮した。

「一切の責めは、俺が一人で負う」

惇忠の腹は据わっていた。二人は言葉もない。

「長七郎には、中村としばらく道場の師範をさせるつもりだ。そのほうが、戦い損なった者も気が収まる。もしお前たちが無事に京で落ち着けば、おいおい送ってもよい」

「……ありがとう、あにぃ」

人としての度量も見識も、惇忠にはかなわない。栄一たちは感謝しかなかった。

家に向かっていると、道の途中で、うたをおぶった千代が待っていた。

栄一が今、いちばん話さなければならないのは千代だ。夕暮れの神社に、夫婦で腰を下ろす。

「……話してるうちにすぐ気付いたんだ、長七郎の言い分のほうが正しいと。でも……すぐには、のみ込めなかった。認めたくなかったんだ。俺の信じた道が間違っていたと……でも間違ってた！浅はかだった。俺は間違ってたんだ！」

栄一は、胸の内を包み隠さず見せた。千代はうたを抱っこして、静かに耳を傾けている。

「みっともねぇ。恥ずかしいことだい。この道しかねぇと信じたものが間違っていたなんて……それだけじゃねぇ。俺はとんだ臆病者だ。俺は……うたの顔を、まともに見ることができなかった」

決して、おなごだからと疎んじたわけではない。

「怖かったんだ。この小《ちっ》ちぇえ温《あった》けぇのをこの手に抱いて、穴が開くほど見つめて、慈しんで慈しんで……それを、市太郎を失ったときみてぇに失うのが怖かった。あんな思いをすんのが怖かった」

哀れな幼い命を思うと、今も胸が引きちぎられて涙がにじむ。

「そのうえ、父親の役目も果たそうとせず、命を投げ出そうとしたんだ。うたに合わせる顔がねぇ……」

でも、と栄一は、うたを見つめた。指を伸ばして、柔らかいほっぺたに触れる。

「かぁいいなぁ、うた。お前、なんてかぁいいんだ……」

千代は何も言わず、そっとうたを栄一の腕に抱かせた。

「許してくれ、うた。お前のとっさまは臆病者だ。臆病者の、愚かで、みっともねぇ、口ばっかのとっさまだ……」

腕の中のうたが、つぶらな瞳で栄一を見上げている。いとおしさで涙があふれた。

「あぁ〜、ぬくてーなぁ〜。死なねぇでよかったぁ〜」

栄一の根っこは変わらない。安堵に包まれ、千代は涙ながらにほほえんだ。

「お前様。道は、決してまっすぐではありません。孔子《こうし》先生とて『過ちて改めざる、これを過ちという』とおっしゃっております。曲がったり、時には間違えて引き返したって、よいではありませんか」

「……うむ。もう、うたを抱いたからには、俺は自ら死ぬなんて二度と言わねぇ。どんなに間違えても、みっともなくても、生きてみせる」

その目には、再び強い光が宿っていた。


その夜、栄一は、座敷で藍玉帳をつけている市郎右衛門の後ろに膝をついた。

「……何だ？」

「俺は、あにぃたちと高崎城を乗っ取るつもりでした」

「はぁ？　城を乗っ取るだと!?」市郎右衛門は仰天した。

「そして横浜を……しかし、京で時勢を見てきた長七郎の助言もあって、企てを取りやめることになりました。ついては、とっさまに謝らなきゃならねぇことがある」

畳に平伏して打ち明ける。

「藍の商いの代金をちょろまかした。その金で刀を買ったり、着込みを作ったり、そのほかにもいろんなことに使った。どうか、お許しください」

「いくらだ？」

「合わせて、およそ百五十、いや百六十両《りょう》」

市郎右衛門が立ち上がって、たんすにしまってある売上金を確認しに行く。栄一は話を続けた。

「気をつけていたつもりだったが、それでもいっぺぇ買い集めてたせいで、八州廻りに目をつけられた。企ては取りやめても、このままこの村にいたら迷惑をかける。喜作と……この村を出て、京に向かおうと思う。今、政は江戸から京に移ってる。京でもう一度、俺たちが天下のために何ができるか探ってみてぇんだ」

「そうか……お前は、はぁ百姓じゃーねぇー。俺はもう、お前のすることに是非は言わねぇ。それでこの先、名を挙げるか、身を滅ぼすかも俺の知るところじゃねぇ。ただし……」

市郎右衛門が戻ってきて、栄一の前に座った。

「ものの道理だけは踏み外すなよ。あくまで道理を踏み外さず、誠意を貫いて為《な》したと胸を張って生きたなら、俺は、それが幸か不幸か、死ぬか生きるかにかかわらず、満足に思うことにすべー」

飾らぬ父の言葉は、この先もずっと、栄一の胸に刻まれることになる。

「この金も、お前の才覚で稼いだ金だ。不道理のことに使うんじゃねぇなら惜しむことはねぇ」

市郎右衛門は、たんすから出してきた二分金《にぶきん》を百両、栄一の前に置いて言った。

「この先もきっと大変なはずだ。持っていけ」

あまりに大きな父の愛情に、栄一は言葉が出なかった。

「持っていけ。この先も入り用があったら、必ずそう言ってよこせよ。送ってやる」

襖の陰で二人の会話を聞いていたゑいは、そっと涙を拭った。

どれだけ頭を下げても下げ足りない。

「とっさま……ありがとう……ありがとうございます！」

「あ～ぁ、何てこった。俺はこの年になるまで、孝行というのは子が親にするものだとばかり考えていたが、どっこい、子が親にさせるものだったとはなぁ」

「とっさま……」


そのころ、円四郎は書いたばかりの文を手に、こそこそと座敷の掛け軸をめくっていた。

「その蒸気船ってえのは、本当に沈まないのかい？」

やすの声が聞こえた瞬間、さっと掛け軸から離れて何食わぬ顔で座り直す。

「わざわざエゲレスから買った船で上洛するなんて」

順動丸《じゅんどうまる》という蒸気船で、円四郎は十一月早々にも慶喜の供で再び京へ向かうことになっている。

「当《あ》たり前《めえ》よ。長崎《ながさき》で船を学んだ勝麟太郎《かつりんたろう》ってぇ方の話じゃ、それに乗りゃ、陸《おか》っぱりで行くよりずっと速《はえ》えらしいや」

「ふーん。何だか寂しくなるねえ。大したお役目のない貧乏だった頃のほうが一緒にいられたじゃないか」

「皮肉を言うない。それだけ大事なお役目を頂いたってこった。寂しいかもしれねえがよ、我慢してくれ」

慶喜の長年の側近だった中根長十郎は、半月ほど前、何者かに暗殺された。一橋家の家臣の邸を探す怪しい者がうろついていたというから、恐らく尊王攘夷の志士の仕業であろうと思われた。川路の言った、流行り病に倒れたのだ。

「……それから、やす。お前《めえ》に一つ、頼んでおきてぇことがあるんだ」


一方、水戸藩小石川《こいしかわ》邸では、首領格の藤田小四郎を筆頭に、若手志士たちが行動を開始していた。

「小四郎よ！　どこへ行く！」

藩邸を出ていく若者たちを、耕雲斎が追いかける。

「長州の桂小五郎《かつらこごろう》殿と盟約を結びました。東西呼応して、攘夷の挙兵をいたすのです」

この三月、藩主・徳川慶篤《よしあつ》に従って上洛した際、京都で桂や久坂玄瑞《くさかげんずい》ら長州藩の志士と交流した小四郎は、より深く尊王攘夷の思想に傾倒していた。

「攘夷の気概は重々分かるが、時期尚早じゃ。今は自重して国の力を蓄えるべき」

「八月十八日の政変」で、急進的な尊攘派は衰退してしまった。耕雲斎の言い分に理があるのは明らかであったが、小四郎の若き血潮は沸騰寸前にたぎっていた。

「お止めくださるな、耕雲斎様！　藤田の名に懸けても、このままじっとしてはおられませぬ！」


十一月八日、ひこばえの木の下に、旅支度をした栄一と喜作の姿があった。

思えば旅立ちはいつも、中の家と尾高家を結ぶ道の途中にそびえる、この大きなナラの木の下だ。

「お前さん、行っといで」涙をこらえられないよしと、「どうか、ご無事で」と毅然《きぜん》としてほほえむ千代。いつ戻れるか分からない旅立ちだ。それぞれに思いを抱えながら、夫を見送る。

ゑいとてい、伝蔵、そして市郎右衛門も見送りに来た。

「栄一、体にだけは十分、気をつくんだよ」

「にいさま、喜作さん。いってらっしゃい」

「あぁ、かっさま、おてい、ありがとう」

栄一と喜作は、市郎右衛門に深々と辞儀をすると、血洗島村を後にした。

まっすぐに歩いていく栄一と喜作の手には、妻の手製のお守りが握られている。

物語は江戸を離れ、激動の京へ――。

いよいよ、江戸幕府の終焉《しゅうえん》が近づいていた。

第十三章　栄一、京の都へ

栄一と喜作はまず江戸に向かおうと考え、深谷宿《ふかや》から少し離れた熊谷宿にやって来た。

茶屋に入り一服すると、栄一は急に声を落とした。

「しかし、ちっとんべぇ心配になってきた……あのお武家様、ほんとに頼っちまっていいんだんべか？」

あのお武家様とは、以前、役人に追われていた栄一たちを救ってくれた、平岡円四郎のことである。

浪人風の男と商人が碁を打っており、百姓や行商人たちはそっちを見物しているので、話を聞かれることはなさそうだ。

「何だい、お前が頼ってみるべぇと言ったんじゃねぇか」喜作が言う。

「しかたねぇだんべ。長七郎の話じゃ、江戸で知り合った長州や水戸の者は、もう生きてるかどうかも分かんねぇ」

「だからって……仕官するつもりは毛頭ねぇのに、京まで行く力だけ借りてぇなんて、都合がよかねーか」

ちなみに、家族以外の親戚や近所の者には、二人は「お伊勢《いせ》参りに行った」ということになっている。

「そうだ。分かってる。しかしあのお方はこう、器がでかそうだった。仕えてる一橋様だって、ただのお偉いさんじゃねぇ。あの水戸家の出で、あの烈公の御子だ」

「またそんな減らず口……」

「しかし、はあ、とにもかくにも俺たちが頼れるのは、あのお方しかいねぇ。あ〜、俺たちを覚えていてくれますように」

そのとき、「ハハハ。また、おいの勝ちじゃ！」と高らかな声がした。振り向くと、碁を打っていた浪人風の男だ。髪はぼさぼさ、着物も着流しで、いかにも流浪の身といった風体である。

男は盤上を指し、対局相手の商人に指南し始めた。

「ここを殺しに来たんじゃろうが、よか手はこっちじゃ。『捨小就大《しゃしょうしゅうだい》』。小を捨てて、大に就くべし」

「ははぁ、もう一局、頼まい。次はもう三目《もく》置かせてくれ」

「おお、よかよか！　もう一局行きもんそ」

栄一が、「あの言葉は、薩摩の浪士か？」と横目で浪人風を指す。

「まさか。薩摩は今、大変《てぇへん》なことになってんだ。こんなとこで碁を打ってるはずがねぇ」

行くぞ、と喜作は立ち上がり、足早に茶屋を出ていった。栄一も後を追う。

男は二人の後ろ姿をちらりと見たが、さして気に留めず再び盤上に集中した。

この男は逃亡中の薩摩藩士で、五代才助《ごだいさいすけ》という。栄一とはいずれまた出会うことになるが、それはまだ先の話である。

江戸に着いた栄一たちは早速平岡邸を訪ねたが、老女の女中が警戒して取り次いでくれない。

「そこをどうにかお願いします」

二人で頼み込んでいると、「どうかしたのかい？」と声がした。

「ははぁ、さては怪しいやつらがまたうろついてたんだね？」

熊手を持った女人がずんずん歩み寄ってきて、栄一と喜作の前に立った。

「あいにく平岡はここにはおりません。とっとと帰っとくれ」

「あの、どちらに……」喜作が聞く。

「どちらもあちらもないだろ。遠い遠いところに行っちまったのさ。あんたらみたいなゴロツキには手の届かないようなところにね」

取りつく島もない。人目につかないよう菅笠《すげがさ》を深くかぶっているので、身元を疑われているようだ。栄一は力が抜け、思わずその場にしゃがみ込んだ。

「あぁ、何てこったい……どうにかここまで来たが、万事休すだ。俺らはじきお縄になって牢《ろう》に入れられ、どんな目に遭わされるか知れねぇ」

「おい、嘆くな、栄一」

「……栄一？」熊手の女人はハッとして笠の下をのぞき込み、二人の顔を穴の開くほど見つめた。

「あんたらの名は？」

「渋沢……」同時に答えると、女人は「渋沢？」と栄一を指さし、「渋沢？」と喜作を指さす。

「へぇ！　あんたたち、生きてたのかい！」

先ほどとは打って変わって愛想のいい笑顔になり、思いっ切り栄一の尻をたたく。

「あの、あなた様は……」喜作がおずおず尋ねると、女人は満面の笑みで言った。

「平岡の女房だよ」


栄一と喜作は、立派な客間に通された。

落ち着きなくキョロキョロしていると、熊手の女人——平岡の妻のやすが、茶を出してくれた。

「いやねぇ、うちの人が京に向かう前に言ってたんだよ」

平岡は、やすに一つ、頼み事があると言ったという。

「ひょっとしたら、渋沢ってぇのがここを訪ねてくるかもしれねぇ」

「渋沢？　どこのお方だい？」

「どこ？　どこなんだろうなぁ……そう、こんぐらいのと、こんぐらいの」と手で背の高さを示し、「こんな顔と、こんな顔の」と顔つきをまねして、「若《わけ》ぇやつだ」と締めくくる。

「え？　二人？」

「そう、二人だ。どっちも渋沢で、どっちもギラギラしてやがん。大きいほうはキリッとしていい侍になりそうだが、もう一方の栄一ってのが、これがおかしれぇ。いや、顔つきでなくて、威勢がよくって危なっかしいんだ。そう、危なっかしいんだよな〜。もう死んじまったかなぁ」

「あらぁ、死んじまったのかい」

——と、栄一たちのあずかり知らぬところで、そんな会話がされていたらしい。

「なぁんて言ってたもんで、もうてっきり来ることはないと思ってたんだけど。へぇ、お前さんがキリッと、お前さんがおかしれぇ渋沢さんだね」

またも「おかしれぇ」だ。どうせなら「キリッと」のほうがよかったが、栄一は感激した。

「いやぁ、俺たちを覚えていてくださったとは……」

しかし、円四郎は主君である徳川慶喜の供で京に行ってしまったという。

「そうそう。それでこれを……」と、やすは懐から書状を取り出した。

「平岡から、もし、あなた方がやって来て何か困っていたら、これを渡すようにと言いつかっております」

気風《きっぷ》のいい江戸言葉を改め、武家の奥方然とかしこまって、二人の前に恭しく書状を置く。

その書状をやすに託すとき、円四郎はこう言った。

「もしやつらがここに来たとしたら、そりゃ運よく生き残ったにしろ、死に損なったにしろ、よほど困ってるに違《ちげ》ぇねぇ。そんときはこれを渡してやってもらいてえんだ。これを持って俺に会いに来なと」

「会いに来なって、家来にでもするつもりかい？」

「向こうじゃ、今のところそんな気はねぇらしい。ただ、やつらにも国を思う熱い誠の心があるってえのは確かだ。それに何と言っても、おかしれぇのさ」

「また出たよ、あんたの『おかしれぇ』が。大丈夫なのかい、そんなことで信用しちまって」

やすが少々あきれて言うと、円四郎は自信ありげにうなずいた。

「大丈夫だ。俺の眼《まなこ》に狂いはねえ。ほれ、お前と一緒になったんだって、お前がただの口が悪いだけの美人だからじゃねぇ。この世で一等おかしれぇ女だったからさ」

そう言って、やすの手をぎゅっと握る。年がいもなく、やすは頬を赤らめた。

「やだねちょいと、何してんだい、昼間っからもう」

「いいじゃねぇか。ずいぶんと苦労をかけちまったが、俺もようやくお前にちぃっとばかり自慢してもらえるような亭主になれたい」

思えば、円四郎ももう四十二だ。やすはほろりとして、夫に寄り添った。

「……そうね、ようやくね。あたしに尻をたたかれないように、立派にお勤めするんだよ」

「つたりめえよ。まったくとびきりの嫁さんだぜ、お前は」

――と、いうような熱いやり取りがあったのを、やすは思い返していた。

「なーんてねぇ、やだよう、うふふ……」

きょとんとしている栄一と喜作に気付き、「は!」とわれに返る。

「……失礼。この書状は、あなた方が確かに平岡の家臣だということを示す証文です。これさえあれば、どこにだって胸を張って行けます。さぁ、これを持って行ってらっしゃい」

「あ……ありがてぇ。ありがとうござ……」

栄一が伸ばした手より早く、「ちょっと待った!」とやすの手が書状を押さえた。

「これを受け取るからには、あんたたち、きっちりうちの人の家臣になるんだろうねぇ?」

心を読まれたようで、栄一と喜作はどきりとした。

「家臣になり、一橋に忠誠を尽くして働き、あんたたちの殿を……うちの人を、ちゃんと守ってくれるんだろうね?」

声色も目つきも変わっている。栄一はごくりと唾を飲んだ。

「……は、はい。忠誠を尽くします！」迫力に負けて、つい答えてしまった。

「そおかい！　なら頼んだよ」やすはうれしそうに破顔した。

「フフフ、あたしは江戸っ子だからさぁ、どうも京の町なんて聞いただけで胸が騒いじまうのさ。頼んだよ。ほら、行っといで」

「あ、ありがとうございます」

「その格好じゃ怪しまれるよ。そこの角の古着屋で、一橋家の家臣に見えるような着物でも買っていきな」

親切に助言してくれる。平岡邸を辞した栄一と喜作は、早速、武士らしい羽織袴《はおりはかま》を調えた。

腰に大小二本差した喜作が、「どうだ？」と両手を広げる。

「おう、悪くねぇ！　侍みてぇだ。俺はどうだ？」と栄一も両手を広げてみせた。

「う〜ん……お前はやっぱり、鍬握ってるほうが似合わいなぁ」

ハハハと笑い、大股で先に歩いていく。

「おい、どういう意味だ？　似合うだんべや？　おーい」

ともあれ見た目だけは武士になり、心機一転、新しい旅の始まりである。

栄一と喜作は、東海道《とうかいどう》を京へと向かった。

「おい、見ろ！　富士山《ふじ》だ」

「おぉ〜、美しいのう」

武蔵国を出て、これほど長い旅をするのは二人とも初めてのことだ。

そして十一月二十五日の夕方、栄一たちはとうとう京に到着した。

暮れなずむ木屋町《きやまち》通りを、ちょうちん持ちの男衆に先導されて、華やかな芸妓《げいぎ》たちが歩いていく。

「ほう、これが京か……」

栄一は思わず見とれた。まるで錦絵を見ているような、幽玄な美しさだ。

「さすが歴史ある町だい。江戸とも全く違うのう」

喜作がため息をつく。木屋町通りには料理屋や旅籠《はたご》、酒屋などが店を構え、高瀬《たかせ》川のせせらぎも相まって、そのたたずまいは何とも言えぬ風情がある。

「あぁ、ここに、あまたの国から攘夷の志士が集まってると思うと、ぐるぐるするのう」

この木屋町通りは、志士たちがよく密会に利用するという。

そのとき、「おい、待て！」とどなり声が聞こえ、二人はぎくりとした。

浪人風の武士が、血相変えて通りを走っていく。追ってきたのは、浅葱《あさぎ》色のだんだら羽織を着た五人ほどの武士の集団だ。先頭で一団を率いていた、背の高い武士が立ち止まった。

「分かれて捜せ！　必ず捕らえよ！」

「ははっ」

部下たちが走っていくと、その男は、道の端に突っ立っている栄一と喜作に目を留めた。鋭い目でしばし二人を見つめ、「……ふん」と鼻を鳴らし、いずこかへ走り去った。

どうも、取るに足りない小者だと評価を下されたらしい。

「……はぁ〜、びっくりした。すげぇ目つきだ」

栄一が詰めていた息を吐くと、すぐそばの店頭で酒を飲んでいた二人連れの武士の一方が、「けっ、幕府の犬が」と憎々しげに吐き捨てた。

「犬？　あの、今の集団は一体……」喜作が尋ねる。

「知らんそか？　ありゃ会津《あいづ》のもとで京の町を取り締まっちょる、新選組《しんせんぐみ》じゃ」

話し言葉から、この武士たちは長州藩士だと分かった。だが「新選組」とは、初めて聞く名だ。後に知ることになるが、先ほどの目つきの鋭い男は、新選組副長・土方歳三《ひじかたとしぞう》その人である。

「けっ、あやつらも元は浪士のくせに。京が物騒じゃけぇっちゅうて浪士に徒党を組ませ、浪士を取り締まらせとるんじゃ。全部、後見職の一橋の企てよ」

「え？　ひ、一橋？」

「ひ、一橋の企てとはどういう……」

思いがけない名前が出てきて、喜作と栄一は心臓が跳ね上がった。

「三月に将軍が上洛し、天子様の攘夷祈願の刀を受け取らんかったんも、一橋が『自分が代わりに行く』っちゅうて逃がしよったけぇじゃ」

「それいね。そんでいて自分も仮病を使《つこ》うて、途中で逃げたっちゅうけぇのー」

途中で逃げた、とは……喜作と栄一は顔を見合わせた。

「一橋様は、水戸の出なのに攘夷じゃないんですか」栄一が聞く。

「一橋っちゅうより、諸悪の根源は佞臣《ねいしん》・平岡円四郎じゃ。平岡は一橋家獅子身中の虫じゃけぇ」

聞けば聞くほど悪い噂ばかりだ。二人はいたたまれず、こそこそとその場を離れた。

「えれーことしちまった……」小路を歩きながら、喜作が嘆く。

「俺たちは攘夷の志士だい。徳川一門の一橋の威光にすがるなんてあってはならねぇことだ。一橋様とて、あにぃに英邁英邁と聞いていたが、とんだ臆病者だ」

「いや、俺たちは一橋にすがったんじゃねぇ。あの平岡様ってお人に、男と男の約束で個々に助けてもらっただけだい。よし、急いで平岡様の宿を探すべぇ」

「そんでどうすんだい？」

「そんで『お伊勢参りに行くのに道々物騒なもんで、お名前をお借りしました。どうもありがとうございました』ってきちんと礼を言って、そんで終わりにするんだ」

しらばっくれればいいものを、そこは律儀で純朴な田舎育ちだ。早速、円四郎の主君である徳川慶喜の宿所を人に尋ねた。すると、二条城《にじょう》のすぐ南にある、若狭《わかさ》屋敷に逗留《とうりゅう》しているという。徳川家と関係の深い、譜代《ふだい》の小浜《おばま》藩の広大な藩邸である。

翌日、二人は証文を携えて屋敷を訪ねたが、円四郎は用事で不在だと門番に言われてしまった。

「われわれは一言、平岡様に『京に着きました』と御挨拶を申し上げたかったのですが……」

「大変お忙しくされておるのだ。そんな用事なら、わしが伝えておこう」

二人は門番に礼を言って頭を下げ、そそくさと立ち去った。

「礼は……尽くしたよな？」喜作が小声でささやく。

「あぁ、尽くした。きちんと挨拶に行ったんだ。それに、そんなにお忙しいならしかたがねぇだんべ」

栄一も小声で返す。道理を踏み外すなという、市郎右衛門の戒めも守った。

「よし、この先どうする？」喜作が言う。

「せっかく来たんだ。攘夷の志を果たすべく、京の様子をもっと探るべぇ！」

栄一と喜作は胸をワクワクさせながら、足取りも軽く歩きだした。

二人は三条小橋《さんじょうこばし》にある上等な旅籠に宿を取り、そこを拠点に、江戸の塾での知り合いや有名な攘夷の志士を訪ね歩き、時事を論じたり意見を聞きながら、京の情報を集め始めた。

「家を捨てて、お伊勢参りとはどういうこった？　栄一も喜作も、働き盛りが連れ立っていなくなるとは」

宗助は中の家にやって来て、渋面を作った。

「そうだよ。お千代も引き止めねぇで、何してたんだい」

「申し訳ありません……」

宗助の妻のまさにとがめられ、千代は小さくなった。見かねたゑいが、横から口を出す。

「お義姉《ねえ》さん、お千代は何も悪くねぇんだよ。私が栄一を甘やかしたんだに」

「こんなご時世だ。世の中を知るのも悪いことべーじゃねぇだんべ。俺がその分、存分に働かい」

そう言って、市郎右衛門はあっけらかんと笑う。

「俺がってお前……」弟は何を考えているのか、宗助は二の句が継げない。

「おてい、あんたの婿さんには、私が中の家を守るしっかりした人をきっと探してやんべぇ」

番茶を運んできたていが、まさのおせっかいの餌食になった。

「まったく。うた、あんたのとっさまのせいで大変だに」

庭で薪《まき》を運びながら、千代におぶわれたうたに、ていがわざとふくれてみせる。

「ほんとにねぇ……」

千代が笑っていると、大量の菜種油を一人で運んでいる平九郎が通りかかった。

「今、あにぃが忙しくて。それにいろいろ金も入り用なもんで、精出して働かねばなんねぇ」

油商の仕事とは別に、惇忠は誰にも知られぬよう、中止した計画の後始末に追われているのだ。

「平九郎さん、手伝うべぇ」

「あぁ、おてい。ありがとう」

うれしそうにしているていを見て、千代はこっそりほほえんだ。ていは平九郎に、淡い恋心を抱いているようだ。

千代も手伝い、三人が尾高家の近くまで来ると、不意にせっぱ詰まったような声が飛んできた。

「江戸に行がせてくれ！　いつまでもこんなとこにはいられねぇ」

竹刀を持った長七郎が、家の前で惇忠ともめている。

「だめだ、長七郎」

「しかし、世がこれほど大きく動いておるというのに！」

「落ち着け。今はまだだ。栄一たちの知らせを待つんだ」

長七郎は惇忠をにらみつけ、振り切るように家の中に入ってしまった。

平九郎が、困惑顔でため息をつく。

「近頃、ちっと様子がおかしいんだ。夢でうなされたり、狐が見えると言いだしたり……」

「……狐？」千代は眉を寄せた。

妹に気付いた惇忠が、心配させまいと笑顔を作った。

「あぁ、お千代。案ずるな。剣の腕は今まで以上に冴《さ》えてる。きっとすぐに元気になる」

しかし長七郎は、土間に座り込み頭を抱えていた。

「長七郎、何を悩んでんのか知らねぇが、にいさまは名主の仕事だって大変なんだ。あまり迷惑をかけるんでないよ。いいね？」

母のやへにたしなめられたが、長七郎は答えず、目には異様な光をたたえていた。


栄一と喜作は情報集めと言いながら、都の名物料理や酒に舌鼓を打ちつつ志士たちと交流し、京での暮らしを満喫していた。

「よし、そろそろお伊勢様に行ぐべぇ。攘夷を目指すからには、一度は天子様の御先祖に参っとかねぇと」

宿の朝飯を終えた喜作が、大きく伸びをして言った。京に来てから、すでにひと月がたつ。

「しかし、金というのはあっという間に消えるもんだいな」

愛用の算盤《そろばん》をはじいていた栄一は、しみじみと言った。

「まぁ、当然か。宿代も食い物《もん》も飲み物《もん》も金がかかるのに、一銭の稼ぎもねぇんだからな」

市郎右衛門が持たせてくれた金はまだ残っているが、この調子でいくと、そう長くは暮らしていけない。そこで二人は、宿屋の主人に宿賃の値下げを交渉してみることにした。

「もう少し安くと言わはりましてもねぇ」

「そこをなんとか。一泊一人五百文《もん》は高すぎる」栄一は食い下がった。

「この宿を気に入ってんだ。ほかに変わりたくねぇ」喜作も頼み込む。

「まぁ、そうまで言わはるんやったら、食事を朝晩二度、昼は食べへんということで四百文にまけときまひょ」

「そりゃあありがたい」栄一と喜作は、手を打って大喜びした。

「うたに土産を買わねぇとなぁ」

「そうだい。よしと作太郎と、あ、東の家はどうする？」

うきうきと出かけていく二人を笑顔で見送りながら、主人は丁稚《でっち》に言った。

「世間知らずの、ええお客はんどす。普通の旅籠なら一泊二百五十文ほど。こないに長逗留するんやったら、最初から安《やす》い木賃宿か何かにしといたらええものを……」


文久三（一八六三）年末、朝廷は将軍後見職の徳川慶喜、福井藩の前藩主・松平春嶽、長州を追い払った陸奥《むつ》国会津藩主・松平容保《かたもり》、伊予《いよ》国宇和島《うわじま》藩の前藩主・伊達宗城《だてむねなり》、土佐藩の前藩主で、隠居して容堂《ようどう》と号するようになった山内豊信《やまうちとよしげ》の五名を朝議参与《ちょうぎさんよ》に任命。明けて文久四（一八六四）年には薩摩藩の島津久光も加えられた。これら有力大名の参与たちが、京都御所の孝明天皇の簾前《れんぜん》で朝廷の会議に参加して国政を考えるという、合議制会議（参与会議）が行われることになったのである。

公武合体《こうぶがったい》を唱える薩摩藩の画策どおり、尊王攘夷派が一掃された政局において、勢力の強い大きな藩――雄藩《ゆうはん》の政への参加が実現した。

「ようやくここまでこぎ着くっこつができもしたのう」

若狭屋敷の廊下を、久光が宗城や容堂とともに、意気揚々と歩いていく。

「議題はまず、『横浜の港の鎖港《さこう》』と『長州の処分』でございもす。いまさら一度開いた港を閉じよとは、どだい無理な話。さぁ、天子様にいかにして御納得いただくか……」

この一行と少し離れて、横浜鎖港問題で久光と対立した慶喜が、春嶽と歩いていた。

慶喜はふと、視線を感じた。久光の後ろについている大久保一蔵と目が合う。

一蔵は慶喜に薄くほほえみ、会釈して歩き去った。どこか油断のならぬ男である。

慶喜が部屋にしている座敷に戻ると、春嶽が言った。

「まだ、薩摩を疑っておられるのですか？」

慶喜は、薩摩藩がいずれ朝廷を主導しようと企んでいるのではないかと懸念していた。

「老中たちは大いに疑っております。政は公儀のもの、それをなぜ、京でも政のごときまねをするのかと。むろん、上様の名代である私も同様に疑っておる」

「今の国難は、公儀の職務を超えております。今までの古くさい考えを捨て、全く新しい世にせねば免れませぬ」

「その考えはよく分かる」

「では、その新しい世を誰と作られるおつもりか。江戸の老中たちより、私たちのほうがよい。そうでしょう？」

そのとき、奥に控えていた円四郎が口を挟んだ。

「しかし天子様は今、公方様をことのほか御信頼の御様子。元来、勤王の志高きわが殿への信頼も厚い。薩摩と手を組む公家周辺はともかく、天子様御自身の御公儀への信頼は、揺るぎなきものと存じます」

「いいや、公儀が公儀のみで国を守るのは、もう無理だ。朝廷がこの先も横浜の港を閉じよなどと無理難題を押しつけるのなら……徳川はもう、政の委任を返上したほうがよい」

「はぁ？　徳川に征夷大将軍《せいいたいしょうぐん》を降りろと申されるのか？」

春嶽の言い分に納得がいかず、円四郎は思わず声を張り上げた。

「そうじゃ。一橋様のおっしゃるとおり、時すでに遅しじゃ。御公儀は衰えた」

「一度は殿を将軍お世継ぎにと動かれたあなた様が！」

「もう徳川が公儀を務める必要はない」

春嶽はきっぱり言うと、再び慶喜に向き合った。

「一度すべてを捨て、われわれで新しい世を作ろうではありませんか」

――何をばかな。顔には出さなかったが、慶喜は怒り心頭に発していた。


「何が新しい世だ！」

家臣の部屋に戻った円四郎は、同輩の黒川嘉兵衛《くろかわかへえ》に腹立ちをぶつけた。

「落ち着かれよ、平岡殿」

黒川になだめられたが、徳川の誇りを傷つけられて黙ってはおれない。

「だって、直参として、あんな暴論は許せませんぜ！　それに越前様はすっかり信じてるが、参与会議を仕込んだ薩摩はやっぱり怪しい。つい最近までエゲレスと戦をしていたくせに、今では隠れてエゲレスから武器を買ってるっていうじゃありませんか」

「さよう。いかんせん一橋家は兵を持たぬゆえ、京においては薩摩に見劣りします。殿がここで力を持つには、これからはもっと家臣と兵をそろえねば……」

二人が話していると、「失礼いたしまする」と一人の藩士が入ってきた。黒川が笑顔になる。

「おぉ、こちらは殿の望みにより当家にて働くこととなった、水戸御家中の……」

原市之進《はらいちのしん》である。水戸の弘道館訓導《こうどうかんくんどう》（教師）を務め、亡くなった従兄の藤田東湖とともに、水戸学の第一人者と言われている俊才だ。

「はっ、そりゃおかしいぜ。俺たち一橋家臣の命を狙ってるってえのも、水戸の者だという噂だが」

中根を暗殺されてから、円四郎は疑《うたぐ》り深くなっている。しかし市之進は意に介さない。

「おっしゃるとおり、烈公亡きあと、水戸は家中で考えが分かれ、大いに荒れております。藤田小四郎は攘夷を唱えて徒党を組み、領内を抜け出した」

「小四郎殿が？」

「烈公を神とあがめる小四郎たちの一派を、水戸の家中では『天狗《てんぐ》』と呼んで警戒しております。私はかつて弘道館で一橋様とともに学び、武田耕雲斎様より一橋様を守るよう言いつかっております。必ずやお力になるとお誓いいたします」

「そうか……疑って悪かった。よろしくな」

信頼の置けそうな男である。そこへ、家来が入ってきた。

「平岡様、また渋沢という者が参りましたが……」

「うるせえっ。今はめっぽう忙しいってそう言ってんだろ」

政局から一時《いっとき》も目が離せない円四郎には、ほかに気を配る余裕がないのであった。

その後も円四郎に会えないまま、栄一と喜作は蓑虫《みのむし》のように布団にくるまり、寒さをしのいでいた。

「はぁ、京の冬は寒《さみ》ぃが、懐はもっと寒《さみ》ぃ……」喜作が洟《はな》をすする。

「倒幕どころか、無駄にいろんなとこで飲み食いしている間に借金まみれだい」

故郷の家族にも同志にも面目ない。栄一は「こんなことでどうする」と自らを鼓舞し、えいやっと布団をはねのけた。

「もうここは出るべぇ。もっと安い旅籠を探すんだ。京に来て分かったのは、攘夷の連中は幕府の不満をべらべら言ってばかりで、ちっとも動かねぇってことだ」

そう言って、散らかった部屋を片づけ始めた。喜作も布団を抜け出し、栄一を手伝う。

「どうしてるかなぁ、よしのやつ。俺がいねぇで、寂しい正月だったんべなぁ」

「あぁ、今年の藍玉はどうだったんべなぁ。この冬はよく冷えるから、いい塩梅《あんばい》の色になるといいんだが」

「それに俺は……長七郎も心配だ。あいつが……あんなふうに泣くなんて」

喜作同様、栄一も気になっていた。人一倍気性が荒く、誰よりも攘夷の炎を燃やしていた長七郎だ。本当は、栄一たちより無念だったかもしれない。それに、自分たちの目で見て京の実情を知った今なら、皆を必死で止めた長七郎の気持ちも分かる。

「うむ……よぉーし、こんなとこ、これ以上長くいたってしかたねぇ。そろそろ動くべぇ」

栄一は筆を取り、喜作と一緒に文をしたため始めた。

『京では、いまだ大きな動きはない。長州をはじめ、攘夷の志士は身を潜めている。しかし、そんな今こそ、俺たちが動かねばならねぇ。ここに眠る志士たちの目を覚まし、昨年かなわなかった横浜焼き討ちの夢を、今こそかなえるのだ！』……」

惇忠が栄一たちからの文を読み上げるのを、長七郎と平九郎は前のめりになって聞いている。

「『いま一度、共に画策いたしたい。長七郎にも即刻、京に上るように伝えてほしい』……」

「ようやく来たか！　この時を待っていた」

惇忠から文を受け取ると、長七郎は大事そうに懐にしまった。

「よかったなぁ、あにぃ」

久しぶりに長七郎の笑顔を見て、平九郎もうれしそうだ。

「ああ！　あにぃも平九郎も、きっと来いよ」

長七郎は張り切っている。まだ弟の様子が心配だった惇忠は、仲間の志士・中村三平に同行を頼み、長七郎を出発させることにした。

ところが、数日もたたぬうちに、青天の霹靂《へきれき》が起きた。長七郎が人を殺《あや》めてしまい、江戸の境にある板橋《いたばし》宿で捕縛されたのである。

「通りすがりの飛脚をいきなり斬ったらしい。長七郎も一緒にいた中村も、江戸伝《てん》馬町《まちょう》の牢に護送される」

知らせを受けた惇忠は急ぎ板橋宿の番屋《ばんや》に向かったが、長七郎に面会することはかなわなかった。

「あぁ、どうしてそんなことに……長七郎……」やへは膝からくずおれた。

「かあさま。きっと何かの間違いだ。あにぃが人殺しなんてするわけがねぇ」

平九郎が慰めていると、知らせを受けた市郎右衛門とゑい、千代が駆けつけてきた。

「ごめんなさい。あの子はなんだってこう、家に迷惑ばかりかけて……」

身も世もなく泣き崩れるやへを、ゑいが背中をさすって励ます。

「やへさん、気をしっかり、しっかりね」

市郎右衛門が「どうだった？」と惇忠に様子を聞く。惇忠は首を横に振った。

「岡部の陣屋にも掛け合ったが……」

「そうか。岡部の役人じゃどうにもなるめぇ」

市郎右衛門の顔にも憂色が浮かぶ。

惇忠は亡くなった飛脚の家に見舞いを届け、もう一度、板橋宿に行くという。

「入り用だろう。持っていげ。東の家には俺から話しておく」

市郎右衛門は、用意してきた金を惇忠に渡した。

「はい。すみません。それから……もう一つ、気になることがあるんです」

そう言うと、惇忠は眉を曇らせた。

「長七郎は、恐らく栄一たちからの文を持っている」


何も知らない栄一と喜作は、宿屋の表で、のんきに通りを眺めていた。

「長七郎はまだ来ぬかのう」

背伸びして通りの向こうを見る栄一の横で、喜作が急にきょろきょろ辺りを見回し始めた。

「どうした？」

「いや、誰かこっちを探ってたような……」

そこへ、早飛脚が惇忠からの文を運んできた。部屋に戻り、喜作が早速、封を開く。

「あにぃが早飛脚を使うなんて、何事だ？」

火急の用件でもあるのだろうかと思いつつ、栄一は喜作の隣に座った。

すると、文に目を走らせていた喜作が、はた目にも分かるほど顔色を変えた。

「……長七郎が捕まった。長七郎と中村三平が、戸田ケ原《とだがはら》（現在の埼玉《さいたま》県戸田市）で何かの間違いから、捕縛されて入牢したと書いてある」

「牢につながれた？　なんでそんなことに」

「それだけじゃねぇ。俺たちの出した文も一緒に、御上《おかみ》の手に渡っちまった」

大変だ。栄一が絶句していると、喜作が「とりあえず江戸に行ぐべ」と立ち上がった。

「長七郎は何も悪いことはしてねぇはずだ。すぐに牢から出してもらわねぇと」

「待て。江戸に行ったところで、俺たちに長七郎を助けられるわけねぇだんべ。俺たちはもともと八州廻りに追われてたんだい」

長七郎を救いたい気持ちは栄一も同じだが、どう考えても不可能だ。

「それに……書いたんべ、あの手紙にいろいろ。『横浜焼き討ち』とか、『眠る志士たちの目を覚まし』とか……」

「書いた……書いたな」喜作の顔がみるみる青くなる。

「それが御上の手に渡ったんなら、俺たちのはかりごとは、すでに漏れてる。俺たちも確実に捕まる」

「もしかして、さっきの人影……」喜作はハッとして窓を開けた。周囲に人がいないのを確認すると、窓の敷居に足を掛け、身を乗り出そうとする。

「何してんだ？」

「逃げるしかねぇだんべ」

「どこに？」

「どこかしらに。長州か、もっと先か……」すっかり気が動転している。

「そんな、つてのねぇとこ行っても捕らえられるだけだんべ。もとより逃げるとこがねぇから、ここに来たんでねぇか」

栄一のほうが、まだしも冷静だ。

「そうだった。でもどうすんだ？　進退窮まったぞ！」

「弱音を吐くない！　二か月前に京に入ってきたときの、あの威勢はどこに行っちまったんだ！」

「お前こそだい！　あぁ、こんなことになんなら、むしろ去年の冬至に事を挙げればよかったんだ。そうすればこんな辱めを受けることはなかったのに……」

「あぁ、そのとおりだ……」

二人とも、がっくりと肩を落とす。

「もう……潔く腹を切るしかねぇのか？」喜作が泣きそうな顔で言った。

「え？　いや、俺はそれはごめんだ。俺は死にたくねぇ。お千代とうたにも約束したんだい。どんなになっても生き延びてみせるって」

「しかし、どうする？」

妙案は出ず、一向に相談はまとまらない。「どうする？」「どうする？」の堂々巡りだ。

ややあって、「失礼します」と襖が開き、宿の主人が顔を出した。

「お客様が、外で呼んではります」

「……まさか！　もう捕らえに来たのか」

われを忘れた喜作が窓に突進する。栄一もあたふたと後に続く。

「はぁ？　お客さん、何してはるんどすか？」

「おい、動くな！」

栄一たちはハッと動きを止めた。剣を手にした武士が主人をよけて入ってくる。

その顔に、二人とも見覚えがあった。

「あなたは……」

「平岡様がお呼びだ。すぐに来い」

円四郎の部下・川村恵十郎であった。


若狭屋敷に連れてこられた栄一と喜作は、しおれた菜っぱのように縮こまった。

「ひさかたぶりであるな」

円四郎は、正座してうなだれている二人を見下ろして言った。

「……ははっ」

「単刀直入に聞く。江戸で何か企てたことはあるか。これまでに何か企てたことがあるなら、包まずに語れ」

二人ともどきりとした。円四郎の顔に、笑みは一切ない。罠《わな》かもしれぬと、栄一は迷った。

「……いいえ、何も企てておりません」

様子を見ようと思ったらしく、喜作が答えた。

「……そうか。おぬしらのことについて、江戸の御公儀から一橋へ掛け合いが来た。何でも、おぬしらを捕らえるための取締りが、もう京まで追って来ているそうだ」

やっぱり——喜作が感じた視線は、気のせいではなかったのだ。しかし、栄一たちが京に上る際に「平岡の家来」だと名乗ったので、御三卿という手前、直ちに手を下すことができない。それゆえ、栄一たちが確かに平岡の家来かどうか、一橋家に照会があったという。

「おぬしらには仕官を断られたゆえ、私もしらじらしく、『あぁ、わが家来です』と偽りを答えるわけにもいかぬ。だからといって、ありのままに『平岡の家来ではございませぬ』と答えてしまえば、おぬしらが直ちに捕縛されるのも分かりきっておる。……で、返答に困ってるという次第だ。おい、どう考える？」

見捨てられたとて文句は言えない、何の義理もない百姓ふぜいに、こうして忙しい合間を縫い時間を割いてくれた。それだけでもありがたく、栄一はますます萎縮した。

「ま、誠に、御迷惑をおかけし申し訳ございません。平岡様には、いえ、平岡様の奥方様にも誠にお世話になったというのに……」

それを聞いたとたん、急に円四郎がニヤリとした。

「おっ、やすに会えたか。どうだった、い〜い女だろ」

「え？　あぁ、はい」

「お、お美しいお方で……」

戸惑いつつ栄一と喜作が言うと、円四郎はハッとわれに返り、「ばか野郎」と再び顔を引き締めた。

「俺はな、いまさらお前らに謝ってもらいてぇわけでも、おべっか言われてぇわけでもねぇんだ」

武家らしい体裁を繕うのに疲れたのか、姿勢を崩して二人を見る。

「お前らとは知らぬ仲じゃねぇ。お前らの気質も多少は知っている。悪く計らおうとは思っちゃいねぇ。だから……」と周りを気にしながら小声になり、「包まずに話せ」と言う。

「そうおっしゃるなら……」と喜作も小声になる。「実は……私どもの仲間が、何かしらの罪を犯して捕らわれ、獄につながれたという文が届きました」

「ほう。しかしそれだけではあるまい」

「……その者に、われわれから文を出しておりました」

文の内容を聞かれて、喜作は口ごもった。だが、栄一は思い切って打ち明けた。

「元来、私どもは……『幕府は政を怠っており、このままでは日の本は成り立たねぇ。一刻も早く幕府を転覆せねば』と悲憤慷慨《ひふんこうがい》しております」

円四郎が「はぁ？」と目をむいた。「お、おい」と喜作が袖を引っ張る。

「ですので、その持論を文に書き、その者に送りました。これは……大いに幕府の疑いを招く文であったと心得ます」

横浜焼き討ち計画の詳細は伏せつつ正直に話すと、果たして円四郎は哄笑《こうしょう》した。

「ハハッ、そんなこったろうと思ったぜ。しかし、悲憤慷慨なんてほざいてるなんてなあ、元来挙動が荒々しいときてる。おぬしらも今までに人殺しや、盗みを働いたりなんてぇ人の道理に外れたことはしてねぇだろうな？」

「え？　それはございません！」驚いて喜作が答える。

「はい。誓ってございません。確かに『斬ってやりてぇ』と思ったことはたびたびございましたが、恨んで殺すとか、盗むために殺そうと思ったことはありません。国を滅ぼす奸物《かんぶつ》を『捨て置けねぇ』とは考えましたが、あいにくそれもまだ、手を下せる機会に恵まれておりません」

堂々と語る栄一をおもしろそうに見て、円四郎は「……ばかっ正直なやつだねえ」と苦笑した。

「それならよい。それで、おぬしらはこれからどうするつもりだ？」

「……実は、どうしていいか分かりません。平岡様の証文を頼りに京まで参り、この地で志を遂げようと思っておりましたが、ここに来て前にも後ろにも進めなくなりました」

「そうです。日の本に尽くすためなら一命を捨ててもと思っておったのに、まだこれぞという目的も持たねぇうちにこんなことになってしまって……」

栄一と喜作は、再び肩を落としてしょんぼりした。

「なるほど。そんなこったろう。だったらそろそろ腹を決めろい」

腹を決めろ、とは――意味を量りかねている二人におかまいなく、円四郎は続けた。

「もちろん当分は下働きだ。一等下の、下士軽輩《かしけいはい》で辛抱する覚悟でいなきゃあならねぇ。知っているだろうが、一橋の君公は素晴らしいお方だ。お前らがたとえ幕府をだめだと思っていても、一橋が同じとは限らねぇ。それによ、あの前途有為《ゆうい》の君公に仕えるなら、草履取りをしたって役に立つってもんだ」

「あの、それは……」口を挟もうとした栄一を無視して、円四郎は言った。

「こうなるとずいぶん難しい話になっちまったが、それでも、もしおぬしらが一橋家に仕官したいというなら……俺が面倒を見てやるぜ」

栄一は驚き、円四郎の気風のいい笑顔を見つめるばかりだ。

「しかし俺たちは幕府を倒そうと……」信じられぬ様子で、喜作がおずおずと言った。

「いたずらに幕府を倒すために命を投げ出したところで、それが本当に国のためになるのかどうか、お前たちはまだ、そこんとこを分かっちゃいねぇ。俺は、政や己の立場に関わりなく、お前たちを気に入ってる。悪運が強《つえ》えところも好きだ。そんだけ無鉄砲で、いつ死んでたっておかしかねぇのに、こうして二人そろって、もう一度、顔を見せてくれた」

そしてまた、円四郎はニカッと笑った。

「どうだ？　……一橋の、家来になれ」

第十四章　栄一と運命の主君

　一橋家の家来になれと言われても、栄一と喜作には、簡単に「はい」と言えぬ理由がある。

「……御親切なお申し出、実に感佩《かんぱい》の至りでございます」

　栄一がへりくだって答えると、円四郎が、そうだろう、というようにうなずく。

「しかし、お察しどおり、すっかんぴんの身の上ではございますものの、いやしくもわれわれには志が……」

「はぁ？　断る気か？　仕えるのか、とっ捕まるのか、どっちかしかねぇんだぞ！」

「ははっ。そのような中、このような御厚情を頂き、誠にありがたいことですが……」

　ますます腰を低くする栄一に、喜作も続く。

「いやしくもわれわれの志に関することゆえ、軽率には返答いたしかねます」

「二人でとくと相談のうえ、否か応かお返事いたしたく……」

「分かった。もうよい。さっさと帰れ」

　円四郎があきれ顔で遮ると、二人は頭を下げてそそくさと帰っていった。

　入れ代わりに入ってきた恵十郎に、円四郎がため息交じりに言う。

「はぁ……本当のばかだぜ。川村、一応、公儀の役人への返事は引き延ばしとけ」

「ははっ。しかし、あのように剛情なやつらを……」

「見つけてきたのはお前だろ。大丈夫だ。俺の読みどおり、あの渋沢は……特にあの小さいほうはばかだが、ただのばかじゃねえ。いろいろ教えてやれば、きっと今の世を正しく理解できるようになる。それにそろって、あのずぶとさだ」

そこは恵十郎も同意して強くうなずく。円四郎は、腕組みして言った。

「いくら国のためを思おうが、今の世は正しいだけじゃ生き延びられねぇ」


宿屋に戻った栄一もまた、腕組みをしてじっと考え込んでいた。

一方の喜作は、部屋の中を歩き回りながらぶつぶつつぶやいている。

「ありえねぇ話だい！　昨日まで幕府を潰すと言ってたのに、今日んなって徳川方の一橋に仕官するなんて……生き延びるために志を曲げたと、後ろ指をさされるに決まってる」

「あぁ、そのとおりだ。いっそここで命を絶つか？」

剣呑《けんのん》な栄一の言葉に、喜作の足が止まる。

「まごまごしてるうちに縛られて獄につながれるより、そのほうがきっと、志を貫いた潔い男だと言われる」

「……あぁ、そうだな。俺たちは草莽の志士として……」

「言われる、かもしれねぇが俺はごめんだ」

「へ？」

「いっくら潔いとか志があるとか言われようと、気位だけ高くて、少しも世の役に立たねぇうちに一身を終えるなんて、俺はそんなことは決してしてしたくねぇ！」

「しかし……」

「世のために利を出さねば、何にもならねぇ。生きてさえいれば、今、卑怯と言われようと、志を曲げたと後ろ指をさされようと、この先の己のやることで、いくらでも誠の心を示すことができる……何より、今はもう時がねぇ。試すだけでもいい。一橋家へ仕官してみんべぇ」

「はぁ？　冗談じゃねぇ！　あにぃたちに何と言う？」

「いいや、長七郎たちを救い出すにしても、今、仕官すれば、俺たちはもうただの逃げ回ってる百姓じゃねぇ。位は低くても、表向きには一橋家の侍という立派な身分が出来る。そうなれば幕府からの嫌疑も消え、あるいは長七郎を救い出す手だてが見つかるかもしれねぇ」

栄一は現実的な筋道を、喜作に諄々《じゅんじゅん》と説いた。

「生き延びるためだけじゃねぇ。平岡様が開いてくれた、この仕官の道は……よぉく考えれば、一挙両得の上策だと俺は思うんだい！」

「お前……なんかワクワクしてねぇか？」

「ワクワクなどしてねぇ。ただ……」と、栄一は胸を押さえた。「ぐるぐるどくどくして……そう！あのお方の言葉を借りれば、おかしれぇ。おかしれぇって気持ちだ」

「ワクワクしてんじゃねぇか。俺は長七郎を助けてぇし、お前の道理も分かるが、お前みたいにたやすくそんな気持ちにはなれねぇ」

喜作の気性からして、簡単に節を曲げられないのも承知の上だ。

「それも分かる。痩せ我慢だが、『行くところがねぇんでお召し抱えを』なんて頭を下げんのは、いかにも癪《しゃく》だ。だから……ちっとんべぇ理屈をつけて仕官すべーじゃねぇか」

そう言うと、栄一はニッと笑った。


「二人で、とくと相談をいたしました」

再び円四郎を訪ねた栄一たちは、その面前に神妙な顔で座った。

「このような窮地におるわれらに仕官の道をお開きくださるという御沙汰は、実に思いもよらねぇ御厚意であります」

いかにも殊勝に喜作が切り出す。お次は栄一だ。

「しかしながら私どもは、百姓の出とはいえ、一人の志士であることを自ら任じておりました」

またそれかと、円四郎はしらけた顔になった。

「義のためなら鳥の羽根より軽く命を捨て、志のためなら火の中も水の中をもいとわぬ気概で……」

「あぁ、それはもう分かった。で、どうすんだ？」

例によって懸河《けんが》の弁を振るい始めた栄一を止め、単刀直入に聞く。

「一橋様に、愚説ではございますが、私どもの考えた意見を建白いたしたいのです」

「殿に建白だと？」

あぜんとする円四郎に、栄一と喜作は交互に申し立てた。

「ははっ。そしてそのうえで見どころがあると、明日にでも天下に事あらば主君としてわれらを役立てたいと、そうおぼし召しいただけるのであれば、ぜひお召し抱えいただきたい」

「それならば草履取りだろうが、役目の軽い重いなどいといません。しかしそうはおぼし召しいただけねぇなら……恐れながら行く末がなかろうと公儀に捕まろうとも、決して御奉公はできません」

「ぜひとも、私どもの愚説を一橋様に建白いたしたうえで、お召し抱えということにしていただきてぇんでございます」

ここまで来れば、ずぶとさも才覚ではなかろうか。円四郎は半ば感心しつつ、興味も持った。

「お前ら、おかしれぇけどいちいち面倒《めんど》くせぇな。その愚説ってのは、一体何《いってぇ》なんだ？」

喜作と顔を見合わせると、栄一は、懐に入れてきた意見書を円四郎に差し出した。

「……長そうだな。俺はこう見えても忙しいんだ。しかたねぇ。しからばこれを、殿へ御覧に入れるよう努力しよう」

意見書を持って立ち上がった円四郎に、すかさず栄一が畳みかける。

「いいえ！　ぜひ一度、拝謁を！　一橋様に、一言でもじかにこれをお耳に入れたいのです」

「はぁ？　お前ら、じかに殿に口をきいてぇってのか？」

二人そろって「ははっ」と平伏する。円四郎はもはや驚きもしないが、さすがに無理な話だ。

「まだ百姓の身分のお前らをじかに会わせるなんてぇのは、後にも先にも例がねぇ」

「それが無理とおっしゃるのであれば……私どもはこのまま死のうが生きようが、このお話はごめんを被るよりほかにしかたがありません」

頭を下げたまま、栄一が言い切る。

梃子《てこ》でも動かなそうな二人をまじまじと見て、円四郎の口から出たのは、この一言である。

「……ったくまぁ〜」

　このころ、朝議参与の大名たちに政を勝手させてなるものかと、将軍・家茂と幕府の老中たちが、再び江戸から京の都に乗り込んでいた。

　二条城の一橋詰所《つめしょ》で、慶喜は二人の老中と対面した。

「天子様はこのたび、勅諚《ちょくじょう》にて、『夷狄は憎いが、無謀の征夷は好まぬ』と仰せになられました」

　少し下がった場所で、円四郎が老中たちに説明する。慶喜が続けた。

「これで御公儀もようやく、『攘夷』というできもせぬ考えに縛られぬようになる。早速、横浜の港を閉じる段は引き下げ、今までどおりに……」

　言い終えぬうちに、老中首座の酒井忠績《さかいただしげ》が口を挟んだ。

「江戸でその議につき、よくよく話し合いましたが……今や薩摩も、港は閉じぬほうがよいと申しておるとのこと」

「さようでござる」円四郎が答える。「エゲレスと戦を起こした薩摩は、ようやく『攘夷は無謀』と家中の考えを変え……」

「薩摩の説に、公儀は従うわけにはまいりませぬ」酒井が、いかめしく遮った。

「はぁ!?」

「昨年は長州に迫られ攘夷を約束し、今度は薩摩に港は閉じるなと言われ鎖港を引き下げるのでは、公儀は薩長《さっちょう》に振り回され、少しも一定の見識を持たぬことになる」

　もう一人の老中・水野忠精《みずのただきよ》が「さよう」とうなずく。「天保《てんぽう》の改革」を行った、水野忠邦《ただくに》の長男である。

「朝廷が『攘夷せよ、鎖港せよ』とさんざん催促するから、こっちは横浜の港を閉じるために、すでに西洋に使節まで遣わしておるのです」

「薩摩が公家に取り入り、裏で糸を引いているという噂もある。越前殿とて、もはや信用できませぬ。薩摩に惑わされるとは要らざること」

春嶽を手厳しく評すると、酒井は慶喜に鋭い視線をくれた。

「薩摩が港を『閉じるな』と申すのなら、公儀は『閉じよ』でございまする」

「いまさら港を閉じよなんて……」円四郎は二の句が継げない。

慶喜は、ため息をついた。朝議参与でありながら幕府の将軍後見職でもある慶喜は、双方の板挟みになって、難しい立場に立たされることになったのである。

別の日、慶喜は松平春嶽、宇和島の伊達宗城、そして薩摩の島津久光と、この件について協議することにした。

「いまさら、港を閉じっとがよか策とは思わいもはん」

案の定、久光は憮然《ぶぜん》としている。

「さよう。私も先日の勅諚を踏まえ、横浜の鎖港の算段はすぐにでも中止し、『開国』の道を開くべきと考えます」

春嶽の意見に、宗城も「至極同意」と追随する。

「……土佐と会津はどうした？」

慶喜がそばに控えた円四郎に聞くと、山内容堂は二日酔い、松平容保は病が重くて来られないらしい。

「ははっ、大体、今の御公儀の方針は、できもせんことを朝廷に気に入らるったため舌先三寸でうそぶくだけの、まさに姑息《こそく》な御処置」

思い上がった久光の言葉が、慶喜の癇《かん》に障った。

「姑息？　……半年前まで『攘夷』と言っていた姑息な男は、一体誰であったか」

ぼそっと当てこする。たちまち久光のこめかみに青筋が立った。

ハラハラしている春嶽を尻目に、慶喜はフンとそっぽを向いた。


翌日、栄一と喜作が、みたび円四郎のもとにやって来た。

「……やっぱり無理だ。御当主に見ず知らずの者の拝謁を許すわけには、どうしてもいかぬ」

それもこんな大変な局面に、この者たちの話など主君の耳に入れられるわけがない。

「しかし……こうなれば、俺も意地だ」円四郎は、改めて二人に向き直った。

「どうにかこうにか拝謁の工夫をつけてやる。見ず知らずじゃいけねぇというなら、そう、一度でいい、遠くからでも姿をお見せして、『己がなにがしでござる！』と、とにもかくにも知っていただけるような工夫をするんだ」

「おお、なるほど」栄一は感心した。屁理屈《へりくつ》のような気もするが、一応、筋は通っている。

「幸い明日、松ヶ崎《まつがさき》で御乗切《おのりき》りがある。殿が、むさくさするから馬でも乗りてぇってんで、下加茂《しもがも》から山鼻《やまばな》辺りまで走らせるおつもりだ。お前らはその途中で出てきて、どうにか顔をお見かけしてもらえ」

「しかし、一橋様は馬にお乗りなんですよね？」

喜作が疑問を口にした。二人は馬など持たぬから、むろん徒歩《かち》である。

「あぁ、だからお前らは、馬に負けねぇよう駆けろ。走って走って、どうにか姿をお見せして、名を名乗れ」

「え!?」

肝心のところは栄一たち任せのうえに、ずいぶんとむちゃである。

帰り道、試しに走る練習をしてみた喜作が、首をひねりながら栄一に言う。

「……走って馬に追いつけるだんべぇか？」

「お前はまだいいが……俺はまずい。俺はお前より足が遅《おせ》ぇし、京に来てから、何だかちっと太った気もする」

「何、弱音吐いてんだ。平岡様がせっかく工夫してくださったんだ。俺らがそれに応えねぇでどうする？」

喜作が栄一を叱咤《しった》する。いったん心を決めたからには、一直線の男なのだ。

「一橋様……子どもの頃から、何度聞いたか分からねぇお名前だ。水戸烈公の御子だぞ。そのお方を一目見られるんだ」

「……そうだな。うむ。よし、やってやる！」

純粋と言うか単純と言うか、張り切って走りだす栄一であった。

さて、その当日。栄一と喜作は、街道の木陰に潜み、慶喜が現れるのを待っていた。

やがて聞こえてきた複数の馬のいななきと足音に、栄一が先に気付いた。

「お……来たど！」

「よし、行ぐで！」

二人して道に飛び出していく。

あっという間に走り去る騎馬の一行を、栄一は懸命に追いかけた。

「渋沢栄一でございます！　私《わたくし》は、渋沢栄一でございます！」

名を連呼する声に、慶喜は怪訝そうに振り返った。

「……何じゃ、あれは？」

問われた円四郎が、澄まし顔で答える。

「殿への仕官を望み、参った者にございます。これがなかなかおかしろい男でして」

円四郎に言われたとおり、栄一は馬に負けじと全力で駆け、火事場のばか力で喜作を引き離していく。

「すでに！　今、すでに、徳川のお命は、尽きてございます！　いかに取り繕おうとも、もうお命は……あぁッ」

勢い余った栄一は大きくつんのめって、地面に這《は》いつくばった。

慶喜は手綱を引いて馬首を翻した。馬を下り、家来たちを制して栄一に歩み寄る。

栄一は慌てて平伏した。

「そなた今、何と叫んだ？」

「……あなた様は、賢明なる水戸烈公の御子。もし、もし天下に事のあったとき、あなた様がその大事なお役目を果たされたいとお思いならばどうか、どうかこの渋沢をお取り立てくださいませ！」

「……フン、面《おもて》を上げよ」

顔を上げた栄一は、怖《お》じることなくまっすぐに慶喜を見つめ返した。

ようやく駆けつけた喜作が、自らも平伏しながら栄一の頭をぐいっと下げさせる。

「……言いたいことは、それだけか？」

慶喜に問われた栄一は、はねるように顔を上げて言い放った。

「否！　まだ山ほどございまする！」

慶喜が目をみはった。それを見た円四郎が、思わず小さく噴き出す。

「……円四郎。この者たちを今度、屋敷へ呼べ。これ以上、馬の邪魔をされては困る」

慶喜は再び騎乗すると、ハッと掛け声を発して馬を駆っていく。円四郎は栄一と喜作にいたずらっぽく笑み、「ははっ！」と主君を追っていった。

「……やった。やったぞ、栄一！　話を聞いてもらえるど！」

大喜びする喜作の横で、栄一は力が抜けて大の字に寝転がった。

「あれが……一橋様か」

行く手が開けたかのように、木々の合間に吸い込まれそうな青天がのぞいていた。

数日後、慶喜に拝謁を許された栄一と喜作は、緊張の面持ちで若狭屋敷にやって来た。

通された書斎で平伏しつつ、そっと目を上げ、周囲を観察する。

「質素だな。水戸では質素を重んじると聞いたが……一橋様も存外だい」

喜作が小声で言った。栄一も小声で、「あぁ。しかしあれを見ろ」と壁のほうを顎でしゃくる。

「何だ、あの鏡のようなものは」

「異国の絵か？」

「けっ、西洋かぶれとはけしからん」

まだ一部の人間しか、「写真」を知らない頃である。ちなみに、日本人が最初に写真撮影に成功したのは島津斉彬を写したもので、このときより七年前であった。

やがて円四郎に続いて慶喜、最後に一橋家の番頭役・猪飼勝三郎《いかいかつさぶろう》が入ってきた。

二人とも、這いつくばるように深く平伏する。

「……面を上げよ」

ゆっくり顔を上げると、慶喜が目の前に座り、じっと二人を見ていた。何を言われたわけでもないのに、栄一も喜作も固まったように動けない。間近で見る慶喜には、それほど威圧感があった。

栄一はぐるぐるする胸をぎゅっとつかみ、「……そ、それがしは」と重い口をこじあけた。

「名乗りはもうよい」と円四郎が止めた。

「意見書もすでにお渡ししてある。殿はお忙しく、時がないゆえ簡潔に申し上げよ」

「……ははっ。せ、先日申し上げましたとおり、幕府の命はもはや積み重ねた卵のように危うく、いつ崩れたっておかしくねぇありさまです。ですから、一橋様におかれましては、なまじそんな幕府を取り繕おうとお考えにはならねぇほうがよいと存じます。なぜなら、今のまんまじゃ、幕府が潰れりゃ、御三卿であるこの一橋の御家もろとも潰れちまうからです」

「おぬしら、殿に何と……」

人のよさそうな猪飼の顔が、見る間にひきつった。かたや円四郎は、栄一があまりに腹蔵なく己の考えをしゃべるので、主君に対する申し訳なさでいっぱいである。

「猪飼、出かける支度をせよ」

慶喜は猪飼を下がらせると、脇息《きょうそく》に肘をつき顎に手を当て、庭のほうを見やった。

喜作は焦った。慶喜を怒らせてしまったのではないか。仕官どころか、逆に幕府の役人に突き出されるかもしれない。

「そ、それゆえ、私どもが建白いたしたいのは、まずはこの一橋家そのものの勢いを盛り上げることです」

慌てて栄一の話を軌道修正する。栄一は喜作の意図に気付かず続けた。

「そうです。幕府はまずはほっといて、日の本のために、この御家を、この一橋家をでっかくするんです」

慶喜は外を眺めつつ「……フン」と、ため息とも相づちともつかぬ声を漏らす。

喜作はもう、生きた心地もしない。一方の栄一は、勢いづいてさらに続ける。

「そのためには、われらのような天下の志士を広くお集めになることが第一の急務。国を治める手綱が緩むと、天下を乱そうとする者も続々と出てまいりますが、いっそその乱そうとするほど力の有り余った者をことごとく家臣に召しましたならば、もうほかに乱す者はいねぇ！　おのずと治める者が決まってまいります！」

「……フン」

「天下の志士が集まれば、きっとこの一橋家が生き生きとするに違いねぇ。しかしその一方、幕府や大名たちには『一橋は何をしてる？』と疑われ、『一橋を成敗だ』なんて話も生まれっちまうかもしれません」

暴れ川のように、むきつけな言葉があふれ出る。円四郎は救いようがない、というように額に手を当てた。だが栄一の勢いは止まらない。

「万が一そうなったら……やむをえねぇ。やっちまいましょう！　戦はあえて好むことではございませぬが、国のためならしかたねぇ。結果として、もし幕府を倒すことになったとしても、いっそ衰えちまった日の本を盛り上げるきっかけになるかもしれません。そう、これだ！　そのときこそ、この一橋が天下を治めるのです！」

弁舌が最高潮に達し、栄一は勢いよく拳を突き上げた――が、慶喜からは何の反応もなく、円四郎と喜作にいたっては、あきれ返ったように静まっている。栄一は、そろそろと拳を下ろした。

「と……こういう私どもの建白を、深くおもんぱかっていただきたいのです。臆病風に吹かれ、天子様の勅命を退けたり、大名たちに背中を向けるのではなく……私どもがこの一橋家に仕えるにあたり、あなた様に、水戸烈公の御子である一橋様にぜひ、大きくなっていただきたいのです！」

慶喜が、初めて栄一に視線を合わせた。心臓がどくんと鳴る。その表情からは何も読み取れないが、じっと見つめてくる慶喜の目を、栄一は引かずにじっと見返した。

「……フン」

慶喜は音もなく立ち上がると、「話が終わったようだ。出るぞ」と円四郎に言い、さっさと部屋を出ていった。一言も言葉をもらえなかった栄一たちは、口を開けてぽかんとするばかりだ。

円四郎は急いで慶喜を追うと、様子をうかがうように言った。

「殿、お手間を取らせまして……」

「うむ。特に聞くべき目新しい意見もなかった」

「ははっ。まだ無知で不作法ではございますが……」

「そうだな……そなたとの出会いを少し思い出した」

円四郎から、てんこ盛りの飯椀《めしわん》を「へぇ、お待ち」と差し出された思い出だ。

「あのときほどには驚かなかったぞ」

「あ、はぁ〜、もう、あのころのことは、どうかご勘弁を」

ばつが悪そうな円四郎を見て、慶喜がかすかにほほえむ。そこに、猪飼が戻ってきた。

「殿、支度が整いましてございます」

「あぁ、二条城に戻る。老中たちを待たせている」

「ははっ。それでは、あの者たちは……」

円四郎が主君の背に問いかけると、慶喜は立ち止まったが、振り向きはしなかった。


自分たちの処遇はどうなるのか。書斎に残された栄一と喜作がドキドキしながら待っていると、円四郎が戻ってきた。二人の前にドスンとあぐらをかいて座り、唐突に切り出す。

「俺の知っているかぎり、分かりやすく話をしてやろう」

めんくらっている二人にかまわず、円四郎は話を進めた。

「天子様は今……三条や長州らが京から消え、心から安堵されている。そして『従来どおり任せねば治まらぬ』と、再び徳川へ政をお任せになった」

栄一の脳裏に、「天子様は、攘夷の志士よりも幕府を選んだ」と男泣きした長七郎の姿が浮かぶ。

「御公儀はその命に従い、今、異国に『横浜港を閉じるのを許可してほしい』と談判する使節を送っている」

「幕吏が異国に使節を？」喜作が目をむいた。

「し、しかし、そんな敵に尾っぽを振るようなまねを……」

また口が暴れだしそうな栄一を、「よく聞け」と円四郎が抑える。

「俺だって初めは攘夷だったぜ。二百年も閉じてりゃあ、誰でもよそ者に『はいどうぞ』と、おいそれとは言えねぇ。しかし俺が思うに、この文久の世とともに、もう古くさい『攘夷』って考えは、この世から消える」

円四郎の目が、刃先のように鋭く光った。

「これからは異国を追い払うんじゃねぇ。わが日本も、国と国としてきっちり談判するんだ。俺の目から見りゃあ、攘夷攘夷と異人を殺したり勝手やったやつらの尻拭いをしながら、必死に国を守ろうとしてんのが、お前らが憎んでいる御公儀だ」

栄一はアッと声を上げそうになった。

「徳川の直参なめんなよ、この野郎」

さらに円四郎は二人にこんこんと教え諭した。

「上の連中は因循極《いんじゅん》まるが、先祖代々公儀に仕えてきた直臣《じきしん》は、今でも汗水たらして、頭使って、必死に積み上がった卵が割れねぇように気を張って生きてんだ。わが殿も臆病風に吹かれるどころか、朝廷や公方様や老中や薩摩や越前やら、毎日一切合財を相手にしながら、一歩も後に引かねぇ剛情者《もん》だ。力を持ち過ぎると疑われ、今じゃ身動きも取れねぇ。……どうだ？　ちいっとはこの世のことが分かったかい？」

喜作が「……ははっ」と頭を下げる。だが栄一は、一言《いちごん》もなかった。

「よぉし。分かったなら……」円四郎はにっこり笑んで、二振りの刀を差し出した。

「この先は、一橋のためにきっちり働けよ」


宿に戻った二人は、早速、荷物をまとめ始めた。

「しかし驚いたのう。御三卿の一橋様が、お上品どころかそんな剛情者《もん》だったとは……」

そう言いながらも、喜作はうれしそうだ。

「仕官なんかとんでもねぇと思っていたが、俺はがぜん一橋様に興味が湧いてきた。しかし平岡様のおっしゃる攘夷が消えるってのはピンと来ねぇ……おい、どうした？　お前みてぇなおしゃべりが、ずっと黙り込んで」

「あ？　……あぁ、うむ……目からうろこが落ちたみてぇだった」

偉そうにあれこれ論じてきた栄一だったが、いかにその考えが浅かったことか。

「京に来てからも、とんとピンと来なかったが、天子様というのは確かにこの京にいて、その周りには公家がいて、今は公方様や老中や薩摩や、みんながここに集まって政をしている。その真ん中にいるのが一橋様だ。何《なん》ていうか……ぐるぐるもするが、ゾッともする。今まで思い浮かべていただけのものが、目の前で、本当に動いてんだ」

〝木を見て森を見ず〟と言うが、栄一は森ばかりを見て、腐った木や倒れた木を見逃していたのかもしれない。

ともあれ、無事に拝謁も済み、栄一と喜作は一橋家で働き始めた。

猪飼がまず二人を連れてきたのは、御用談所《ごようだんしょ》である。

「うぉ〜、何だいねここは……」

二人は目をみはった。たくさんの書類に埋もれるようにして、多くの家臣たちがてきぱきと働いている。

「この一橋家の、朝廷や御公儀、諸藩との取り引きの手はずをするところだ」

この御用談所の番人の「奥口番《おくぐちばん》」が、二人に与えられた最初の役目である。

「なっから人がいる。この丸《まり》ぃのは一体……」

栄一は、初めて見る地球儀に近づいていった。

「何をぼーっとしておる。早くしろ。こっちだ」

いつの間にか、背後に恵十郎が立っていた。早速仕事を言いつけられるが、勝手の分からぬ二人は、その日一日、恵十郎にどなられどおしだった。

「ここが、おぬしらの住みかだ」

猪飼が案内してくれたのは、畳の擦り切れた長屋の一室である。

「こんな狭いとこに二人……」小声でつぶやく栄一を、「ぶつくさ言うない」と喜作がたしなめる。

「あ、すみません。そろそろ夕時ですが、飯の支度は……」

猪飼に尋ねると、おのおの支度せよとの返答である。「おのおので？」と二人は顔を見合わせた。

ずっと宿の飯を食べていたので、鍋も釜も手元にない。

「はぁ、しかたあるまい。今日は貸してやろう。明日にでも買ってくるがよい」

「それがその……買う金がございませぬ」栄一は、恥をしのんで告白した。「ここに来るまでにおった宿の代金を払いましたら、蓄えが尽き果てて、すっからかんになってしまい……」

故郷に金は無心すまいと、喜作と固く誓っている。

「何てこった。おぬしら、そんな体たらくのくせに殿にあんな口をたたいていたとは、あきれ果てる」

そう言いながらも、猪飼は自分の財布から、二人にいくばくかの金を渡してやった。

「今すぐ買ってくるがよい。わしとて子が多く、楽ではないのだ。いつか必ず返せよ」

「ははっ、必ず！」

二人は借りた金で鍋や米や菜っぱを買い、初めて自分たちで御飯を炊いた。

腹をすかせた栄一が待ちかねたように蓋を開けると、糊《のり》のようにドロドロである。

「何だこれは。粥《かゆ》みてぇになっちまった」

「かぁ〜、せっかくの飯が。お前《めえ》のせいだぞ」喜作がなじる。

「お前が水を入れ過ぎたんだい。それに米も古い……」

同じ奥口番の老役人・伊之吉《いのきち》が、隣室から顔を出した。

「おぬしら、さっきからうるさいぞ」

「すみません！」

布団を借りるのにも金がかかり、敷布団二枚に掛け布団一枚で、背中合わせに寝ることになった。

当然、掛け布団の引っ張り合いになる。寒いわひもじいわで、栄一はなかなか寝つけない。

「……あぁ、腹へった。かっさまの飯が恋しいのう～」

ゑいの作る煮ぼうとうが、夢に出てきそうである。

そのころ故郷では、惇忠が板橋宿の仮牢に入っている長七郎のために奔走していた。しかし番人に何度掛け合っても、話をするどころか、顔を見ることすらかなわずにいた。


その日、若狭屋敷の一室で、慶喜ら参与が集まって会議がもたれた。

「公方様が御上洛され、すでに半月となるが、いっちょん耳目一新の政をすっこつができずにおいもす」

眉根を寄せて久光が言う。「さよう。誠に恐懼《きょうく》の至りでござる」と宗城。

「老中は旧弊を引きずり、使えぬ者ばかり。そこでわが越前は公儀に、ここにおる参与諸侯を老中の上に置き、国事を議する権を求めたいと思う」

春嶽の発言に、久光と宗城が得たりとうなずく。

「……至極ごもっともではござりますが」

開きかけた慶喜の口を、久光が遮った。

「われらは、いたく公儀の因循を憂慮しちょっとでごわんど、一橋英明公閣下。今の公方様ではもういかん。こん際は、私どもとともに、一橋様に憤発《ふんぱつ》してもらわねばないもはん」

「私に憤発し……また将軍になれとでも申されるのか」

春嶽が、期待を込めたまなざしを慶喜に向けている。

「ん～にゃ。こい以上は申しもはん」

久光は、たくらむように笑んだ。

実は水面下で大久保一蔵が動いており、薩摩藩は、天皇の信頼の厚い中川宮朝彦親王《なかがわのみやあさひこしんのう》に取り入ることに成功した。

そして数日後には春嶽の希望どおり、薩摩の島津久光、宇和島の伊達宗城、土佐の山内容堂の参与三名が、新たに幕府の政に参加することを認められたのである。

二月十六日、二条城の一橋詰所にて、参与たちをもてなす宴会が開かれた。

慶喜も同席したものの、そこに笑顔はない。

しばらくして襖が開き、酒を運んできた家来とともに家茂が現れた。

「おぉ！」

「こいはこいは公方様！」

「このたびは誠に頼もしく思う。これからもよろしく頼む」

部屋に入って腰を下ろすと、家茂は久光たちに自ら酌をしようとする。

とても見ていられず、慶喜はさりげなく家茂に近寄り、小声で諫《いさ》めた。

「何をなさっているのですか、上様。征夷大将軍ともあろうあなた様が、外様に酌などをされては、徳川の威信にかかわりますぞ」

「朝廷より、参与諸侯を入れて国事を話し合えと促されたのです。しかたがあるまい」

家茂は笑顔を作り、ひとしきり参与たちの機嫌を取って去っていった。

「フフ、われらを手なずける御主意とはいえ……」

「あぁ、葵の御威光も失われたのう」

酌を受けて「ありがたき幸せ」などと頭を低くしていたくせに、姿が見えなくなったとたん、宗城と容堂は家茂をあざ笑った。

「おぉ、ほうじゃ、一橋様」思い出したように、久光が慶喜に向き直る。

「先日、御公儀が横浜の港を閉める覚悟を明言しておらんと、朝廷が疑《うたご》うておったという話でございもすが、中川宮様に聞いた話では、そん疑いはもう撤回するとのことでございもした」

「朝廷は、もはや『必ずや港を閉じよ』とはおぼし召しておられぬということですな」

春嶽は、満足したように深くうなずいた。ほかの二人も同様である。

慶喜は酒を飲み干すと、静かに杯《さかずき》を置いた。

「島津殿……そうおっしゃったのは、中川宮様で間違いございませぬな？」

「はぁ？」

「どのような朝議により、突然そのようなことを言いだされたのか了解しかねる。じかに話を聞いてまいります」

立ち上がって出ていく慶喜を、久光が血相変えて追いかける。

「お待ちくだされ！」

誰が待つものか。耐えに耐えてきたが、もはや我慢がならない。慶喜ははらわたが煮えくり返っていた。

中川宮邸に半ば強引に押しかけた慶喜は、注がれた酒をぐいっと飲み干した。

「ですから……そのようなことは、覚えがございません」

気の小さい中川宮は、震える手で慶喜に酒をふるまっている。

ついてきた久光と春嶽、宗城も気まずそうに座り、もてなしを受けていた。

「では、島津殿が嘘を言ったと申されるのか？」

名前を出された久光が、牽制《けんせい》するようにちらりと中川宮を見る。

「い、いや、確かに薩摩のお方とはしゃべったが、いや、そのような偽りを申したかどうかは覚えておらず……」

「何をぶつぶつと。宮様お一人が欺かれれば、このような大事に至るということは覚えておいていただきたい」

そう言うと、慶喜は脇差しを抜いて自分の前に置いた。

「今や薩摩の奸計《かんけい》は天下も知るところ。御返事によっては御一命を頂戴し、私自身も腹を切る覚悟で参りました」

中川宮の顔から血の気が引いたのは言うまでもない。

「朝廷の意見が薩摩の工作ごときでころころと変化し人を欺くのであれば、もう誰が朝廷の言うことなど聞くものか。公儀は、横浜の鎖港を断固やる」

慶喜に面罵されたあげく横浜鎖港を明言され、久光はあっけにとられるばかりだ。

「港は断固閉じる。それゆえ、それで満足であると、天子様の御意向が表明されるように斡旋《あっせん》賜りたい」

「あ……はぁ、それは……」

慶喜は手酌で酒を注ぐと、また一息に杯を飲み干した。

「ひ、一橋様。何という暴論を……」たまりかねた春嶽が口を挟んだ。

「暴論ついでに、宮様にいまひとつ暴論を申し上げましょう。ここにおります三名は、天下の大愚《だいぐ》物《ぶつ》。天下の大悪党にてございます！」

久光、春嶽、宗城を指さして言い放つ。

「宮様は何ゆえ、このような者を信用されるのか……あぁ、島津殿に台所を任せておられるからか？　ならば明日からは私がお世話いたしますゆえ、私にお味方いただきたい」

歯に衣着せぬ辛辣《しんらつ》な物言いに、久光はもう開いた口が塞がらない。

「一橋様、酔っておられるのか？」

仲裁を試みる春嶽に小さく笑うと、慶喜はふらりと立ち上がった。

「天下の後見職を、大愚物同様に見られては困る。私の申し上げたことが心得違いと申されるなら、明日からはもう参内《さんだい》いたしませぬ。もし心得違いでないなら、先ほど申し上げた横浜の議をぜひ天子様へ斡旋していただきたい。では」

脇差しをつかみ、慶喜はあぜんとしている四人を残して部屋を出た。

廊下をすたすたと歩いていく。部屋の外に控えていた円四郎と市之進が、後ろをついてくる。

——あなた様は、賢明なる水戸烈公の御子。あなた様に、水戸烈公の御子である一橋様にぜひ、大きくなっていただきたいのです！

なぜか、渋沢とかいうおしゃべりの言葉を思い出した。

——よいか、七郎麻呂《しちろうまろ》。そなたには、人の上に立つ器量がある。いずれはこの父よりさらに多くの者の上に立ち、その命運を担うことになるかもしれぬ。

そして父・斉昭の声がよみがえり、慶喜は立ち止まった。

「フッ……フハハハハ」

込み上げる笑いを抑えきれず、慶喜は胸のすく思いで呵々大笑《かかたいしょう》した。

「ハハッ、とうとうやっちまいましたな」

円四郎も喜色をこらえきれない。市之進は胸がいっぱいで、言葉もないようだ。

そこへ、春嶽が追いかけてきた。

「一橋様。あなたはなんという剛情公だ！」

「鼻高殿、私はようやく決心がつきましたぞ」

お互いを、自らも使うあだ名で呼び合う。

「私はあくまで徳川を、公方様をお守りします。二百余年もの間、日本を守った徳川に、政権の返上など決してさせませぬ」

雄藩をこれ以上のさばらせないよう、剛情を貫き通すのみだ。

茫然と立ち尽くす春嶽を残し、慶喜は円四郎と市之進を従え颯爽と立ち去った。


「今宵《こよい》は痛快の至り！　とうとう薩摩に一泡吹かせてやった」

深夜、上機嫌で帰邸した慶喜は、家臣に酒をふるまうよう円四郎に命じた。

「さぁ、皆の者、無礼講だ。今宵は大いに飲むがよい」

円四郎の口上に、一同、「おぉーッ」と盛り上がる。

慶喜が杯を掲げ、亡き父の口癖を叫ぶ。

「快なりーッ」

「おおーッ」

円四郎は、そっと目頭を押さえている市之進に気付いた。

「どうした、市之進殿？」

「はぁ、烈公の魂が乗り移られたかと……」

男泣きする忠臣の肩を、円四郎はほほえんでポンとたたいた。

その夜、栄一と喜作も、何の祝いか分からぬまま長屋でふるまい酒を楽しんだ。


誰が将軍後見職にしてやったと思っているのか——久光は口惜しさのあまり拳で膝をたたいたが、結果的に久光ら三侯が慶喜に譲歩して、幕府の鎖港方針に合意した。

この日をきっかけに、参与たちによる会議は機能不全に陥り、わずか三か月で解体することになる。

第十五章

篤太夫、薩摩潜入

栄一と喜作が一橋家に出仕してしばらくたった頃、円四郎から、金を包んだ封と手形がそれぞれに下された。

「おぉ、初俸禄《ほうろく》だで！」栄一は恭しくそれを押し頂いた。

俸禄とは、今で言う給料である。おのおの四石《こく》二人扶持《ぶち》と、京都滞在中の月手当が金四両と一分《ぶ》、支給されるという。

「米はその手形で蔵から受け取ってこい。ずっと働きづめだったんだ。今夜は少しうまいものでも食いな」

「はい！　よし、久しぶりに酒でも……」

喜作は喉を鳴らした。いつぞや慶喜が家臣全員にふるまってくれて以来、二人とも一滴も酒を口にしていない。俸禄も、たまの贅沢くらいは許される金額だ。

「待て、喜作。金は安易に使ってはならねぇ」

栄一はピシャリと言った。一橋家に来る前に有り金を使い果たし、知人から三両、五両と金を借りるうち、今や両人で二十五両もの借金があるのだ。

「そうだった……」喜作はがっくり肩を落とした。

「何としてでも、この四両一分の中から返していくしかねぇ。四両一分から二十五両を返そうというのは骨が折れるが、あくまで無益のことには一銭たりとも使わねぇようにして、必ず返すんだ」

もともと商売人でもあるから、栄一は金勘定には几帳面《きちょうめん》だ。

「俺は江戸者《もん》なんで、宵越しの銭は持たねぇがな」と円四郎。しかしそのせいで、やすに何度も大目玉を食らったことはないしょだ。

「われらは江戸者《もん》ではなく、岡部者《もん》でございますので」

金は減っても、栄一の口は減らないのである。

「……なるほど。見上げた根性だ。その岡部の安部《あんべ》家と、段取りをつけといたぜ」

「え？　岡部のお殿様？」

「領主の許しもなく、百姓を引っこ抜くわけにいかねぇだろう。きちんと話をつけ、ようやく譲り受ける段取りがついた。これでお前らは正真正銘の武士だ」

「あ……ありがとうございます！」

感激した二人は、平蜘蛛《ひらぐも》のようにひれ伏した。

「そうだ。お前は、なりが武士っぽくねぇから、この際、名を武士らしく変えるといい」

栄一を見て思いついたらしく、円四郎が突然、そんなことを言いだした。

「いっそ派手に、志の篤《あつ》さを示す『篤《とく》』の字を取って、『篤太夫《とくだゆう》』ってえのはどうだ？」

「とくだゆう？　いやぁ、篤太夫とは……ちっとんべ響きがじじいみてぇで」

「いや、われながらいい名前《なめえ》だ。よし、これで決まった」

「へ？」否も応もない。

「では、それがしは……」と喜作が期待に目を輝かせる。

「お前か？　お前は喜作のままでいいんじゃねえか？」

「いいや、そうおっしゃらず……」

「じゃあ、いろはにほへとちりぬるをわかよたれそつねならむうゐのおくやまけふこえてあさきゆめみしゑひもせ……せ、せ、せ、『成一郎《せいいちろう》』でどうだ？」

「成一郎。おぉ、武士げだい。ありがとうございます！」

喜作は大喜びだ。ずいぶん適当な気もするが、栄一の篤太夫よりはいい。

「なら私も、円四郎様に、成一郎に、『篤一郎《とくいちろう》』では……」

「いいや、お前は『篤太夫』が似合ってる」

「……分かりました。では篤をもって人に教えよとのつもりで、そう名乗らせていただきます！」

こうして、一橋家家臣の渋沢喜作改め成一郎と、渋沢栄一改め篤太夫が正式に誕生した。

年号が変わった元治《げんじ》元（一八六四）年、京では慶喜の「大愚物」騒ぎをきっかけに、島津久光ら朝議参与が勢いを失い始めていた。

こうした中、当然の成り行きとして慶喜への期待が高まっていく。それと同時に、慶喜の一番の家臣「平岡円四郎」の名も広く知れ渡るようになったのである。

御用談所での仕事にも慣れ、栄一と喜作は、ほかの家臣たちとも親しくなった。

「え？　原市之進様も、水戸のお方なんですか？」

素性を知らなかった喜作に、恵十郎が教える。

「原様は藤田東湖先生亡きあと、水戸弘道館の訓導を務められ、水戸学に大変通じておられる」

「水戸学の？　では根っからの攘夷のお考えでは……」

栄一が言うと、「そのとおり」と猪飼が声を潜めた。

「なんと大橋なにがしとか申す者と、安藤対馬守様の襲撃を謀ったこともあるらしい」

驚いたのは、喜作と栄一である。

「お、大橋……訥庵先生か」

「あぁ、長七郎と同じだい」

もしかしたら、江戸の思誠《しせい》塾で、市之進と長七郎は会ったことがあるかもしれない。

「しかし、原様は一橋様に出会い、本当の尊攘のためには、異国に乗っ取られぬよう日の本を強くすることが肝要と考えを改められた。……俺も同じだ」

一橋家の家臣の素性はさまざまだ。この恵十郎は元・小仏《こぼとけ》関所の関守《せきもり》。昨年、五十にして一橋家に取り立てられた黒川嘉兵衛は、「安政の大獄《たいごく》」で免職させられた公儀の旗本だった。

ちなみに黒川は、浦賀《うらが》奉行組頭《くみがしら》、下田《しもだ》奉行組頭として、ペリーの対応に当たった人物である。

「ここにおる者で、私のように代々一橋家に勤める者はもう少ない」

猪飼は目元を緩め、しみじみと思い出話を始めた。

「かつて一橋様の小姓《こしょう》だった頃、佃島《つくだじま》の花火を御覧に入れようと、火の見の階段をご先導していて、誤って足が殿の御顔に当たってしまい……すぐに小姓頭取に報告し、腹を切ってお詫びいたすと申し出たのだ。しかし、殿は……」

十数年前のことになる。土下座をする小姓頭取と猪飼に、慶喜は鼻の穴に布を詰め、鼻根《びこん》を手で押さえながらも、背筋をピンと伸ばして言ったものだ。

「いや、勝三郎の過ちではない。私があまり急いだために手すりに当たり、鼻血が出ただけだ。もう何ともない」――。

「……と、御自分の過ちと仰せになってくださった」

「へぇ～、あのお方が……」無愛想な印象しかない栄一には意外である。

「またあるときは、殿の御髷《おまげ》を上げ奉った際に、ふとかみそりでおけがをさせてしまった」

「えぇ!? また、けがを？」思わず喜作が声を上げた。そそっかしいにもほどがある。

「それゆえ、また小姓頭取とお詫び申し上げたが……」

これもまた、十数年前のことになる。土下座をする小姓頭取と猪飼に、慶喜は頭に包帯を巻きつつも、きちんと端座して言ったものだ。

「いいや、私が不注意で脇目をしたときに少し刃が当たったようだが、大した傷ではない」

「しかし……」

「痛くも何ともない！　申し立てるには及ばぬ」――。

「そのとき、私は誓ったのだ……一生、殿のおそばでお仕えすると」

当時の感動がよみがえるようで、猪飼は目頭を押さえた。

「ははぁ、一橋家ではそのようなことが……」

「私がペルリの対応をしていた頃かな？」

一橋家に仕えてまだ二年に満たない市之進と黒川も、猪飼の話に耳をそばだてている。

「さようでございましょう。その後、平岡殿がこの家の小姓に入られ、給仕も髷結いも平岡殿の務めとなった。平岡殿は農人形も大切に扱われ……」

「農人形！　それがしも持っておる！」

生っ粋の水戸藩士の市之進が、懐から小さな農夫の像を取り出した。

〝愛民専一《あいみんせんいつ》〟を掲げた徳川斉昭は、青銅の農人形を食事のたびに膳に載せ、最初の一箸の御飯を供えて農民の労に感謝した。むろん慶喜も父に倣い、日々の習慣としているという。

家臣たちは、農人形の話でひとしきり盛り上がった。


「……話が盛りだくさんで、ついていけねぇ」

夕方、長屋に戻った栄一は、火をおこしたかまどに、といだ米の釜をかけながら言った。

「まぁとにかく、この一橋家には、もうすでに身分の別はねぇってことだい。関守だろうが百姓だろうが、有能な者を集めてるんだんべ」

やがて蓋と釜の間から泡が吹きこぼれた。急いで薪で調整して火力を弱める。

「しかし、原様も川村様も元は攘夷だったとはのう。平岡様も元はその考えだとおっしゃっていたし……」

喜作はかまどの横の流しで、みそ汁用の豆腐を切っている。

「うむ……しかし、そんな中にあっても、俺たちだけは決して攘夷の志を忘れねぇようにすんべぇ。この一橋で働きながら世の中の動きをつかみ、なんならここの連中や、一橋の殿や平岡様をも巻き込んで立ち上がる機会を探すんだい」

栄一はしゃべりながら、釜の様子をうかがった。沸騰が終わったようだ。

「おぉ、そうよ！　薩摩が攘夷を捨てたとしても、水戸や長州がこのまま終わるはずは……」

気炎を上げる喜作を遮り、蒸らしの頃合いを見て栄一が言った。

「おおお、そろそろだい……開けるぞ」

「おう、来い！」

二人とも固唾をのむ。栄一が釜の蓋を取った。飯はふっくらとおいしそうに炊き上がっている。

「やったぁ！　うんまく炊けてらい！」栄一は歓声を上げた。

粥のような飯だったり、芯のある硬い飯だったり、何度も失敗してようやく慣れてきた。

「こう、とぎ上げた米の上にそっと手を置いて、少ぉし水がのるぐれーにすりゃあ、よい塩梅《あんべー》に出来るんだい」

栄一は得意げである。

さて自炊も一人前になった春暖の頃、二人は別々の仕事を任されることになった。

用人部屋に一人で呼ばれた栄一は、円四郎に思わぬ任務を告げられた。

「おぬしに頼みたいのは、いわば隠密だ」

「え？　隠密!?」

円四郎が言うことには、御公儀は今、天子様の御膝元の摂海《せっかい》（大阪《おおさか》湾）を、異国の船や、またいつ戻るか分からない長州の過激な輩《やから》から守らねばならない。そこで防御のための台場を築くことになり、海岸防備に詳しいと評判の折田《おりた》要蔵《ようぞう》という者が御台場《おだいば》築造掛《ちくぞうがかり》に抜擢された。

その折田という薩摩人を、栄一に調べてほしいというのだ。

「薩摩人を？　しかし、何ゆえ……」

「わが殿は、近いうちに将軍後見職を降りられる。公方様ももう十九になられた。この先、江戸の政は公方様にお任せし、殿には禁裏《きんり》を、この京を守ることに専念していただきたいのだ。そのため、もし折田の評判がまことであれば手なずけ、薩摩から引き抜きたい」

「ほほう……」

「今、折田は台場御用で大坂《おおさか》におる。おぬしは何とかそこに入り込み、折田がどんな人物か探ってきてほしい。どうだ、できるか？」

「ははっ。こそこそ隠密とは性に合いませんが、薩摩は元来攘夷を唱えていたのが、いともたやすくその策を捨てたと聞いております。その薩摩の腹の内を知るは、至極大事な務めであろうと存じます」

「うむ。しかし、向こうは何かありゃあ即、斬っちまうような血のっ気の多い薩摩隼人《はやと》だ。……ひょっとすると、やられちまうかもしれねぇがよ？」

一瞬どきりとしたが、栄一はすぐに気を引き締めた。

「……いえ！　決してやすやすとはやられません。日の本の役に立ちてぇと、幼い頃から鍛錬してまいりました」

「ハハハ、それだそれだ。俺は、お前のその性根の据わったところが好きなんだ。しからば、頼んだぞ」

「ははっ、しかと承りました！」

長屋に戻って早速旅支度をしていると、喜作もまた、新しいお役目を言いつかったという。

「お公家様に御用伺い？」

「明日から川村様が、お公家様の屋敷を訪ね回るのに俺を同行させてくれることになったんだい」

「武士げな務めじゃねぇか。なんで俺だけ隠密なんだい」名前の件といい、不公平ではないか。

「いいじゃねぇか。それより、俺たちが思いもかけずこんなことになっちまってることを、早く故郷に知らせねぇとな。長七郎がどうしてるかも心配だ」

二人とも目先のことに追われ、気がかりなまま時だけが過ぎていた。

「うむ。次に扶持をもらったら、紙を買って文を書くべぇ。長七郎のためにも、俺たちは決してここでの働きをしくじってはなんねぇ」


そのころ、惇忠はやっと、板橋宿の仮牢に捕らわれている長七郎に面会することができた。

「長七郎！」

髪も髭《ひげ》も伸び放題の長七郎が駆け寄ってきて、泣きながら格子をつかんだ。

「あにぃ！　あにぃ、すまねぇ……俺は、なんであんなことしちまったんだ……」

しばらくして落ち着いた長七郎から、惇忠は事の顚末《てんまつ》を聞いた。

下手計村を出た長七郎と中村三平は下野吉田《しもつけよしだ》村に寄り、「坂下門外《さかしたもんがい》の変」で亡くなった河野顕三の墓に手を合わせたという。

「河野とは無二の交わりを結んだというのに……俺はいまだこうして碧血《へきけつ》を、忠義の血を流すことができずにいる」

だが、ようやく京に行ける。田舎は嫌いではないが、滞在が長引き、気がめいっていた。

日が暮れて、戸田ヶ原を歩いていたときだ。三平より少し遅れて歩いていた長七郎の耳に、狐の鳴き声が聞こえてきた。このところ、なぜか姿もないのに、よく鳴き声が聞こえるのだ。

振り返ると、真っ暗な道にともし火がぽつり、ぽつりと浮かんでいる。

ふと横を見ると、お面を頭に載せた、おかっぱ頭の童子が立っていた。

「今宵は婚礼。お嫁様が、王子《おうじ》よりいらっしゃるのです」

ゆっくりと花嫁の駕籠《かご》が進んでくる。あれは、王子稲荷《いなり》の野狐の嫁入りに違いない。

「……やい、狐。なんじ、なぜ、この長七郎をたぶらかそうとする！」

遮ろうとしたが、花嫁行列は長七郎を無視して通り過ぎていく。

そのとき、何かが長七郎の肩にぶつかった。相当に乱心していたのだろう。

「いええええええいっ！」

くせ者と思い込んだ長七郎の大太刀が瞬時に鞘走《さやばし》り、駕籠を真っ二つに斬り落とした。

「ぎゃあああああ！」

悲鳴が響き渡り、長七郎はハッとした。駕籠も童子も消え、袈裟《けさ》懸《が》けに斬られた飛脚が、血しぶきをあげて倒れていた。そばには、飛脚が担いでいた状箱《じょうばこ》が転がっている。

「何だこれは……？　俺は……」

茫然として自分の手元を見ると、刀にはべっとりと血がついていた——。

板橋宿から戻った惇忠は、中の家に寄って、長七郎の話を千代に伝えた。

「今は咎《とが》なき人を殺めたことを深く後悔している。しかし気の迷いとはいえ、人殺しは人殺し……幕吏も長七郎を怪しみ、たやすく許されることはなさそうだ」

「そうですか……かあさまは？」

「……仏壇の前でひたすら拝んで動かねぇ」

ゑいとてい、そしてよしは、繭から糸を手繰って糸枠に巻き取る座繰《ざぐ》りをしながら、心配そうに聞いている。そこへ、「ただいま」と市郎右衛門が帰ってきた。

ゑいが手を止め、駆け寄っていく。

「あぁ、お前様、お帰りなさいませ。御陣屋からのお呼び出しは何だったんですか？」

心配事は、もう一つあった。栄一と喜作のことで、市郎右衛門が出頭させられたのだ。

「捕まっちまったんだんべか？　あぁ、二人とも八州廻りのお縄にかかっちまったんだ」

ていの先走りを真に受けたよしが、「あぁ、嫌だ、そんな……」と泣き崩れた。

「おてい、お前はちっと黙ってろ。栄一も喜作も、どうやら無事らしい」

惇忠は、ホッと息を吐いた。二人の様子が分からず、案じていたのだ。

「よかったぁ～。はぁ生きてるんならよかったぁ～」

力が抜けてへたり込んだゑいを、千代とていが慌てて支えた。

「でもおじさま、それなら今、二人は？」よしが聞く。

「それが、なぜかは分からねぇが……岡部に一橋家から掛け合いがあったらしい。詳しくは教えてもらえなかったが、栄一と喜作は、この岡部の御領分からは外れた。お代官様は、二度と二人を村に入れるなとえらく御立腹だ」

なぜそんなことになったのか、二人と一橋家に何の関わりがあるのか。〝便りのないのはよい便り〟と言うが、栄一と喜作に限っては、そうは思えない家族なのであった。

そのころ、栄一は大坂で、折田要蔵の塾の門をたたいていた。

「渋沢え……篤太夫です。よろしくお願いします！」

宿所である旅館・松屋《まつや》の前に、役職と名前が書かれた大きな看板が出ている。

「摂海防禦《ぼうぎょ》御台場築造御用掛《ごようがかり》・折田要蔵じゃ。来《け》え！」

折田は風采の上がらない四十がらみの男で、偉そうなわりにさして威厳は感じられない。

仕事場に連れていかれた栄一は、折田についてもの珍しそうにきょろきょろした。

「おい、あいは何じゃ？」

「一橋の家臣じゃ。台場んこつを学ぼうち、しちょごたぁ」

薩摩藩士の三島通庸《みしまみちつね》と川村与十郎《かわむらよじゅうろう》が、折田の後ろにいる栄一をうさんくさそうに見る。

「一橋じゃと？　かあっ、怪しかね」

薩摩と一橋の不和は解消されることなく、溝は深くなるばかりだ。

二人の会話が聞こえてきて、栄一はひそかに緊張した。油断は禁物である。

さて、栄一は内弟子として働きながら、折田を調べ始めた。

「摂海防禦御台場築造御用掛の台場作りは、海をこん目で見、砂を手に取らずして学ぶもんじゃぁなか」

「はぁ、それでは早速、海岸に……」

「うんにゃ。まずは掃除じゃ。そいが終わったら、そこのおいが書いた文書と下絵図をすべて書き写せ」

「……これを全部？」

とんでもない量である。それに、書類の書き写しはともかく、絵図を引く稽古などしたことがないので、墨色に濃淡が出来たり、線が曲がったりとなかなかうまくいかない。

「下手《へった》くそが！　また大事な紙を反故《ほご》にしよって」

「すみません！」

折田のもとには、薩摩藩はもちろん、幕府の役人や会津、越前、土佐など、台場作りを学ぶ多くの武士が出入りしていた。

「摂海防禦御台場築造御用掛のおいの見たとこじゃ、こん摂海ん湾は、鹿児島《かごんま》や横浜に比べて大いに内湾であり、播磨灘《はりまなだ》からぐぐっち来て、入り江に海ん水がぐるぐるしちょって、しっかいと警戒せんなならん。ざざーっと見積もって台場は十四、大砲もざざっと八百十門は入り用と心得ちょ。台場は一か所およそ六万両、大砲は一門千両かかり、そんほかにも砦《とりで》を多く造らんにゃならん」

「一門、千両……」

栄一はすらすらと書き取っていくが、会津藩士や岡山《おかやま》藩士は、折田の薩摩言葉がちんぷんかんぷんで、何を言っているのかさっぱり理解できないらしい。

「『かごんま』は『鹿児島』です。『わっぜぇ』は『なっから』というか、『大いに』という意味で……」

栄一が通訳してやると、「はぁ、よく分かるんなぁ」と感心している。

「はい、ちっとんべ。故郷には、薩摩やいろんな国のお方がなっから出入りしてたもんで」

「いや、なまりのせいだけじゃねえ。折田先生は、話も大風呂敷広げてるばぁのようで、あまり信用できん」

岡山藩士が言えば、会津藩士も「ほだね」とうなずく。

「今日も宿のおなごど酒を飲んでるって話だ。高島秋帆《たかしましゅうはん》先生とは、えれえ違いだ」

「ん？　高島秋帆先生？」栄一は耳に留めた。どこかで聞いた名だ。

「おい、そこの！」

三島と川村が、不信感をあらわに栄一のほうへ歩み寄ってきた。

「わいは、一橋から来たんじゃってな」

「ほんのこて、台場んこつが知りたくて来たとか？　平岡に命じられて、薩摩ん内んことでん調べに来たんじゃなかとか」

「平岡様？　あ、いや……」

言葉を濁していると、「おい、大変じゃ！」と、これも薩摩藩士の中原猶介《なかはらなおすけ》が駆け込んできた。

「けんかが始まってしもた！　折田先生が殺さるっ！」

「はあ？　何《なん》じゃち！」

殺されるとは穏やかでない。一同は大急ぎで旅館に向かった。

部屋の中は茶碗《ちゃわん》や皿が散乱し、体軀《たいく》のがっしりした男が折田と取っ組み合っていた。

大男のほうが圧倒的に強く、折田の首に腕を回して激しく締めつける。

「ぐ、苦《ぐる》じか……」

そこへ、三島と川村が飛び込んでいった。

「折田さあ！」

「……ん？　おぉ！　吉之助《きちのすけ》さあじゃごわはんか！」

大男がぎょろりと目をむいて振り返り、二人を見るや一転して相好を崩した。

「おう！　与十郎に三島じゃなかとか！」

「吉之助？　あ、まさか薩摩の西郷《さいごう》……」

続いて部屋に入ってきた栄一は、眉毛の太い、日に焼けた浅黒い顔を凝視した。

人の口の端に上らぬ日はない、かの有名な薩摩藩軍賦役《いくさくばりやく》・西郷吉之助である。

「いつ、鹿児島《かごんま》から大坂に出てきやったとでごわすか？」川村がうれしそうに聞く。

「はっ、こん折田の大ぼら吹きが台場こしらえるなんち口達者に話しっせぇ、ここで偉そうに旗本顔をしちょっち聞いて、喉でも絞めてやろうかち思うて来《き》やっと……ん？」

吉之助は、「その若っかとは誰《だい》じゃ？」と栄一に目を留めた。

その隙をつき、首を絞めつけられていた折田が、吉之助の腕にかみついた。

「痛《いった》か！」

荒っぽいのが薩摩流なのか、本気のけんかかと思えばそうでもなかったようで、その後、吉之助と折田は仲よく酒を飲み直している。

「喉が痛くてたまらん」

「おはんは腕をかんだどが。ハハッ」

主君・久光の怒りを買い、つい最近まで島に流されていたとは思えぬほど、吉之助は明るい。

「おはんも、こげんとを信じちゃいかんど。もっと学ぶべきこつは大いにあっど」

給仕を仰せつかった栄一に声をかけてきた。

「何《なん》ち。おいは摂海防禦御台場築造御用掛じゃ！　わいが島に流されちょった間に、幕府にも国父様にも、わっぜ重宝がられちょ。もはや国父様とお公家様をきびっこっ（結ぶこと）ができったぁ、おいだけじゃ」

……国父様とお公家様。給仕をしながら、栄一は心に書き留める。

「じゃっで口達者ち、言《ゆ》わるっとよ。おはんに比べたら、エゲレス船に乗り込んだ五代んほうがまだましじゃ」

「五代才助はまだ生きちょっとか？」

「小松《こまつ》（帯刀《たてわき》）様ん話じゃ、もう武州《ぶしゅう》から長崎に入ったそうじゃ」

「おぉ！　武州とは、俺の故郷です」栄一は思わず口を差し挟んだ。

「おお、ほうか。えーっと、渋沢……」吉之助が先を促すように首をかしげる。

「渋沢篤太夫と申します」

「篤太夫？　顔んわりに派手な名じゃ。ハハッ。よかよか、飲んみゃんせ」

栄一にも杯を渡してくる。ありがたく頂戴し、栄一も仲間に入って楽しく飲み始めた。

その様子を、川村、三島、中原の薩摩三藩士がのぞき見していた。

「あげな吉之助さあに近づっきょって……やっぱい、あの渋沢は一橋の回し者《もん》じゃ。斬ってしまおかい？」

「あぁ、まちぃっと泳がせてから斬ってしめ」

自分の暗殺計画が練られているとも知らず、栄一は折田の使い走りをしたり、書類や絵図を書いたりして数週間、真面目に働き、三月半ばを過ぎた休みの日に、いったん京に戻ることにした。

「これが、和泉《いずみ》灘の台場の絵図面です」

こっそり持ち出してきた、絵図と書類を平岡に差し出す。

「おっと、腕のいい隠密じゃねぇか」

「それがしが書き写しました。隠密のため学んだにしては、ようやくちったぁ満足な図になり……」

たくさん反故をこしらえて叱られたが、そのかいあって、人並みに絵図が描けるようになった。

「しかし、それがしには、折田様はさほど海岸防備に才のある方とは思われません」

「は？　そうなのか？」

「はい。地図を見れば分かることを大げさに語るわりに、中身はぞんざいで大したことがねぇ。御公儀から大事な御用を頂いたことで鼻を高くし、名乗るときも『摂海防禦御台場築造御用掛』『摂海防禦御台場築造御用掛』と毎度わざわざ言って、威張りちらしているような」

「ほほう。噂と違うなぁ」

「宮様にも、あまり相手にされていなかったし……」

円四郎の眉がぴくりとする。「折田は……宮家に出入りしているのか？」

「はい。島津の殿様の使いでしばしば山階宮《やましなのみや》様のもとへ参殿し、何度かそれがしも文を渡す使いに行かされました。それに、そう、薩摩の西郷様も、折田様の言葉はちっとんばっかり御信用でない御様子で……」

「西郷？　おぉ、西郷殿は無事、大坂に戻ったのか」

「へ？　お知り合いなんですか？」

「あぁ。安政の頃、橋本左内殿と西郷殿とともに、わが殿を将軍世継ぎにと動いたことがあった。懐かしいな……」

円四郎は、遠くを見るように目を細めた。最後に見た、盟友・左内の顔が思い浮かぶ。

「西郷様は折田様と違い、薩摩の皆に好かれております。あと、大久保様というのも西郷様同様に頼りにされているようですが、会えませんでした」

円四郎が嫌悪の表情になる。一蔵の名を聞くと、どうにも気分が悪い。

「つまり、あくまでそれがしの判断ですが、折田は一橋で召し抱えるほどの者でないと言ってはばかりません」

「うん、なるほど……よぉし、よくやった！」

隠密は苦手だと言っていたが、栄一は期待以上の情報を持ち帰ってきた。

「よぉく分かったぜ。もう十分だ。お前は荷物をまとめて帰ってこい。お疲れさん」

任務完了である。が、栄一はまだ何か物言いたげな顔をしている。

「ん？　それとも、大坂にいつく気か？」

「あ、いいえ。もう十分です。ただ……平岡様に重ねて建言したいことがございます」

そう言うと、栄一は居ずまいを正した。

「この一橋家は、すでにわれわれのごとき草莽の者をお召し抱えになっております。もし、少しでもそれがしがお役に立ったとお考えであれば……この先、さらに広く天下の志士を抱えられてはいかがかと存じます」

「それってえのは、お前の昔の仲間のことか？」

「はい。関東の友人の中には相当な人物がなっからおります。大坂から戻りましたら、その者たちの人選のため、それがしと喜作……いえ、成一郎を関東へと差し遣わせてはいただけませんでしょうか」

円四郎も、優秀な家臣や兵を増やさねばと常々考えてはいる。しかし、先立つものがないのだ。

「さほど高い禄や高い身分を望まずに、一橋家に仕えてやろうという了見の者がいると思うか？」

「それは……おります。必ずおります」

「分かった。おぬしがそう言うなら、殿に建言してみよう」

「ありがとうございます！」


円四郎はすぐに慶喜の部屋へ赴き、栄一から報告を受けた内容を伝えた。

「薩摩が、山階宮様に!?」

同席した黒川も、そこに引っ掛かったようだ。

「はい。渋沢の調べでは、折田は近く島津大隅守《おおすみのかみ》（島津茂久《もちひさ》）様が禁裏御守衛総督《きんりごしゅえいそうとく》になった場合の支度として、摂海防禦の方法について種々の調べをなし、かつ、山階宮様へもしばしば参殿して、それを周旋しようと試みております」

「そうか……やはり、大隅守が禁裏御守衛総督の座を狙っているという流言はまことであったか」

慶喜の眉間にしわが寄る。

「……ははっ。大隅守様が禁裏御守衛を任命されたとあらば、薩摩は正式に朝廷を取り込み、京で政を始めることになる。つまり、この日の本に薩摩七十七万石のもう一つの政府が出来ると同じ」

この小さな島国に、江戸の政府と薩摩の政府。ぶつかり合うのは必至だ。

「薩摩は姑息だが、頭がよい。今や公儀に隠れ異人と交易をし、富を得ているとも聞きます。いずれ薩摩の政府が、御公儀と天下を争うことになるやもしれませぬ」

「そのはかりごとは……何としてでも止めねばならぬ」慶喜は断固として言った。

「元はと言えば、私を担ぎ出したのも天子様を担ぎ出したのも薩摩ではあるが……今、天子様の信が厚いのは御公儀と、京を守ってきた会津殿と、そして私だ」

ごもっとも、と黒川が頭を下げる。

「御安心あれ、殿。それがしと黒川殿で、さらに公家方を回り、『ぜひ何としても禁裏御守衛総督は一橋中納言《ちゅうなごん》様へ仰せつけられたし』と内願《ないがん》してまいります」

「あぁ、頼んだぞ」

昔はあれだけ政への関わりを嫌がっていた慶喜が、今では生き生きとしている。主君の頼もしい姿に、円四郎もまた、奮い立った。

円四郎と黒川による公家衆への斡旋活動により、三月二十五日、慶喜は将軍後見職を免じられ、それと同時に朝廷から、禁裏御守衛総督・摂海防御指揮の両役に任命された。

また、京都守護職は会津藩主・松平容保が再任、所司代は容保の弟の伊勢国桑名《くわな》藩主・松平定敬《さだあき》が就任した。京で慶喜のもと、朝廷を取り込む新しい体制が始まったのである。

しかし、いかんせん一橋家には兵力がない。慶喜は、実家の水戸藩に助力を仰ぐことにした。

斉昭の死後、水戸藩は各派閥が対立して混乱を極めていた。

そんな中、水戸藩小石川邸に慶喜から書状が届いた。

『このたび、禁裏御守衛総督と、摂海防禦指揮の大任を仰せつかり、本望であり、ありがたき幸せと存じ奉り候《そうろう》。重大の任務を頂き、父・烈公の遺志を継ぎ、何としても尊攘の志を貫き通すべしと固く誓い候』

斉昭時代からの忠臣である家老の武田耕雲斎は、感動のあまり落涙した。

『しかし兵に不足しており、水戸家の援助にて勤めあげたく、そこもとの都合がよろしければ二、三百人ばかり相率い、京に出てきて私を扶助していただきたくお願い入り候』

異存などあろうはずがない。この老体で役立てるならばと、耕雲斎は奮起して立ち上がった。

「一橋様、今すぐに……」

ところがそこに、藤田小四郎以下六十二人が、町奉行・田丸稲之衛門《たまるいなのえもん》を首領に筑波《つくば》山にて挙兵したとの報が入る。

斉昭の木主《ぼくしゅ》を安置してある本営で、小四郎は藩士たちに向かって宣言した。

「今より烈公の御遺志を受け継ぎ、幕府に攘夷実行を迫る！」

「おおーッ」

これが、耕雲斎の命運を変えることになるのである。

四月、一橋家の命により、栄一は折田のもとでの修業を終えて京に戻ることになった。

「おはんは大食らいで飯代はかさんだどん、薩摩や上州、信州の言葉もよお理解し、皆ん間に入ってようしゃべり、話をまとめっくれた。大いに役立ったど」

実際、大坂町奉行所や勘定奉行、目付《めつけ》などへの使者に立てられるのは、いつも栄一であった。

「こちらこそ、お世話になりました」

栄一は折田に頭を下げた。無能ではあるが、根は悪い人間ではない。

「お、そうだ。皆さんの御国言葉を一覧にしてまとめてみたんです。置き土産として、何かにお役立てください」

話を聞きつけ、栄一と一緒に学んでいた藩士たちが集まってきた。

「おお、これはありがたい」

「これならきつい薩摩なまりも一目瞭然だっぺ」

「なんち。きつかとは北ん言葉じゃ」

短い期間だったが学びもあり、栄一は折田や藩士たちと最後に楽しく談笑した。

「……一橋家に戻っ前に、殺しちょかんならんど」

三島と川村、中原がひそかに話していると、吉之助がすたすたと歩いてきた。

三島たちを通り越して、栄一に近づいていく。

「おお、渋沢。ちぃっと一緒にやらんか？」

「はい？」

吉之助に連れられて座敷に行くと、豚鍋がグツグツと煮えていた。酒も用意されている。

「これが薩摩の豚ですか。何とも言えねぇ香りだ」

食欲を刺激され、栄一の腹が鳴る。

「おはん……薩摩をどげん思うたか？」唐突に吉之助が聞いてきた。

「どうせ平岡殿ん命で、こっちん様子でも見に来たんじゃっどが？」

箸で鍋をつつきつつ、事もなげに言う。下手に隠しても無駄だろうと、栄一も率直に答えた。

「それは……平岡様の命もございますが、それがしは百姓から武士になったばかりでまだ多くを知らず、何でも学んでやろうという気概で参りました」

「ふ～ん。正直なお人じゃ。そいなら、おはんはこん先……こん世はどげんなるち思う？」

空腹も忘れ、しばし栄一は考えた。吉之助はおもしろそうに、そんな栄一を凝視している。

「それがしは……そのうち幕府が倒れ、どこかしらの強い豪族による豪族政治が始まると思います」

栄一は、京で見聞きしてきたことを踏まえ、自分の意見を述べた。

「幕府には、はぁもう力がねぇし、天子様のおわす朝廷には兵力がありません。徳川の代わりに誰かが治めるべきです。それには、一橋様がよろしいのではないかと考えます」

「……はぁ、たまがっほど（驚くほど）正直じゃなあ。薩摩が治めるとじゃいけもはんか？」

「今の薩摩のお殿様には、その徳がおありですか？」

間髪いれず問い返され、吉之助は一瞬、言葉に詰まった。

「おありなら、それもよいと思います。それがしは徳あるお方が才ある者を用いて、国を一つにまとめていただきてぇ。しかし一橋の殿もああ見えてなかなかのお方で……これはもう煮えていますか？」

目の前の鍋が気になる。めったに口にできない肉が、煮過ぎて硬くなっては痛恨の極みだ。

「おぉ、食《た》もいやんせ」

吉之助に勧められ、栄一はいそいそと肉をほおばった。

「……おぉ、舌の上でとろけるようだ！　うまいです」

「そうじゃろう。はっ、平岡殿も、おもしろかお人を拾うたもんじゃ。じゃどん、こげん天下が乱れては、天子様や朝廷に対して、ほんのこて恐れ多いことじゃち思いもはんか？」

「はぇ、思いもふ」パクパク食べつつ答える。

「じゃっでおいも、幕府ん代わりに、薩摩ら雄藩が一つとなって国策を立てるよりほかに、今んところ治まっ方法が見つからん。じゃっどん、そいをまとめるはずのおはんの一橋の殿様が、腰が弱くていけもはん」

「そうですか。それはいつかそれがしからも、必ず殿に言っておきましょう」

「おう、言《ゆ》うちょってくいやんせ」

うまいうまいと舌鼓を打つ栄一に、吉之助は「もっと食え」とうれしそうに笑っている。

「そうだ。平岡様も、もしまた西郷様に会えたらよろしく伝えてくれと言っておりました」

すると、吉之助は不意に真顔になった。

「誰が言《ゆ》うたか忘れたが、『円四郎は智弁俊逸《ちべんしゅんいつ》、左内は才識高邁《さいしきこうまい》』ちゅうてな。三人で気張っちょったが、三人そろって井伊《いい》の赤鬼（井伊直弼《なおすけ》）にやられてしもた。左内殿ちゅう、ほんのこて惜しか人をば亡くしてしもうた。平岡殿も一を聞いて十を知る男じゃで、気をつけんといかん」

「はい？」

「あまいに先んこつが見え過ぎる人間は、往々にして非業の最期を遂げてしまうとじゃ」

自分が口にした不穏な言葉を取り消すように、吉之助はにっこりして箸を取った。

「まぁ、戦も政も、何事《ないごと》もまずは腹ごしらえからじゃ。大いに食《た》もいやんせ」

「はい！　うまい。薩摩を見直しました！」

たらふく飲み食いした栄一と吉之助は、そのまま横になって大いびきをかき始めた。

座敷の襖の隙間から、薩摩三藩士の顔がのぞく。

「……斬っか？」中原が、川村と三島に聞く。

「いやぁ、吉之助さんの横に寝てる者《もん》を斬れん」

「ほっちょこうか。斬るほどの者《もん》じゃなか」

すっかり毒気を抜かれた三人は、腰の刀に触りもせずその場を立ち去った。

栄一は命拾いしたことも知らず、満足そうに大の字で眠りこけていた。


薩摩藩の推進した公武合体運動は頓挫し、京での政治主導権は幕府の手に戻ってしまった。

「くそっ、一橋が！」

慶喜との戦いに敗れた久光は、無念の思いで参与を辞任した。

「一橋の悪辣《あくらつ》さは侮りがたか。まだ兵馬を持っちょらんだけで、こんままほっておけば天子様を擁して、天下に号令する勢いにないかねん」

「平岡の力でございましょう」側役《そばやく》の一蔵は、動じることなく冷静に指摘した。

「巷《ちまた》では『天下の権、朝廷に在《あ》るべくして在らず幕府に在り、幕府に在るべくして在らず一橋に在り、一橋に在るべくして在らず平岡に在り』と評されちょいもす。今ん一橋は破れもはん」

黙り込んだ久光に、一蔵が進言する。

「国に戻いもんそ」

「何？　わしに負けを認めっちゅうとか？」

「いえ、とんでもあいもはん」一蔵は、にっこりと笑った。

「異国との交易を盛んにし、富を得、兵を整え……将来の戦に備ゆっとでござい もす」

こうして久光は、家老の小松帯刀や吉之助たちを藩邸に残し、一蔵らと京を去ることになった。

幼なじみであり郷中《ごうちゅう》仲間であり親友でもある吉之助を、旅立つ一蔵が振り返る。任しておけというように、吉之助がうなずいて見送る。

そしてこのときから、薩摩藩の方針は「打倒徳川」へと向かい始めたのである。


「おう。おぬしらの建白が聞き届けられたぞ」

一橋家の家老並《なみ》に昇進した円四郎が、栄一と喜作に朗報を伝えた。

「おぬしらを関東の人選御用とした場合、どのぐらいの兵を連れてくる自信があるんだ？」

「ははっ。まずは撃剣家《げきけんか》や漢学書生の中で、共に戦うに足る者を、三、四十人は伴って帰りたいと思います」

「それ以外でも、義のあるところであらば命を捨てるもいとわぬ者を、きっと多く集めてまいります」

栄一と喜作が次々に答える。

「うん、よかろう。……渋沢篤太夫」

「はい！」

「渋沢成一郎」

「はい！」

「関東に出張を命ずる！　一橋家領、その他付近の諸村より、身元確かで人物堅固なる者を召し抱えてこい！」

「ははっ。委細かしこまりました！」

二人は伏していた顔を上げると、互いを見て明るい笑顔になった。

「やったのう。久方ぶりの関東だぃ」

「おう。きっとやってやんべぇ」

肩をたたいて喜び合う二人を、円四郎がまぶしそうに見ている。

栄一はふと、その視線に気付いて円四郎を見た。

——あまいに先んこつが見え過ぎる人間は、往々にして非業の最期を遂げてしまう。

吉之助の言葉を思い出し、栄一は何だか胸の奥がざわざわした。

円四郎は口元に笑みをたたえ、うまそうに煙草《たばこ》を吸っている。

波乱の元治元年は、まだ始まったばかりであった。

第十六章　恩人暗殺

一橋家の兵や家臣を集めるため、栄一と喜作は京を出発することになった。

「長七郎はもちろん、真田殿や昔の仲間を集めるべぇ」

旅にぴったりのすがすがしい気候で、自然と栄一の足取りも軽くなる。

「あぁ。故郷に送った文は届いたかのぅ。せっかく江戸まで出るんだい。一時《いっとき》でも、家の者《もん》に会いてぇな」

隣を歩く喜作は、武州につながる青空に妻子の顔を思い浮かべているようだ。

「そうよ。お千代や、うたや、かっさまに一目でも会いてぇ。藍の畑も今頃は……」

そんな話をしながら、蹴上《けあげ》まで来たときだ。「おう〜い」と声がして、円四郎が馬で駆けてきた。

その後ろを、恵十郎や供回りの者がついてくる。

「平岡様！　どうしてこんなところに……」

「天気がいいからよ、たまさかこの辺りをうろついてただけだ。ちょうどいい。どうだ、一緒に飯でも食わねぇか」

栄一と喜作は顔を見合わせ、笑顔で「はい！」と返事をした。

近くのうどん屋で昼飯をごちそうになる。

「平岡様、ひょっとして、俺たちのことが気がかりで来てくれたんですか？」

例によって思ったままを口に出す栄一を、喜作が、ばか、とたしなめる。

「平岡様のような御重臣が、俺たちみてぇなのをわざわざ見送る暇があるわけねぇだんべぇ」

「あぁ、そりゃあそうだ。でもよ、せっかくだから、やすんとこへ寄って、俺が息災だと伝えといてくれ。何《なん》かおかしろくもねぇときは、掛け軸の小鳥にでも話しかけろってな」

「ははっ。必ずお伝えします」栄一は軽く頭を下げ、請け負った。

「いい働き手を集めてくれよ。おぬしらもそうだが、攘夷か否かなんて上っ面はいまさらどうでもいい。要は、いちずに国のことを考えているかどうか、まっとうに正直に生きているかどうか。それだけだ」

「いちずに、まっとうに……」

「あとは任せる。存分に探してこい」

喜作が恵十郎に呼ばれ、「ごちそうさまでした」と円四郎に一礼して駆けていく。

「ふうん、あっちの渋沢は、もうすっかり武士じゃあねえか」

「はい。喜作……じゃねぇ成一郎は、小せぇ頃からお武家様になりてぇと申しておりました」

「そうか。でもよ、元は武士じゃねぇってことも忘れんなよ」

「え？」

「無理に死ぬのをなりわいにすることたぁねえってことさ」

「いいえ、しかし武士になったからには……」

「いや昔な、江戸の大通りで生意気なガキが、『江戸の町は商いで出来てる』なんてうれしそうにぬかしやがって、腹ぁ立ったぜ」

なんという思い上がったガキだ。しかし栄一も昔、似たようなことを思った気がする。

「しかしよ、こうなってみると確かに、侍は米も金も生むことができねぇ。ペルリが来てからこっち、御公儀が何より困ってんのは金だ。もはや潤っている商人から御用金をもらい受けねば、何もできねぇことになっちまった」

「御用金！」岡部の代官の偉そうな顔が瞬時に浮かぶ。「あぁ、思い出してもムベムベする……」

「ハハハ。お前んとこも出してたくちか。そりゃあお前の親父《おやじ》殿は、そうとう立派なお百姓なんだろうな」

百姓としてだけでなく、市郎右衛門は人としての徳も高い。おごらず高ぶらず、今日もただ勤勉に鍬を振るっていることだろう。父を思うと、栄一はますます郷愁が増した。

「いやな、お前がなんでそんなにずぶてぇのか、考えてみたのさ。で、思うにお前の気丈夫は、お前の育ちから来てんじゃねぇかってな」

「育ち？　……畑とからっ風ばかりの田舎ですが」

「からっ風か。いいじゃねぇか。この先の日の本や御公儀は、もう武張《ぶば》った石頭だけじゃ成り立たねぇのかもしれねぇ。だから……渋沢」

円四郎は真顔になり、栄一を見る目に力を込めた。

「お前は、お前のまま生き抜け」

その言葉が、熱く胸を貫く。

「必ずだ。いいな」

「……はい」

しっかりと心に刻んでうなずくと、円四郎は満足げに破顔した。

栄一と喜作は、再び旅の途についた。振り返ると、大きく手を振る円四郎が遠目に見える。

「やはり、わざわざ見送りに来てくださったんだなぁ」喜作がしみじみと言った。

「あぁ。俺たちはぜひとも、その期待に報いねばならねぇ」栄一の肩に力が入る。

二人は円四郎に深く頭を下げ、また前へと足を踏み出した。

「へぇ、畑とからっ風かぁ……」

栄一と喜作の後ろ姿を見送りながら円四郎がほほえんでいると、恵十郎が歩み寄ってきた。

「先日も、怪しき者が屋敷を張っておりました」

男が二人、屋敷の中を探るように周りをうろついていた。恵十郎が声をかけると目をそらして足早に去り、後を追ったが、途中で見失ってしまったのだ。

「こんなときに、下々の者の旅など見送らずとも……」

「ハハ、いいじゃねぇか。怪しい輩をいちいち気にしてたら、十分に殿をお助けすることなんざできやしねぇや」

どんと構えて受け流すと、円四郎は再び馬にまたがった。

血洗島村では、栄一たちの文を読んだ千代が、うれしそうに市郎右衛門とゑいに報告していた。

「え？　栄一が京の一橋の御家《おいえ》で働いてるって？」

「はい。兄のもとに文が届いて……子細は分かりませんが、栄一さんと喜作さんが一橋家の御家臣になったと」

「はぁ、御三卿の御家臣になったたってのか！」

千代から文を渡された市郎右衛門が、驚いて文字に目を走らせる。

「どういうことだ。あいつら攘夷だとか、幕府を倒すだとか言ってたんじゃねぇのか」

たまたま、中の家に来ていた宗助が言う。

「本当だよ。とんだ手のひら返しじゃねぇか」まさも眉をひそめた。

「えぇぇぇ、なんでそんなことに……」と言いながらも、文をのぞき込んだゑいは笑顔になった。

「あぁ、栄一の字だ。じゃあ、もう八州廻りに追われることもねぇんだね」

「そういうことだ」と市郎右衛門。

「これで合点がいった。お代官様が妙にお怒りになっていたのもこのせいだ」

「文には、近くお役目で関東にいらっしゃると書いてあります。もしかしたら、故郷にも寄れるかもと……。栄一さんに、お会いできるかもしれません」

それで、千代の表情が明るいのだ。ゑいやてい、そして市郎右衛門も喜びを隠せなかった。

筑波山にて挙兵した藤田小四郎率いる天狗党のもとには、浪士や農民が続々と集結しているという。水戸藩駒込《こまごめ》邸では、慶喜の兄で水戸藩主の慶篤と武田耕雲斎らが事態を憂えていた。

「尊攘実行を目指すはもっともだが、今のままでは、ただの烏合の衆の暴挙じゃ」

使者に出した家来の報告を受け、耕雲斎は眉間にしわを寄せた。

「ははっ、さようにお伝えいたしましたが、小四郎様は、『一死報国の赤心《せきしん》をもって尊攘の急先鋒《きゅうせんぽう》たらんと欲するのみ』と、全く応じませせぬ」

「一橋様に加勢すべきこんなときに……」耕雲斎は苦りきった。

この天狗党の無謀な挙兵は、前藩主・斉昭や藤田東湖の方針をよく思っていなかった保守・門閥派の諸生党《しょせいとう》が力を盛り返すきっかけにもなってしまった。

その筆頭である市川三左衛門《いちかわさんざえもん》、朝比奈泰尚《あさひなやすなお》、佐藤図書《さとうずしょ》が家来を率いて入ってきた。

「殿、われらが天狗どもを討伐いたしましょう。殿のお立場もわきまえず暴挙を起こすとは、不埒《ふらち》千万！」

「た、頼む。私も御公儀から、『こんなときに、三家の家臣が騒乱《そうらん》を起こすとはもってのほか』とお叱りを受けた」

温厚な性格の慶篤は、その一方、優柔不断であり当主としての決断力に欠けていた。

「しかし殿、今は一橋様が……」

耕雲斎が言うも耳を貸さず、「家中が先だ。天狗どもをどうにかせよ」と頭にはそれしかない。

しゃしゃりでてきたのは、市川三左衛門だ。

「そのとおり。それにこのような事態になったのも、武田様。執政《しっせい》のあなた様自らが、もはや時勢にそぐわぬ烈公の尊攘を引きずっておられるからではありませぬか？」

耕雲斎がにらみ見るも、三左衛門はふてぶてしく笑んだ。

天狗党討伐を決定するや、慶篤は諸生党の三左衛門らを執政に任命し、斉昭の信任が厚かった耕雲斎らに隠居・謹慎を申しつけた。

かつて栄一たちが憧れた水戸藩は、こうしてますます混乱していったのである。

六月に入ったばかりの深夜、尾高家の戸を激しくたたく者があった。

「水戸のお方々が、同志を集めていると？」

金井国之丞《かないくにのじょう》と名乗る尊攘の志士に、惇忠と平九郎は寝巻き姿で応対した。

「さよう。主将は水戸町奉行の田丸稲之衛門様、総裁は藤田小四郎様。すでに同志は七百名に膨れ上がっております」

「七百名!?　……さすが水戸だ」平九郎が感嘆する。

「すぐに参加が無理でも、とりあえず軍用金を……」

兵が膨れ上がった天狗党は、武器や兵糧の金が不足していた。結城《ゆうき》、壬生《みぶ》、下館《しもだて》に盟約への参加と軍用金を求めたがいずれも拒否され、金井は小四郎から、「さらに常陸《ひたち》や下野まで盟約参加を勧《かん》説《せつ》せよ」と命じられていた。

「これは、水戸の御主君は御承知のうえでのことか」惇忠は静かに、だが鋭く尋ねた。

「兵を挙げるのに大事なのは大義名分だ。それがなければ、ただの騒乱となる。悪いが俺はこの話は断る」

「せ、先生は攘夷のお考えのはずでは？」

「先日、水戸天狗党を名乗る者が深谷で金子を強奪したとも聞いた。大義が明らかでなく、規律も正しくない」

そう判断した惇忠は、「入り用なら少しだが持っていけ」と包んだ金を渡すにとどめた。

「賊扱いしやがって。許せぬ！」

金だけはしっかり懐に入れ、金井は土間の樽《たる》を蹴り飛ばして出ていった。

何事かと、やへと惇忠の妻のきせが起きてきた。

「何があったんだい？　大丈夫なのかい？」

惇忠は何も答えなかった。これ以上、家の女たちを怖がらせないよう気遣ったのだろう。

きせが不安そうに中の家にやって来たのは、その数日後の夕方である。

「え？　にいさまが帰ってこない？」

朝、岡部の陣屋から即刻出頭せよと使いが来て、出ていったきりまだ戻ってこないという。

「陣屋の急な呼び出しは珍しくもねぇが……」市郎右衛門は思案顔になった。

「そうだいねぇ。じきに夜になるってぇのにねぇ」ゑいも心配そうだ。

「はい。お義母様も不安げなご様子で……」

きせも心細いのだろう。市郎右衛門とゑいの勧めで、千代は実家へ様子を見に行くことにした。

やへは仏壇の前で、ひたすら手を合わせていた。

「かあさま。少し横になられてください」

「そうだよ、かあさま。明日も早いし……」

千代と平九郎が休ませようとするのだが、やへは聞かない。

「長七郎があんな目に遭ってるというのに、惇忠まで何かあったら私はどうしたらよいのか……」

そのとき、どんどんと戸をたたく音がした。きせが、「ほら、帰っていらっしゃいましたよ」と明るい声になる。やへは転がるように土間に下り、はだしで戸に駆け寄っていった。

「惇忠、惇忠、おかえり……」

戸を開けると、立っていたのは惇忠ではなく、役人たちだった。かがり火をたいている者なども入れると、四、五十人はいる。

「岡部の陣屋から参った。この家に取り調べの儀がある」

手代《てだい》の高橋益次郎《たかはしますじろう》が合図すると、役人たちが一斉に家の中になだれ込んできた。

「お待ちください！」

とっさに前に出た平九郎は、「邪魔をするな！」と数人の役人に取り押さえられてしまった。

「神妙にいたせ！　手向かわねば手荒なまねはせぬ」高橋がどなる。

おびえて泣きだした娘の勇《ゆう》を、きせが守るように胸に抱く。やへは茫然自失の体だ。

誰かが隠れていないか、役人たちは押し入れから樽の中まで、くまなく探し回っている。

二階の惇忠の部屋を捜索していた役人たちが、首を横に振り振り下りてきた。

「一体、何を探しておられるのですか？　この家には一家の者以外、誰もおりません」

千代は思わず言った。兄の部屋は本がぎっしりで、ねずみ一匹隠れる隙間もない。

高橋は千代を無視して、やへに言った。

「そなたが尾高の母親か。この家の尾高惇忠は、水戸の騒動との関わりが疑われている。これまでに水戸から怪しい者が来たことはないか」

萎縮している母をかばい、平九郎が答える。

「店を営んでおりますゆえ、人の出入りは多くございますが、兄は何も関わっておりません」

「尾高平九郎だな。おぬしにも同様の嫌疑がある。陣屋にて取り調べる」

「お待ちください！　平九郎までいなくなったら……」

取り乱すやへを、「いいえ、かあさま」と千代が制し、弟に向き直った。

「いいですか、平九郎。やましいことがないのなら、お話ししていらっしゃい。お吟味に正直にお答えして、にいさまと一緒にきっと帰っといで。ね？」

「……はい」

平九郎は青ざめながら、大勢の役人たちに囲まれて陣屋に連行されていった。

惇忠の部屋は、足の踏み場もないほど荒らされていた。

「水戸の騒動って何なんだい？　あぁ、こんなもの。私は水戸が憎い。憎いよ……」

水戸学の本を床にたたきつけ、やへが泣き崩れる。千代はそっと、そんな母の肩を抱いた。


同じ夜、三条小橋の旅籠・池田屋《いけだや》の一室に、二十人ほどの攘夷派の志士が集まっていた。

薄明かりの中、中央にいるのは肥後勤王党《ひごきんのうとう》の宮部鼎蔵《みやべていぞう》である。

「祇園祭《ぎおんまつり》に乗じて焼き討ちをかけよ。その騒乱に乗じ、天子様をそそのかす一橋や中川宮らを亡き者にする！」

「おぉ！」

そのとき、がらりと襖が開いた。

「肥後勤王党の宮部鼎蔵だな？」

市中を捜索していた新選組局長・近藤勇《こんどういさみ》が、沖田総司《おきたそうじ》ら数名の隊士とともに踏み込んできた。

「神妙にせよ！　御用改めだ！」

「新選組や！　返り討ちにしてくれるわ！」

峻烈《しゅんれつ》な斬り合いが始まった。

部屋から逃げ出した志士に、遅れてきた副長・土方歳三の一隊が立ちふさがる。

「ま、待て！」

「断る。潔く果てよ」

土方の剣が一閃《いっせん》した。

宮部ら攘夷派志士を新選組が捕縛・殺害したこの「池田屋事件」は、新選組の評判を上げた。

また、これを命じたのは禁裏御守衛総督の徳川慶喜であり、平岡円四郎であるという噂がまことしやかに流れ、鴨《かも》川の五条大橋《ごじょうおおはし》には、『一橋ハ大奸賊也《だいかんぞくなり》』『不日天誅《ふじつてんちゅう》を加ふべし』『若州《じゃくしゅう》屋敷を焼討せん』など過激な誹謗《ひぼう》の落書きが貼られた。

「……平岡円四郎は除かにゃあならん」

「あぁ。一橋様の道を誤らせているのは佞臣・平岡だ」

水戸藩士の林忠五郎《はやしちゅうごろう》と江幡広光《えばたひろみつ》は、声を潜めて話し合った。以前、若狭屋敷を探っていて、恵十郎に追われた二人である。


一方、江戸に到着した栄一と喜作は、小石川代官屋敷を訪ねてお役目に関する用事を済ませると、円四郎の伝言をやすに伝えるため、まずは平岡邸に足を運んだ。

「そうかい。うちの人も、ちゃんと励んでいるんだね」

「はい、一橋家は、もはや平岡様なしには動きません」

玄関先に立ったまま、喜作が答える。

せんだって円四郎が公儀の家臣をどなりつけたという話を栄一がすると、やすは目を細めた。

「あれまぁ。目立ち過ぎて嫌われてないといいんだけど。そんなに忙しいんじゃ、やっぱり、そうそう江戸には戻ってこられないんだろうねぇ」

寂しげな表情を見てとり、栄一は円四郎の言づてを思い出した。

「あ、『おかしろくもねぇときは、掛け軸の小鳥にでも話しかけろ』とおっしゃっておりました」

「掛け軸？　やだ、何ばかなこと言ってんのさ。こっちはこっちでおもしろおかしくやってんだから。そう言っといておくれ」

「ははっ」

「『ははっ』だって。いやだよ、すっかりお武家様みたいな凜々《りり》しいこしらえしちゃって……」

やすは明るく笑い、「ありがとね」と栄一と喜作に優しくほほえんだ。

「約束どおりあの人のために尽くしてくれて、ありがとう」と頭を下げる。

「いえ、まだちっとも十分には尽くせておりません。では早速、行ってまいります！」

丁寧に辞儀をすると、栄一と喜作は踵《きびす》を返した。

「あぁ、行っておいで」

栄一と喜作を送り出したやすは、客人の待つ座敷に入っていった。

「お待たせして失礼いたしました。若い人たちが、うちの人が息災だとわざわざ伝えに来てくれて」

「あぁ、気力ある声が聞こえておった」

茶を飲みながら待っていたのは、隠居した川路聖謨である。

「ちょっと上がって休んでいけばって言ったんですけど、お役目があるからって」

「そうか。先般、孫の太郎《たろう》が公方様とともに京から戻ってまいったが、今の京は一橋様のおかげか、長州も攘夷派の公家も鳴りを潜めて、誠に穏やかだそうだ」

「そうですか……」

ふと、掛け軸がやすの目に入った。雌雄の小鳥が描かれている。一年中、いつも一緒のつがい鳥だ。離れていても、心は共にある――円四郎は、そう伝えたかったのだろうか。

「円四郎も、一橋様のおぼし召しにより、このたび諸大夫《しょだいぶ》を仰せつけられ、近江守《おうみのかみ》に叙任されたという。異例の出世よ」

「出世なんざどうでもいいけど、達者でいるんだったら、それでよかった」

「あぁ。このまま落ち着くとよいのだが……」遠くを見るような目で、川路は言った。


栄一たちは、江戸でよい家臣になりそうな剣術家や儒学者を数人集めると、次に関東にある一橋家の所領で手広く人材探しを始めた。

「今では、御公儀も百姓から兵を集めておる」

「俺だって、元は百姓だい」

二人の熱心な勧誘により、「禄は少なくても、一橋家なら仕えてみたい」という人々が四十名ほど集まった。

さらに栄一と喜作は、神田《かんだ》の於玉ヶ池《おたまがいけ》にやって来た。二人が修行した北辰一刀流《ほくしんいっとう》の千葉道場・玄武館《げんぶかん》には、真田範之助をはじめ国をいちずに思う志士たちが大勢いる。

顔を出すと、範之助や横川勇太郎らが慌ただしく荷造りをしているところだった。

「おぉ、渋沢と渋沢ではないか！」

「よかった。おぬしらを捜しておったんだに」

喜作が言うと、範之助は「俺もだ」とうれしそうに二人の肩をたたいた。

「ようやく再び立ち上がるときが来たのう。共に筑波山に向かおう」

「筑波山？」

小四郎が筑波山で攘夷の兵を挙げたことを、栄一も喜作もまだ知らなかった。

「『有志は至急、山上に集え』と使いが来たのだ。俺は今より、この玄武館四天王らと塾生四十六名で、この神田を出る。さすが水戸と、すでに何百人も同志が集まっておるらしい。しかし、おぬしらのその格好は……」

いぶかしげな範之助の視線をはね返すように、喜作は思い切って言った。

「真田……俺たちは一橋家に仕官したんだ」

間髪いれず、栄一が続ける。「おぬしも、ここにおる皆も、共に働かねぇか？」

「ふざけるな……！」範之助は逆上して怒号を放った。

「何のたわ言だ？　半年前まで徳川を倒すと放言していたおぬしらが、その一族の一橋の禄を食んでいるだと？　恥ずかしくはないのか！」

口角泡を飛ばして詰め寄る範之助に、喜作はきっぱりとかぶりを振った。

「いや、真田。俺は一橋様や平岡様のおかげで、ちっとんばっかり世を知ることができた。大橋先生や天誅組の失敗を見ても分かるように、攘夷は半端な挙兵ではかなわねぇ」

「半端だと？」

「喜作の言うとおりなんだ」栄一はそう言うと、ほかの面々に向かって声を張った。

「みんなも聞いてくれ。俺たちが考えていたより、世の中はずっと広い。攘夷のためにも国をよりよくするためにも、挙兵より、俺たちと共に一橋家で働いたほうがよほど見込みがある。一橋様のもとで、共に新しい国を作るべぇー……」

「今すぐ失せろ！　死にたいか！」

範之助が鞘を払った。だが栄一も必死だ。

「お、俺は、お前にむざむざ死んでほしくねぇ！」

「お前も死ぬのが怖くなったのか。ハッ、俺はお前らを心底見損なったぞ！」

吐き捨てるように言うと範之助は剣を収め、荷を担いで歩きだした。

「筑波山に行くぞ！　そんなやつら、斬る値打ちもない」

勇太郎や仲間たちも、範之助の後について道場を出ていってしまった。

「……何てこった。せっかく仲間にと思っていたのに」喜作は肩を落とした。

「なぁ、喜作。俺たち……ほんとにあっちに行かねぇでいいのか？」

信念を貫く範之助たちの姿を目の当たりにして、栄一の心は揺らいだ。

「何言ってんだ。俺たちは攘夷のためにも一橋の兵を集め、一橋を強くするんだに。そうだんべぇ？」

「あぁ。しかし、こんなふうに道をたがえるとは……」

根底にある思いは同じであるはずなのに、栄一は残念でならなかった。

江戸を去る前に、二人にはもう一つ、大事な用があった。長七郎である。栄一たちは再び小石川代官屋敷へ足を運び、黒川嘉兵衛の添え状を見せて、長七郎に一目会わせてもらえないかと役人に交渉した。

「飛脚を斬り、すぐさま捕縛されたのだ。同行の中村三平はともかく、尾高長七郎の罪は重い。黒川様のつてがあっても、会わせるわけにはゆかぬ」

にべもなく退けられた。諦めきれない喜作に、栄一は言った。

「今すぐは無理だ。時節を待つしかねぇ。長七郎の戻る場を作るんだ」

天狗党の挙兵に誘われたことが原因で、惇忠は岡部の陣屋の牢に入れられていた。

「もう取り調べで関わりのねぇことは分かったはずなのに、牢に入れられたままで……」

千代は眉を曇らせた。「そうか、気の毒に……」と市郎右衛門も言葉少なだ。

「で、あの、平九郎さんは?」

平九郎は宿預けになって家に戻されたと千代に聞くや、ていは尾高家にすっ飛んでいった。

「うちや東の家も陣屋から取り調べがあったに。尾高ほど厳しいことはなかったけど」

ゑいに聞かされた千代は、申し訳なく、義父母に頭を下げた。

「そうですか……ご迷惑をおかけしました」

「いや。ただ陣屋の連中は、水戸の一件が落ち着くまで、惇忠を動けねぇようにしておくつもりかもしれねぇな」と市郎右衛門は難しい顔になった。

「栄一たちも危ねぇ。あいつらもにらまれてんだ。今こっちに戻れば……」

「え？　戻ったら危ねぇんかい？　そんな……」

ゑい同様、いやそれ以上に千代の落胆は大きかった。

「近所のみんなもなっから怒ってたよ。大事な名主の惇忠さんを牢に入れるなんてって。植木屋の紋次郎《もんじろう》さんたちなんか、連判状を作って陣屋まで押しかけるって……」

おしゃべりが過ぎる女は嫌われると市郎右衛門に聞き、平九郎の前ではなるたけしゃべらないようにしていたのに、手鎖《てじょう》をされ、うなだれたように座っている平九郎を見れば、元気づける口が止まらない。

「大丈夫？　これ、ずうっとこのままなの？」

手鎖が気になってていが聞くと、平九郎はうなずいた。

「俺なんか、あにぃたちに比べたら何ともねぇ。ただ、飯もうまく食えねぇのは参るけんどな。まるで赤ん坊だ」

「そうか。桑の実、採ってきたんだけんど……」

「おぉ、食わせてくれ」

赤黒く熟した実を一つ取り出し、ていが平九郎の口に入れてやる。

平九郎が歯でかむとぷちぷちと実がはじけ、甘酸っぱい味が口中に広がった。

ふと、二人の目が合った。話のつぎほを失って、黙ったまま見つめ合う。

長七郎が捕まったあと、平九郎は、油を買いに来たていに話したことがある。

「何だか、張り合いがなくなっちまってなぁ。俺も『北武蔵の天狗』と呼ばれたあにぃみてぇに、江戸や京に出て、天下のために働いてみたかったたんだい。でも、あにぃがあんなことになって……きっと俺はこのまま、『油売りの平九郎』で終わるんだんべなぁ」

するると、ていは言った。

「ていは……にいさまや喜作さんは、いまさらどこに行ごうが生きてせーいりゃあどうでもかまわねぇけんども、平九郎さんが、どっかにいなくなったりすりゃあ……寂しい。いや、分かんないけんども……ていは昔っから、平九郎さんに会えると思い浮かべるだけでうれしいんだに。ひこばえの木を抜けて、あと二百歩大股で歩いたら平九郎さんの顔が見られると思うと、それだけでワクワクするんだに！　だから、ここにいたらいいだんべ。ていは、天狗よりも、お殿様よりも、里見の八犬士《はっけんし》よりも、油売りの平九郎さんのことが……」

こんな情けない姿でも、それでもていは、ただの平九郎がいいと言ってくれるのだろうか。

「よぉし。こっからなら故郷も近い。血洗島に立ち寄って伝蔵や道場の者《もん》も仲間に加えるべぇ」

気を取り直し、旅籠で志願者の名簿を作りながら、喜作が言った。

「あぁ、久しぶりの故郷だのう。うたはきっとでっかくなったんべな。お前んとこの作太郎も」

「おう。作太郎に親父の雄姿を見せてやんべぇ」

二人とも、心は早《は》や故郷へ飛んでいる。と、そこへ宿の番頭がやって来た。

「渋沢様、先ほど飛脚が文を届けてまいりました」

「おぉ、ありがとうございます」

惇忠からかと思えば、このどっしりした字は市郎右衛門である。慌てて文を開く。

『お前たちが一橋家の家臣になったと聞き、あまりに突然のことで誠に驚いた。兄たちは「御公儀に文句を言っていた者が御三卿の家臣とは変節だ」と嫌みを言っているが、俺としては立派なことだと思う。一目その雄姿を見たいとも思うが、こちらは今、それどころではない』

急いで読み進めると、惇忠は水戸との関わりを疑われて岡部の陣屋の牢につながれているという。また陣屋の役人たちは、栄一と喜作が許可なく村を抜け出したことで、立腹しているらしい。惇忠のことはこちらで何とかするので案じることはないが、故郷に立ち寄るのは見合わせろと書いてある。

「あにぃに疑いって、水戸は一体何してんだい」喜作は憤慨した。

「尾高の一家が心配だ。お千代もどんなに案じているか……一目でいいから、様子を見に戻れねえのか」

「だめだ。お前のとっさまが見合わせろと言ってんだい。今行けば、さらに騒動のもとになっちまう」

「しかし、こんなに近くに来てんのに会えねぇとは……」

ゑいと千代は、どんなに寂しく不安な思いでいるだろう。二人を思うと、栄一の胸は痛んだ。

筑波山の天狗党には、真田範之助ら、尊王攘夷の志を持て余していた全国の草莽の志士が続々と集まった。またその隊の一部が行く先々で金品の略奪や放火などを繰り返したため、看過できなくなった幕府はついに追討《ついとう》軍を編成。水戸藩にも筑波山激徒《げきと》の鎮圧命令が出され、水戸城の一角では、家老の市川三左衛門の指示で軍備が進められた。

「身内の恥じゃ。天狗どもを必ず討て！」

その一方、水戸藩駒込邸では、尊攘派の家老・榊原新左衛門《さかきばらしんざえもん》と鳥居瀬兵衛《とりいせべえ》が、膝を詰める勢いで慶篤に陳情していた。

「市川ら諸生党は、烈公の治世を軽んじております」

「そのとおり！　諸生党は、これを機に水戸の政を手に入れようとしておるのです」

「し、しかし……」

「その者たちの言うとおりです」部屋に入ってきたのは、慶篤と慶喜の母・吉子《よしこ》である。

「烈公の代からの忠臣である、武田耕雲斎殿をも政から追い出すとは何事か。主君のそなたが勢いに押されていては、家中が治まりましょうか。このままでは、慶喜にも迷惑をかける……そなたが双方の言い分をよく聞き、家中を取りまとめるのです」

「分かりました……耕雲斎を呼べ」


江戸の大通りを、大勢の水戸藩士が歩いていく。その中に耕雲斎の姿があった。

「水戸様の御家中だ」

「水戸は今、一体どうなっちまってんだ」

たまたま通りかかったやすの耳に、遠巻きに見ている町人たちの話し声が聞こえてくる。

「……雨の匂いがするね。早いとこ戻るよ」

嫌な気配だ。供の女中たちに言い、やすは歩きだした。

こうして小四郎たちが攘夷のために起こした騒動は、次第に水戸藩内部の争いとなっていったのである。

京の若狭屋敷では、慶喜と円四郎が地図を見ながら京の情勢を分析していた。

「新選組の京の町を守ろうという心意気は見上げたもんだが、池田屋はちょっと派手にやり過ぎましたな」

「円四郎もそう思うか。私もあの一件が、文久以来ぐずぐずとくすぶってた長州の攘夷の残り火に油を注いだような気がしてならぬ」

「ははっ。長州がまた何かやらかしたら一大事です。殿は水戸の内乱にも頭を悩ませているってぇのに……」

「うむ。当てにしていた耕雲斎や水戸の兵も、もう京には呼べぬであろう。あの、そなたが連れてきた渋沢なにがしとかいう者は、まことに兵を集めてこられるのか？」

「どうでしょうなぁ……」

冷ややかな慶喜の視線に気付いて、円四郎は慌てて愛想笑いを浮かべた。

「あ、いや。大丈夫かと。あっしの人を見る目は確かでございますから」

「……ならよいが」

「おっ、信用されておられませぬな？　あっしはあなた様だって一目お会いしたその日から、こりゃあただ者《もん》じゃねぇとにらんでおりました。あなた様に惚れて惚れて、女房にまでやっかまれたぐれえだったんですから」

慶喜が、フンと鼻を鳴らす。円四郎は「へへっ」と鼻をこすった。一見そっけなくても、実は慶喜が情け深い主君だということを、円四郎は知り過ぎるほどよく知っている。

「……一つ、変なことを申すが許せ」

「は？」

「そなたにしか言わぬ」

いつになく神妙な面持ちで、慶喜は話しだした。

「私は……輝きが過ぎるのだ。親の光か、家の光か、何かは分からぬ。しかしその輝きゆえ、子どもの頃からどうしようもなく目立ち、父からことのほか目をかけられ、兄たちのひんしゅくを買っていた」

第十二代征夷大将軍・徳川家慶《いえよし》から賜った鳥籠に目をやる。

「先々代の公方様からも御寵愛《ごちょうあい》をいただき、『徳川を頼む』とまで言われた。鼻高の越前殿や、亡くなった島津殿もそうだ。初めてお会いしたときから私をまぶしく見つめ、『徳川を救え』と言われ続けた。井伊殿も私を異様に恐れ、あのような大獄を起こした。しかし……そんな輝きは本来ない」

慶喜が本心を吐露するなど、ついぞなかったことだ。円四郎は黙って耳を傾けた。

「全くだ。全くない。己で確かめようと鏡を見ても、ホトガラフ（写真）を見ても分からぬ。映るのは、ただつまらなそうにこちらを見るだけの、実に、凡庸な男だ」

円四郎は、慶喜の写真を見やった。あれを凡庸と言うのなら、ほかの人間は大根か南瓜《かぼちゃ》だ。

「父も、誰も彼も幻を見ている。そなたもだ。そしてこの幻の輝きが、実に多くの者の命運を狂わせた……どうにかこの輝きを消せぬものか。私はただ徳川の一人として、謹厳実直に天子様や徳川をお守りしたいのだ」

「いやぁ、おかしれぇ」円四郎は、ほのかに笑みをたたえて言った。

「いや、ほかの誰にも言えねぇ、とっぴな色男のようなせりふでございまする」

「フン、やはり言うべきではなかった」慶喜がむくれる。

「しかしその輝きは、この先も決して消えることはありますまい。それがしは、殿を東照大権現《とうしょうだいごんげん》様（徳川家康《いえやす》）の再来と思うております」

「……何と？　畏れ多いことを申すな」

「江戸開府以来二百余年、緩んできた世を再びまとめ上げるのは殿しかおらぬと、その殿の作られる新しい世を、それがしは心待ちにしているのでございます」

「そういうことを言われるのが嫌なのだ」

かすかに顔をゆがめる慶喜に、円四郎は笑って言った。

「そうおっしゃいまするな。今や神であられる東照大権現様は、二百年前にはとても用心深く、自嘲めいたところもあったと伺いまする。そう、あなた様に似ている」

「私は、御神君《ごしんくん》には夢ですらお会いしたことはないが、会っても決して似ておらぬと思う」

「いやぁ似てるかもしれませんぜ」

「似ておらぬ。ただ、御神君に恥ずかしくない世にせねばとは、ようやく思う」

「ははっ。その心意気でございましょう。この平岡円四郎が尽未来際《じんみらいさい》、どこまでもお供つかまつります」

大仰《おおぎょう》に平伏する。未来の果てに至るまでとは――慶喜は小さく噴き出した。

「……まったく、そなたにはかなわぬ」

顔を上げた円四郎も、慶喜と一緒に声を上げて笑った。


六月十六日の夕方、円四郎は恵十郎と従者二人を連れて屋敷を出た。

「ん？　こりゃ明日は雨か……」

湿った空気の匂いに空を見上げた、そのときだ。

「平岡円四郎！」

背後で声がし、振り返ろうとしたその刹那、刀が円四郎の頭を斬りつけた。血しぶきが飛び、間髪いれず別の刀が袈裟懸けに斬り下ろされる。

円四郎を襲撃したのは、水戸藩士の林忠五郎と江幡広光ら暴徒六名であった。

「平岡様！」

恵十郎は一歩、遅かった。血だらけで倒れた円四郎を見て、暴徒たちが走り去っていく。

「待てぃ！」

恵十郎は刀を鞘走らせ、背後から江幡を突き殺した。

「くそッ！」

林とほかの暴徒たちが、刀を抜いてかかってくる。円四郎の二人の従者が斬り捨てられた。恵十郎も顔面を裂かれたが、額から血を流しながら暴徒を次々としとめていった。

逃げていく林を追いかけ、その背に一太刀浴びせる。林は悲鳴を上げ、よろけながら逃げていった。だが、あの深手では長くはもたないだろう。

「う……」円四郎がうめき声を上げた。

「平岡様！」

恵十郎が駆け寄ると、円四郎は薄目を開け、息も絶え絶えに声を絞り出した。

「嘘だろ……冗談じゃねえぞ……俺《おり》ゃあまだぁ、死ねるか……」

「平岡様……」

「まだ……見てぇもんが、山ほどある……」

恵十郎が涙ながらに何度もうなずく。

「死にたくねぇなぁ……死にたくねぇぞ……殿……あなたは、まだ……これから……」

円四郎は、懸命に指を伸ばした。その先に、美しい茜《あかね》空がぼんやりと遠く見える。

江戸はどっちだ。もう一度、江戸の通りを歩きたかった——。

「……やす」

つぶやくと、指から力が抜け、ことりと落ちた。

「……平岡様ーッ!!」

恵十郎の絶叫が、通りに響き渡った。


「……今、何と申した？」

慶喜の前にひざまずいた黒川は、悲痛な面持ちで繰り返した。

「平岡様が、御命を奪われました。賊に襲われ……川村が申すには、賊は、すべて水戸の者だったとのこと」

慶喜は、ものも言わずに部屋を出た。足が宙を踏んでいるように心もとない。

――円四郎が死んだ？　つい先ほどまで、共に語らい、笑い合っていたではないか……。

家臣たちが、円四郎の遺体を屋敷の中に運んできた。

ゆっくりと歩み寄り、亡骸の傍らに力なく座り込む。

「……円四郎よ」

円四郎は答えない。目を開けない。笑みもせず、ぴくりとも動かない。

「尽未来際と……申したではないか？」

慶喜は、血に染まった体に触れた。まだ温かく、鼓動さえ聞こえそうだ。

「尽未来際、共にと……どうして……どうして……」

涙がとめどなくこぼれる。慶喜は半身をもがれたかのように、そこから動けなかった。

栄一と喜作が恩人の死を知るのは、その半月先のことである。

平岡円四郎、享年四十三。志半ばの、非業の最期であった。

第十七章

篤太夫、涙の帰京

元治元（一八六四）年六月、栄一と喜作は一橋家のために集めた人々を連れ、江戸に向かっていた。

「兄貴ぃ〜」

旅姿で追いかけてきたのは、中の家の作男で、二人の弟分の伝蔵だ。

「おぉ、伝蔵！」栄一の顔がほころぶ。

「伝蔵じゃねぇか。おぉ、よく来たなぁ」喜作もうれしそうだ。

「あぁ、はぁたまげた。すっかりお侍じゃねぇか。おいら惇忠先生から文を預かって、ずっと兄貴たちを捜してたんだに」

「あにぃから？」栄一が伝蔵から文を受け取る。

惇忠は数日前に無事、放免になったという。悪いことをした証拠もないのに捕らえるのはおかしいと、伝蔵や下手計の村人たちが向こう鉢巻きで陣屋に詰めかけたそうだ。

「『名主様返さねえなら、牢屋を打ち壊すぞ』って。そしたら陣屋も肝を潰して獄から出してくれたんだい。平九郎さんの手鎖も外れた」

「平九郎までそんな目に遭ってたのか……しかしよかった。これで一安心だに」

喜作が栄一に言う。心配事は一つ減ったが、やはり栄一は、皆に会えないのが心残りだ。

「一目会っていきたかったが……家のみんなは息災か？　うたもでっかくなったんべなぁ」

「あぁ、よく笑う、もじっけぇ（かわいい）子だで」伝蔵は笑んで答えると、口元を引き締めた。

「おやっさんに聞いた。一橋の兵を集めてるんだんべ？　おらも連れてってくれ。おらのほかにも、加わりてぇ者《もん》がなっからいるに」

「はなから加えるべーと思ってた。しかし村にも戻れねえし、どうしようかと思ってたんだに」

喜作が答える。血洗島村を去るとき、再起のときは必ず知らせてくれと伝蔵に念を押されたことを、二人とも忘れてはいない。

「故郷の者が入れば、もう十人か二十人、兵が集まる。早く平岡様に知らせてぇのう」

きっと、よくやったと褒めてくれるだろう。円四郎の喜ぶ顔を想像すると、栄一の胸は弾んだ。


江戸のやすもまた、夫の死を知らずにいた。

生けた花を居間に飾っていると、女中のよねが、一橋家から使いが来たと知らせてきた。

「お待たせいたしました。あら、どうしたんです？　川路様までご一緒なんて……」

座敷に入っていくと、一橋家の家臣たちと川路が茶も飲まず、重い空気で座っていた。

「……奥方様。先ほど京より急使が参り、平岡様が賊に襲われ、御命を奪われたとのことでございます」

やすは一瞬、きょとんとした。そして、たちの悪い冗談に、笑いと怒りが半々に込み上げた。

「……ハッ、何を言ってんだい。ばかも休み休み言いなね。あの人が、うちの人が死ぬわけないじゃないか」

しかし家臣たちは、うつむいて黙り込んでいる。川路もだ。

「……嘘だろ？　嘘……ねぇ、嘘なんだろう？　嘘って、そう言っておくれよ！」

家臣に詰め寄るやすの肩を、川路がつかんで引き戻す。

「やす！　落ち着け！　やす！」

やすは川路を振り払い、なおも家臣にむしゃぶりついていった。

この年、斉昭が興した尊王攘夷運動は、最後の盛り上がりを見せていた。

水戸では「天狗党の乱」。そして「池田屋事件」で火がついた長州からは、約千六百人もの兵が京に向かっていた。しかし、かたくなな攘夷派の長州藩にも、このころになると新しい人材が出てきていた。

英国艦バロッサ号の船内で艦長のダウエル大佐と対面している、二人の青年――井上聞多《いのうえもんた》、伊藤《いとう》俊輔《しゅんすけ》がそうである。井上は二十八歳、伊藤は二十三歳。二年前、高杉晋作《たかすぎしんさく》や久坂玄瑞らとイギリス公使館焼き討ちに加担するなど、元は過激な尊王攘夷の志士であった。

「もはや決定は覆せない。四か国は長州を攻撃する」ダウエルが言った。

長州藩は昨年、馬関海峡を封鎖して外国の船を攻撃した。列強の反撃に遭い敗れたものの、長州藩は奇兵隊《きへいたい》を結成するなどして、海峡を封鎖し続けている。これに対し、イギリス・アメリカ・フランス・オランダの列強四国は、下関《しものせき》を攻撃する決意をした。

「待ってくれ。俺たちはイギリスを見てきた」

去っていくダウエルに井上が英語で呼びかけると、まだ年若い通訳のアーネスト・サトウだけが振り返った。〝サトウ〟は日本名ではなく、スラヴ系の珍しい姓である。

「攘夷は無理だと分かっている。しかしわが長州にそれを納得させるには、もっと時間が必要だ」

ロンドンで学んだ井上と伊藤は開国論に転じ、長州藩と列強四国との武力衝突を回避するべく、急遽《きゅうきょ》イギリスから帰国したのだ。しかしサトウは、難しい顔でかぶりを振る。

「もう遅い。私の上役は天皇や将軍、そして両刀を帯びた浪人まで、すべての日本人に攘夷は不可能だと徹底的に思い知らせると言っている」

「幕府が悪《わり》ぃんじゃ」伊藤は日本語で吐き捨て、英語に切り替えてサトウに言った。

「幕府が外交を仕切るからこうなった。今や日本中の若者が、みんなそう思ってる！」

「……国のため、はるばる英国から戻られたことには敬意を表す。いつかまた会えることを祈る」

そう言うと、サトウは踵を返して去っていった。


小姓がまだ慣れない手つきで髷を結ってくれる。初めて円四郎が髷を結ってくれた日のことが脳裏をよぎり、慶喜の胸を締めつけた。政局は混迷を極め、円四郎を失った痛手もまた計り知れなかった。

「殿！　大目付・永井《ながい》様が参られました」市之進の声だ。

「通せ！」

「安政の大獄」で失脚し、このたび幕政に返り咲いた永井尚志《なおゆき》が、市之進とともに入ってきた。

「長州兵が大挙押し寄せてまいりました。伏見《ふしみ》藩邸や天王山《てんのうざん》宝積寺《ほうしゃくじ》に続々と入っております」

「やはり来たか。天子様は長州人を京に入れるなとおぼし召しだ。家老の福原《ふくはら》（越後《えちご》）に命じて帰還させよ」

「福原は『多くが従わぬ』と申しております」

「ならば福原を呼び出せ！　何度でも説諭を重ねるのだ」

「しかし一橋様。それがしが公儀にて得た風聞によれば……」と永井は声を低くし、「長州は、宮中の息のかかった公家らと会津様追討の兵を挙げ、天子様を京の都からさらう策を謀っておるとのこと」

「天子様をさらうだと？」

「なんと不敬な。殿、長州の先手を取りましょう」市之進が憤る。

「いいや、戦はならぬ。円四郎もきっと言ったであろう。『戦となれば、芋たちが手をたたき喜ぶだけ』と」

芋、とは島津久光のあだ名である。一度は薩摩に追い返したが、久光は今でも京での覇権を虎視《こし》眈々《たんたん》と狙っているに違いない。

吉之助と小松帯刀ら薩摩藩の首脳が慶喜に会いに来たのは、その数日後のことだ。

「長州は潰してしまいもんそ」と吉之助は人なつっこい笑顔を浮かべた。

「わが薩摩は、天子様のためならとよぉ調練《ちょうれん》された兵をかき集めておいもす。土佐も福井も久留米《くるめ》も支度はできちょいもす」

慶喜の予想どおり、武力を背景に京での主導権を握ろうと、薩摩藩は藩の方針を長州征討へと転換した。

「禁裏御守衛総督様は、どげんなさるっとでございもすか？」

慶喜が答えずにいると、吉之助はにっこり笑って言った。

「なんなら、薩摩が先に行きもんそか」

堂々と挑戦状をたたきつけてきた吉之助と、慶喜は無言で対峙《たいじ》した。

またその数日後、京都御所に、朝政に参画している公家衆と、慶喜、会津藩主で京都守護職の松平容保、容保の弟で桑名藩主の京都所司代・松平定敬が集った。

「長州は兵を下げるどころか、伏見や嵯峨《さが》の山で空を赤くするほど、かがり火をたいてるというではないか」

中川宮は焦りを隠せない。三条実美ら尊攘派の公家と背後の長州藩を朝廷から排除した「八月十八日の政変」を画策し、長州藩士の恨みを買っているからだ。

「御上、ここは比叡《ひえい》山へお逃れいただくべきかと……」

孝明天皇の信頼が厚い、関白《かんぱく》の二条斉敬《にじょうなりゆき》である。二条もまた、松平容保や中川宮同様、長州藩の志士から命を狙われていた。

「朕《ちん》にここを離れよと申すか？」

御簾《みす》の向こうで孝明天皇がのたまう。その声に悲憤を感じ取れた。

「お待ちくださいませ」

「われわれで必ず、長州を防いで御覧に入れます」

容保と慶喜は、敢然と言い切った。

そのころ中の家では、伝蔵が市郎右衛門たちに栄一と喜作のことを伝えていた。

「そうか。二人とも、無事に励んでおったか」

「へぇ。ちっとこう、お顔もキリッと痩せたようで」

「はぁ痩せたなんて、食べるもんに困ってるんでねぇかね」

二十五になった息子を、もう羽織を持って追いかけたりはしないが、ゑいの心配は尽きない。

「心配し過ぎだに、かあさま。文に息災と書いてあっただんべ」ていが言う。

「へぇ。村に帰れねぇのだけが心残りなご様子でした。京に戻るとき中山道《なかせんどう》を通るっちゅうから、おらはそこから御用に加えてもらいます」

伝蔵は仲間に、ていは平九郎と新屋敷のよしに伝えに行くと、うれしそうに出ていった。

「中山道……そんなに近くを通るのにねぇ」ゑいが残念そうにつぶやく。

何も言わないが、千代はうたをぎゅっと抱き締めている。市郎右衛門は思案顔になった。


栄一たちの一行が江戸に到着すると、一橋邸に猪飼の姿があった。

「猪飼様！　江戸に来られていたのですか」栄一が声をかける。

「……あぁ、渋沢と渋沢」

「集めた兵を連れ、戻ってまいりました。今、裏に三十五人が入っております。……その荷は？」

喜作は、家臣たちの手で表に運ばれていく豪華な箱や包みを見やった。

「これは……一橋様や徳信院様、美賀君様からの見舞いの品だ。今より平岡様の邸に運ばれる」

怪訝そうにしている二人に、猪飼は沈痛な面持ちで言った。

「平岡様は先日、賊に御命を奪われた」

「……は？」

「御命を？　なぜ……？」

栄一も喜作も、その事実を瞬時に理解できない。

「襲ったのは、水戸の過激な攘夷の者たちだったそうだ。まさか殿の御出身の水戸が……」

「水戸の者が平岡様を？」喜作は愕然《がくぜん》としている。

円四郎は即死。従者二人も斬殺され、恵十郎は顔を斬られながらも、暴徒たちを倒したという。

「嘘だい……嘘だ！」

――あの平岡様が、抜山蓋世《ばつざんがいせい》の勢いであったお人が、死ぬわけがない。

栄一の脳裏に浮かぶのは、大きく手を振って見送ってくれた円四郎の姿だった。


七月十八日の深夜、若狭屋敷の慶喜の部屋に家臣が急を知らせてきた。

「申し上げます！　山崎《やまざき》にて多くのかがり火が桂《かつら》川を渡っているとのこと」

「何！　長州は出兵したと申すか！」部屋にいた永井は思わず腰を浮かせた。

「再三の撤兵の命にも従わず、自ら兵を挙げるとはなんと愚かな……円四郎の申したとおりになった」

そう言うと、慶喜は立ち上がった。「馬を出せ。すぐに参内する」

京都御所の小御所では、中川宮と二条関白が慶喜を待ちかねていた。

「一橋殿！　長州が御所に向かってるとはまことか？」

「一橋殿、いかにしたらよろしい？」

従三位《じゅさんみ》の衣冠を身に着けた慶喜に駆け寄ってくる。容保は帝《みかど》の信任は厚いが、いかんせん病身であり、長州軍を迎え撃てるかどうか二人の公家は案じているのだ。

「まずは天子様に御挨拶を……」

そのときだ。「慶喜よ」と静かな声がして、孝明天皇がゆるりと入ってきた。

初めてじかに見る御姿である。慶喜は思わず息を詰め、深く平伏した。

「長州が、兵端《へいたん》を開いたと聞いた」

「ははっ。説諭を重ねましたが、力不足でございました」

帝は、じっと慶喜を見つめている。慶喜は身の内に力がみなぎり、武者震いがした。

「天子様……どうか、それがしに御勅命を」

「うむ。もとより烈公やそなたの朕への忠誠をうれしく思っておった。命を下す。長州を討て」

「ははっ！　これよりこの臣《しん》慶喜、御叡慮に従い、長州を征伐いたします！」

軍装を調えて騎乗した慶喜の姿に、家臣や幕閣たちから感嘆の声が上がった。

「おぉ！」

「これはまるで……錦絵のようだ」

紫裾濃《むらさきすそご》の腹巻きの上に、四寸《すん》（約十二センチメートル）ほどの黒い葵紋を染めた白羅紗《しろらしゃ》地の陣羽織を羽織っている。腰には熊毛の尻鞘をかけた金装の太刀を佩《は》き、立烏帽子《たてえぼし》に紫練綾《ねりあや》の鉢巻きを締めた慶喜は、永井の言葉どおり、錦絵から抜け出た武将のようだ。

「長州の攻撃に備え、九門を固めよ！」

金の采配を振り指揮する姿も従容《しょうよう》として勇ましい。いやが上にも兵の士気は上がった。

「行けぇッ！」

夜明けとともに、長州藩の豪傑・来島又兵衛《きじままたべえ》らの軍勢八百余人が御所の蛤《はまぐり》御門へ突入、守りの会津・桑名兵と衝突した。

江戸幕府開闢《かいびゃく》以来、初めて京を舞台にした大きな内戦「禁門《きんもん》の変」が勃発した瞬間である。

戦闘におじけづいて逃げ出した幕府側の兵を、長州兵が追う。慶喜が馬上から長州兵を斬りつけ、「逃げるな！　そなたらも武士であろう。戦え！」と叱咤する。

そのとき、長州軍の銃弾が慶喜の腕をかすめた。「一橋様！」と市之進が驚いて走り寄る。

「御所に銃先《つつさき》を向けるとは、何が尊王だ」

帝を脅かす逆賊にほかならない。慶喜は憤った。

長州勢は筑前《ちくぜん》藩が守る中立売《なかだちうり》御門を突破し、天皇の日常の住まいである御常《おつね》御殿の内部にまで侵入した。護衛の兵たちと激しい斬り合いになる。

「玉《ぎょく》じゃ！　玉を探せ！」

玉とは、幕末の志士がひそかに用いていた天皇の呼称だ。

慶喜が駆けつけると、ほかの護衛兵が帝の座所を移すための板輿《いたごし》を準備していた。

「天子様は御動座などされぬ！　去れ！」

剣を構えてどなり、そばにいた定敬に「天子様を急ぎ紫宸殿《ししんでん》にお連れせよ！」と命じる。

孝明天皇と妻の准后夙子《じゅごうあさこ》、十二歳の親王・祐宮《さちのみや》（のちの明治《めいじ》天皇）は、女官《にょかん》たちとともに御常御殿の廊下を避難しているところだった。

「紫宸殿へ！　御裾にお気をつけを……」

女官の声が爆音にかき消された。長州藩の撃った砲弾が、ついに御所に命中したのだ。

准后夙子や女官たちが悲鳴を上げる。恐怖のあまりか、祐宮がふらりと座り込んだ。

「祐宮！　祐宮！　しっかり！」

孝明天皇が手を貸そうとしたとき、病軀《びょうく》をおして出陣した容保が現れ、素早く祐宮を支えた。

「天子様、こちらでございます。祐宮様に水を持て！」

容保が先導して、天皇一家は紫宸殿へと逃れていった。

そのころ、乾《いぬい》御門で形勢をにらんでいた西郷吉之助が、重い腰を上げて動きだした。

「さあて、そろそろ行きもんそ」

長州軍は御所の外まで戦いを広げていたが、ハンドモルチール砲など西洋式武器を携えた薩摩軍が参戦すると、圧倒的な打撃を受けて壊滅する。

うだるような暑さの中、戦闘は一日で雌雄を決し、「禁門の変」は幕府軍の勝利で終結した。

「御苦労であった」

市之進ら家臣を従えた慶喜が、吉之助たち薩摩兵に近づいて声をかけた。

「ん〜にゃ。一橋様に比べれば、何《ない》もしちょりもはん」

とはいえ長州勢との激戦で、吉之助も軽傷ながら被弾している。

だが慶喜は愛想笑いの一つもなく、そのまま去っていった。

「……ふ〜ん。『武芸が達者』っちゅう平岡殿ん言葉は、まことであったごたあ」

「長州びいきの公家を押さえつけたんも一橋じゃそうです」川村与十郎が言った。川村は吉之助と縁続きで、実弟のようにかわいがられていた。

「しばらくは、仲ようしちょったほうがよさそうじゃのう」

この戦で幕府側は約六十名、長州側は約四百人の戦死者を出した。来島又兵衛は狙撃を受けて死亡。そのほか、松下村塾《しょうかそん》の四天王と言われた久坂玄瑞と入江九一《いりえくいち》ら、長州藩は多くの逸材を失った。

長州藩邸から出火した火の手は折からの風で延焼し、京都市中は焼け野原となった。

その一方、この内戦により、薩摩軍の強さと、武士の棟梁《とうりょう》としての慶喜の才覚が注目されることになったのである。


「禁門の変」から約半月後の八月五日、イギリスをはじめとする四か国の軍艦が、長州軍の砲台を打ちのめした。惨敗を喫した長州はようやく攘夷を諦め、新しい道へと動きだす。

同月十四日、連合艦隊旗艦のユーリアラス号の一室で、総司令官のキューパー提督と長州藩の使者を任された高杉晋作との間で講和が成立。外国船の海峡通航の自由、下関砲台の撤去など、高杉はすべての条件を受け入れた。

通訳として同行した井上聞多と伊藤俊輔は安堵したものの、長州藩では払いきれぬ巨額の賠償金に関しては、アーネスト・サトウにこう伝えた。

「われわれはあくまで朝廷と幕府の命で発砲したのです。賠償金の請求は、幕府にお願いします」

そんな交渉がされていようとはつゆ知らず、江戸城では、家茂が老中たちに話していた。

「今回のことで、天子様は、長州をことごとく倒すまでは夷狄のことはとやかく言わぬと約束してくださった。一橋殿は、誠によくやってくださった」

「いいえ、上様。これは公儀の勝利。つまり、上様の勝利にてございまする」

「上様、おめでとうございまする」

老中たちが異口同音に言う。家茂は辟易《へきえき》した。

「何がめでたいというのか……このたびの戦もしかり、私は征夷大将軍として何もなしておりませぬ。一橋殿と比べ、なんと無力なことか」

大奥に渡り、天璋院《てんしょういん》と和宮に話す。

「何をおっしゃる。家光《いえみつ》公の御代《みよ》から先君・家定《いえさだ》公の御代に至るまで、徳川の世に戦はありませなんだ。上様ほどに苦難を迎えられた征夷大将軍があられましょうか」

いつものように、天璋院が家茂を励ました。

「水戸は今も内乱で世を困らせておる。旗本八万騎が忠誠を尽くしたいと望むのは、水戸の出の一橋殿ではない。家定様が正統とお認めになったあなた様ですぞ」

「……はい。心得ております」

すると和宮が、伏し目がちに言った。

「上様は、わらわの降嫁と引き換えに帝に攘夷をお約束されたと、岩倉《いわくら》（具視《ともみ》）から聞きました。もしそのことで御苦労をされておられるのなら、わらわは誠に申し訳なく……」

「そのようなことは！　二度の上洛を無事終えたのも、あなた様が待っていてくださったからこそ。和宮様がいなければ私は……」

「上様……」

二年前、武家に降嫁することをあれほど泣いて嫌がった和宮だったが、家茂との夫婦仲はむつまじい。家茂は武張ったところのない、優しく誠実な貴公子であった。和宮を心から慈しみ、折にふれ妻に贈り物をし、側室も持たない。そんな家茂に、和宮も自然と深い愛情を持つようになった。

若い二人にあてられた天璋院はコホンとせきばらいし、「では私はお邪魔でしょうし、そろそろ……」と席を立った。最初は華奢《きゃしゃ》な姫君を心配していた天璋院も、今ではすっかり安心している。

と、家茂が天璋院を呼び止めて言った。

「天璋院様。私も決してこれで終わりにはいたしませぬ。勘定奉行の小栗上野介《おぐりこうずけのすけ》（小栗忠順《ただまさ》）の話によれば、早く港を開けと脅すばかりのエゲレスと違い、フランスはこの先、公儀が国をまとめる手助けを申し出ておるとのこと」

「フランス？　夷狄が公儀を助けると申すのか」

「まぁ、怖い。鬼の助けなど要りませぬ」

江戸城の奥深くに住まう天璋院や和宮にとって、異人など伝説の妖怪に等しい存在である。

「いいえ、フランスの公使は、誠に物腰柔らかで品があると聞きました。公儀は、この話に乗ってみようと思っておりまする」

弱冠十九歳の家茂は、名実ともに将軍への階段を上りつつあった。


京の「禁門の変」の次第は、詳細が記された文によって、江戸の栄一たちにもすぐに伝えられた。

「長州まで逆賊となるとは……平岡様のおっしゃっていたとおり、もう攘夷は終わりなんだな」

喜作がため息をついていると、猪飼がやって来た。

「外は今、大騒ぎだぞ。大勢の鳶《とび》と町火消《まちびけし》たちが、長州の上屋敷をたたき壊しておる。わが殿が先頭を切って天子様をお守りしたとのこと、誠にめでたい」

「ははっ。しかし、われらの兵は間に合いませんでした」

残念がる喜作に、猪飼はかぶりを振った。

「いや、長州は京を出て石見《いわみ》国辺りで悪あがきをしており、いよいよ公方様も征討に出られるかもしれぬ。おぬしらも兵を連れ、急ぎ京に戻れとの命だ。天狗党の件もある」

今や水戸は、味方同士で内輪もめをしている。天狗党は攘夷を口実に盗賊や放火など悪事を働き、誠に評判が悪い。そこで公儀は諸生党のほうにつき、天狗党征伐の兵を挙げたという。

「公儀が……天狗党の征伐を？」

栄一は声を失った。天狗党の中心人物は、栄一たちが幼い頃から崇拝してきた、あの藤田東湖の息子の小四郎なのだ。かつて、料理茶屋で初めて小四郎と出会ったときのことを思い出す。

――今に見てろ。俺は、父を超える大義をなしてみせる！

未来に向け、小四郎の目は輝いていた。栄一はうれしくなり、そうだ、その意気だと酒を酌み交わしたものだ。

「小四郎様……」

栄一と喜作は懸念しながらも、猪飼や集めた兵とともに、慶喜のいる京に戻ることになった。

その小四郎は、天狗党の陣営で、武田耕雲斎に懇願を繰り返していた。

「一部の隊の暴発のせいで、われらはまんまと凶悪な賊の汚名を着せられてしまいました。長州も京で敗れ朝敵《ちょうてき》となり、今や真に尊攘の志を抱く者はわれらしか残っておりませぬ！　そのわれらまでこのままでは、いかにも無念……耕雲斎様、お願いです。どうかわが軍の大将となり、われらをお導きください」

小四郎と田丸たち天狗党の幹部が深々と頭を下げる。

「……しかし」

耕雲斎は二の足を踏んだ。志は同じだ。小四郎たちの無念にも同情する。だが耕雲斎は、挙兵は時期尚早と諫めていた立場である。

「この天狗党は、烈公や父・東湖の最後の望みだ！　私は父の無念を晴らしたい。父たちがかなえられなかった尊攘の夢を……何としてもこの手でかなえたいのです！」

皆がなみなみならぬ熱い視線を送ってくる。それに、斉昭と東湖の名を出されて否とは言えない。

――これが最後になるかもしれぬ。耕雲斎は決意した。

やすが家の荷物を片づけていると、気になっていたのだろう、川路がふらりと訪ねてきた。

「もう引っ越しちまうのか」

「えぇ、後継ぎも決まりましたし、あの人がいない江戸にいつまでもいたって、しかたがありませんからねぇ」

「行き先は決まったのかい？」

「いいえ、実家に戻るにしたって、田舎暮らしは性に合わないもんで。まぁ、もう身軽ですから、三味線でも教えながら自由気ままに暮らそうかと」

どうぞ御心配なく、と気丈に言う。円四郎の死を知って取り乱しはしたが、やすは一度も涙を流さなかった。

「そうか……また顔を見せてくれよ。俺も近頃、どうも体がよくねぇ」

「はい。きっと」

そう約束して別れたが、並外れた知性と慧眼《けいがん》の主も病には勝てず、川路はこのあと、中風《ちゅうぶう》を患い半身不随の身になってしまう。

やすは空っぽになった座敷に端座し、最後まで残してあった、小鳥の掛け軸を見つめた。

――おかしろくもねぇときは、掛け軸の小鳥にでも話しかけろ。

小さいほうの、危なっかしくておかしろい渋沢が伝えてくれた、円四郎の伝言だ。

「何が小鳥だね、まったく……」

意を決して立ち上がり、掛け軸を外す。すると、後ろから何かがぽとりと落ちてきた。

文だった。表に『やすへ』と円四郎の字で書いてある。急いで拾い上げて文を開く。

『この文を見つけたってことは、今、お前は俺がいなくて、つまらねぇで、寂しくってしかたがねぇってことなんだろうなぁ。しかし悪いが、勘弁してもらいてぇ。殿には俺が入り用なんだ』

これを書いたのは、上洛する慶喜に随行する直前の昨年の十月だろう。

『これほどお仕えしてえと思ったお方にお仕えできる俺は、幸せ者だ。殿との出会いで俺の生き様は、まるで靄《もや》が晴れたみたいに変わっちまった。苦労も多いが張り合いがある』

うれしそうに筆を走らせている円四郎の姿が目に浮かび、やすは初めて涙をこぼした。

十一年前、慶喜の小姓になってからの円四郎には、本当にいろんなことがあった。慶喜を将軍にすべく狭い長屋で川路や橋本左内と議論し、「安政の大獄」で、やすとともに江戸を去った。左遷先の甲府《こうふ》から江戸に戻ったのは、たった二年前のことだ。

『人と人との縁ってのは、誠に不思議なもんだ。何度も何度も女でしくじって、ようやくお前に出会えたのも、これしかりだ』

「何《なあに》ばか言ってんだい……」泣き笑いしながら、先を読む。

『わが殿はきっとこの先、新しい日本を作ってくれる。やす、俺《おり》ゃあお前とその新しい日の本を見る日が、今から楽しみでならねぇんだ。そんときが来たら、また、二人で江戸の町をぶらぶらと歩こうじゃねえか。さぁて、どんなふうに変わっちまうのか見当もつかねぇがなあ。しかしきっと、きっと、めっぽうおかしれぇに違《ちげ》えねぇ』

ふと、やすは気配を感じた。横を向くと、円四郎が、ほほえんでやすを見ていた。

もう二人で江戸の町を歩くことはかなわないが、円四郎のことだ、あの世でもきっと「おかしれぇ」ことを見つけているだろう。いつかやすが三途《さんず》の川を渡るときは、向こうの河原で待ち構えていて、おもしろおかしく話してくれるに違いない。

掛け軸の小鳥に話しかけろとは、こういうことだったのだ——文を手に、やすはたまらず泣き崩れた。


九月の初め、栄一たち一橋家家臣団は、商人たちでにぎわう深谷宿にやって来た。

本陣と四つの脇本陣のほかに旅籠が八十余りもある、中山道でも最大規模の宿場である。遊郭があり飯盛女《めしもりおんな》も多くいたが、喜作も栄一も頭にあるのは、すぐ近くにいる妻と子のことだ。

「ここから血洗島まで、たったの一里というのに、家の者に会えぬとはのう」

喜作が元気のない栄一を心配していると、二人の名を呼ぶ声がする。

見れば、笠《かさ》を深々とかぶった惇忠が歩いてくるではないか。

「あにぃじゃねぇか！　会えねぇと思ってたんだに」

栄一と喜作は、急いで惇忠に駆け寄っていった。

「役人の目もあるので長居はできぬが、どうしてもお前たちの話が聞きたかった。長七郎には会えたか？」

弟が気がかりなのだろう、立ったませっかちに聞く。喜作は眉を曇らせ、かぶりを振った。

「いいや。奉行所で公用人《こうようにん》に面会したがどうにもならず、金子のみ何度か差し入れた。われらの仲間が多く一橋家に集まれば、何かよい手段も見つかるかもしれねぇが……」

「あにぃも平九郎も大変な目に遭ったのう」栄一が言うと、惇忠は小さくため息をついた。

「あぁ、天狗党には憂うことばかりだ。烈公は今、この世をどのように御覧になっているか……」

と、そこに役人が数人通りかかった。惇忠はさりげなく笠で顔を隠し、小声で栄一たちに言った。

「おぬしの親父殿から言づてだ。この先の小久保《こくぼ》の家に、お千代とおよしを向かわせると。道中ひそかに抜けられるなら、会っていけ」

思いがけない朗報である。栄一と喜作は夜を待ちわび、闇に紛れるようにして、宿場から目と鼻の先にある宿根《しゅくね》の小久保家にやって来た。

家の表で、心細そうにうたを抱いている千代と、作太郎を連れたよしが待っていた。

「お千代！」「よし！」同時に妻の名を呼ぶ。

よしと作太郎が、喜作に駆け寄ってきた。

「お前様！　はぁ、なんてうれしいことだんべねー……見てみい、作太郎。あんたのとっさまは、こんな立派なお武家様になって」

「そうだ。俺は今では、一橋家家臣の渋沢成一郎だ。作太郎もでっかくなったのう。ほら、泣くない、およし」

だが、今度またいつ会えるか分からない。喜作は妻と子を抱き締めた。

栄一は、はやる心を抑えつつ、千代とうたに歩み寄っていった。

「よく来てくれた。うた、おいで。とっさまだ」

腕に抱いた娘は健康そうにふっくらとしており、伝蔵に聞いたとおり、機嫌よく笑っている。

「おぉ、なんと愛らしくなって……」

だが、千代は硬い表情でうなずくばかりだ。

「どうした、お千代？　何か言ってくれ」

「……へぇ。言いてーことがなっからあったはずなんに、いざお顔を見ると言葉も出ねぇ」

いとしさで胸がいっぱいになり、片手にうたを抱っこしたまま、栄一は千代を強く腕に抱いた。

小久保家の一室を借り、時間を惜しんで話をする。

「村で肩身の狭《せめ》ー思いしてねぇか？　急にこんなことになったのは俺たちの落ち度だい」

「いいえ。お二人とも、ご無事でよかった」

「この守り袋のおかげだに」肌身離さず持っている、千代の手作りの守り袋を見せる。

「俺も喜作も、一度も婦人ぐるいもしねぇで家のことばかり考えておった」

うたは安心したように、父親の膝ですやすや寝息を立てている。

「お義父《とう》様もお義母様も、お前様に会いたがっておりました。それでも大勢では人目につくからと、私とうただけ遣わせてくださって……」

「そうか。ありがてぇ……」

栄一に会いに行きたいなどと、自分から口に出せるようなおなごではない。じっと黙って我慢している嫁を、市郎右衛門が気遣ってくれたのだろう。

「俺は今、ここがまっさかぐるぐるしておる」栄一は、自分の胸を拳でどんどんたたいて言った。

「俺に道を開いてくれた恩人を亡くしちまった。あにぃたちにも迷惑をかけ、かつての仲間は筑波山で幕府と戦ってる。俺は、俺のこの道は……」

千代がそっと栄一の手を取る。そしてその手を栄一の胸に当て、「大丈夫」とほほえんだ。

「千代はどんなに離れていても、お前様の選んだ道を信じております……お前様が、この胸に聞いて選んだ道を」

「……うむ。そうだ。平岡様に頂いた務めを果たすことが、今の俺のなすべきことだに」

笑顔になると、栄一は千代の手を握り返した。

「落ち着いたら、共に暮らしたいと思っておる。京になるか江戸になるか分からねぇが、きっと呼び寄せる。だから信じて待っていてくれ」

「……はい」

「そしたらすぐに次を仕込むべー。もっともっと俺たちの子が欲しい。その日が来るまで、うたやとっさまやかっさまや中の家を、どうかよろしく頼む」

そのとき、外から大きな声が聞こえてきた。

「兄貴！　許しが出たで、俺たちも連れてってくれ」

「お供させてくだせぇ！」

伝蔵と、故郷の道場の仲間たちだ。

「あいつら、忍んで来てんのにでけぇ声で……」

「お前様。家のことは何も案ずることねぇに。どうかお達者で」

「……うむ！」

つかの間の再会ではあったが、栄一は千代と話をしたことで、やっと元気を取り戻した。

翌日、深谷宿を出て中山道を行く一橋家家臣団を、代官の利根吉春《とねよしはる》ら岡部藩の役人たちが待ち伏せしていた。利根は、武装した軍勢に一瞬ひるんだ様子を見せたが、近くを歩いていた家臣をつかまえて言った。

「この御同勢の中に、元は当領分の百姓がおりまする」

一行が立ち止まる。栄一ら岡部藩領の村にいた者は、息を詰めてほかの兵の中に紛れていた。

「疑うこと多きゆえ、何とぞ、一度お戻しいただけませぬか」

そのとき、駕籠の中から猪飼が顔を出した。

「お頼みの趣は申し伝えますが、今、ここで急に渋沢両人に村方へ帰られては、一同が困りまする。両人は縁あって当家に入り、今となっては掛けがえのなき家中の者。一橋家としては到底承服しかねることゆえ、お断りいたす」

槍を持ち刀を佩いた兵たちが、一斉に利根たちを取り囲む。

「は……ははっ。しからばどうぞ、どうぞ御通行ください。道中どうか御無事で」

小さな藩の小役人が手出しできる相手ではない。利根たちが深く頭を下げると、家臣団は何事もなかったかのように再び行軍を始めた。

その中に、堂々と闊歩《かっぽ》していく栄一の姿があった。少し顔を上げた利根と一瞬、目が合う。

利根はハッとして顔色を失った。かつて御用金を出し渋った生意気な百姓の若造に、代官の自分が頭を下げている屈辱に耐えられなかったのだろう。

「……くぅ、あやつめ〜」

一行が去ったあと、利根は地団駄《じだんだ》を踏んだが、どうしようもできない。

本庄宿《ほんじょう》の神流川《かんな》渡し場まで来たとき、栄一の目から不意に涙がこぼれた。

「どうした？」喜作が驚いて聞く。

「いや……この気持ちを、平岡様にお伝えしたかった。何もかも平岡様のおかげだ。京に戻ってももう平岡様がいねぇなんて……」

「泣くない。俺たちは、はあ武士なんだ」そう言いつつ、喜作も涙ぐんでいる。

「……あぁ」

川を渡る風が頬の涙を拭い、栄一は大きく一歩を踏み出した。


九月十八日、栄一たち一行は、火災や戦闘で荒れ果てた京へと戻ってきた。

身なりを整え、若狭屋敷の広間で慶喜に目通りする。

「御苦労であった。円四郎は、そなたたちがきっと無事に兵を連れて戻ると、私に申しておった」

「ははっ。恐れ多きことに存じます」

栄一と喜作は平伏した。

一緒に京に戻った猪飼、黒川と市之進、まだ額の傷痕が痛々しい恵十郎が後ろに控えている。

「父の尊攘の教えを学んだと申していたな。円四郎は父が私に遣わせたのだ。それがなぜ水戸の者に殺されねばならぬのか、そなたらに分かるか？」

「……いいえ、それがしには分かりかねます」栄一が答える。

「私には分かる。円四郎は、私の身代わりとなったのだ」

慶喜の切れ長の目が、スッと細くなった。

「尊王攘夷か……フッ、まことと呪いの言葉になり果てた」

言い終わると、慶喜はさっさと広間を出ていった。市之進がついていく。

円四郎亡きあと、一橋家の全権を握ることになった黒川が、栄一と喜作に言った。

「おぬしらは、御公儀はもちろん、当家に何の縁もなく浮浪していたところを平岡様の推挙により出仕した。突然の凶変に気落ちしておるだろうが、平岡様のためにも、この先も一橋家のために励め」

「ははっ！」


耕雲斎が首領となり、一度は盛り上がった天狗党だったが、幕府の追討軍や水戸の諸生党とのたび重なる戦いで次第に資金も食料も尽き、人数を減らして勢いを失っていた。

「幕府にこうも攻められるとは……」

「いっそ長州へ走るか」

頭を抱えている小四郎と田丸に、耕雲斎が言った。

「いや、京へ向かわぬか。こうして水戸で血を流し続けたところで、攘夷など到底果たせぬ。ならば上洛し、その真心を天子様に知っていただくべきではないのか」

「いいえ、父の名に懸けて市川らに背を向けるまねは……」

小四郎の言葉を、耕雲斎は途中で遮った。

「これ以上、民を巻き込むことを烈公がお望みと思うか。京に出て一橋様に、天子様のお心に添うため上洛したことを分かっていただき、そのうえでわれらの進むべき道を、朝廷と一橋様にお任せするのじゃ」

「上洛となれば、行く先々で公儀の兵が待ち受けておりましょう。果たして京までたどりつけるかどうか」

「行く先々でわれらの志を伝えよう。それでも遮るならば、一戦もやむなし。生き残った者が一橋様に天狗党の真意をお伝えする」

小四郎は口をつぐんだ。すでに死を覚悟している耕雲斎に、何を言えるだろう。

「烈公の尊攘の心を朝廷にお見せするための上洛じゃ。京にはその心をいちばんよく知る一橋様がいらっしゃる。きっとわれらを見殺しにはすまい」

天狗党が慶喜を頼って京に向かっていることは、永井によって慶喜に伝えられた。

「京へだと？　耕雲斎がついていながら、なぜ……」

「江戸では、天狗党を動かしているのは一橋様であるとの風聞も立っております。一橋様が烈公の亡霊に操られ、天狗や長州の力を利用し、朝廷と一橋による政府を作ろうとしているのだと……」

「なんとくだらぬ……」後ろに控えている市之進が、あきれ声を出す。

「誠にくだらぬでたらめではございますが、老中らの多くがそれを信じ、疑いの目を向けております」

「公儀は、それほど父に手を焼いていたのか」いまさらながら思い知らされ、ため息をつく。

「一橋様、どうなされますか？」

「私が少しでも天狗どもを擁護すれば、公儀に刃向かうことになろう。京を守るのが私の役目だ」

そう言うと、慶喜は立ち上がった。

「天狗どもを、京に入れるわけにはいかぬ。私の手で……水戸天狗党を討伐する」

主君の決定とはいえ、水戸藩士で小四郎とは弘道館で師弟の間柄だった市之進にしてみれば、己の身を切られるようにつらい。それでも御用談所に赴くと、内心の苦渋をおくびにも出さず、栄一ら家臣に慶喜の意向を伝えた。

「天狗党討伐のため、兵を挙げることとなった。篤太夫は集めた兵を連れ、黒川殿につき出兵の支度をせよ。成一郎は別用がある。来い」

「ははっ」

市之進と喜作が去っていくのを見送りながら、栄一は茫然としてつぶやいた。

「俺たちが……天狗党を討伐？」

何とも言えぬ複雑な感情が、身の内を嵐のように吹き荒れた。

第十八章　一橋の懐

朝廷の勅命により、「禁門の変」の報復として、幕府は尾張《おわり》藩主・徳川慶勝《よしかつ》を征討総督とする長州藩追討の兵を出した。長州藩は列強艦隊の攻撃で打撃を受けており、幕府にとっては、長州藩を潰す絶好の機会であった。

その一方で、元治元（一八六四）年十二月、一橋家と、水戸藩主・慶篤の名代である弟の昭徳《あきのり》（幼名は余八麻呂《よはちまろ》）の軍勢は、天狗党征伐のために京を出発した。昭徳はまだ十二歳、慶篤と慶喜の異母弟である。

慶喜、黒川、市之進ら騎馬勢の後ろを、栄一や伝蔵たちが進んでいく。

「俺がたきつけちまったんだ……」

暗い顔でつぶやく栄一に、伝蔵が「は？」と聞き返す。

「小四郎様の挙兵は俺のせいかもしれねぇ。それを征伐するなんて……」

小四郎に奮起してほしかった。だから、代々勤王を唱えてきた水戸の武士が世を正さずしてなんとする、お前はあの東湖先生の子じゃないかと、ハッパをかけてしまったのだ。

栄一が後悔にさいなまれていたそのころ、喜作は慶喜の書状を携え、ひそかに天狗党陣営の耕雲斎のもとを訪れていた。

「何？　一橋様より密書だと？」

「ははっ」

耕雲斎が慌てて書状を開く。横からのぞき込んだ小四郎は、「これは……」と絶句した。

武器を手に京へ入ることは、天子様の御心に背く行いである。尊王の心厚き水戸の者ならば、上洛は諦め三々五々国元へ落ちよ。さもなくば追討の軍を指揮せねばならず、戦場で相まみえることとなろう――そう書かれていた。

「なんと。一橋様は烈公の御遺志を踏みにじるのか！」

落胆と怒りで、小四郎の怜悧《れいり》そうな瞳が揺らいだ。慶喜の文を奪い取り、握りつぶして投げ捨てる。

「烈公の御子息でありながら、国を思うわれらを切り捨て身の安泰を図るとは、何という日和見の小者！」

「違う！　分からぬのか。われらがこれほどまでに、一橋様を追い詰めてしまったことを……」

耕雲斎は涙ながらに文を拾い上げ、小四郎たちに告げた。

「もはやここまでじゃ。公儀に下ろう」

無念をのみ込んだ、苦渋の決断であった。

陣営の一角では、野犬のように痩せた天狗党の兵士たちが寒さに震えている。喜作はとても見ていられず、目を背けた。

「渋沢殿と申したか。御苦労をおかけした」

「否。御公儀に下られるとのこと、承りました」

　喜作は耕雲斎の前に座し、頭を下げた。

「……われらの本意は、先君烈公の『夷狄を攘《はら》い、国を尊《たっと》ぶ』というその真心を全うすることにあった。主君に等しき一橋様や昭徳様に敵することは決して望まぬ」

　古武士のたたずまいで静かに話す。その姿がまぶしく、喜作は言葉もなかった。決して征伐されるような逆賊などではない。武田耕雲斎は、まことの忠魂義胆《ちゅうこんぎたん》の士だった。

「ハッ、そんなこともういい。俺たちはただ負けたんだ」

　なげやりになっている小四郎に、喜作は言った。

「小四郎殿。一橋様も原市之進様も、ほかの国による討伐だけは避けたいと案じておられた。栄一も小四郎殿を……」

「栄一？　ハハハッ。あいつが言ったんだ！　東湖の子であるこの俺がこのままでよいのかと！」

　純粋で才気煥発であるがゆえに、この道を突き進んだ。そんな小四郎が痛ましく、喜作は何も言えなかった。

　一方、征伐隊の栄一は、兵を引き揚げることを黒川に聞かされた。

「天狗党が下り、この件は片づいた。京の情勢はいまだ不穏ゆえ、殿は急ぎ戻らねばならぬ」

「では小四郎様……天狗党は？」

「殿が、当地に出陣しておる加賀《かが》（藩）にお任せになった。加賀は素直に降伏した天狗どもを悪くは思っておらぬ。ひどい扱いは決してするまい」

　黒川は忙しそうに去っていった。ホッとしている栄一に、「あ～ぁ。戦になれば稽古の見せどころだったにー」と伝蔵が口をとがらせる。

「俺はうれしい。もし万が一、この手で小四郎様と斬り合うことになったらと思ったら、ムベムベしてたまらなかった」

「何言ってんだい。兄貴はもうお武家様だんべ」

伝蔵にそう言われても、栄一は居心地の悪さだけを感じるのだった。


年が明けて元治二（一八六五）年一月、千代のもとに栄一から長い文が届いた。

『お千代殿へ。先頃は久しぶりに会えたが、さぞさぞ名残惜しいことと存じます。私も同様です。私はその後も誠に丈夫で、無事に御奉公しています。また、このたび小十人並《こじゅうにんなみ》という立派な身分を仰せつけられました。喜んでください』

小十人並になって食禄《しょくろく》も月俸《げっぽう》も加増し、身分は御目見《おめみえ》以上になった。御用談所のほうも下役から出役に地位が上がり、引き続き勤めていた。

『近頃は一橋家のつきあい事を任され、今夜は筑前・黒田《くろだ》様にごちそう、明夕《みょうせき》は加賀・前田《まえだ》様の御招待と、毎晩のように重役の宴会のお供をしています。

一度など、黒川様が独り身を案じ「女を一人取り持ってやる」と言われましたが、「女など結構！それがしには国に大事な妻がおります！」と私がえらく立腹しましたもので、「存外に真面目である」と感心されました』

庭の片隅でうれしそうに文を読む千代を見て、市郎右衛門が作業しながらほほえんでいる。

『ただ……着物も多く入り用になり、足袋や下帯《したおび》などもすぐに汚れてしまい、本当に困っております。そういうわけで衣類一つ、太織縞《ふとりじま》一疋《ぴき》、織紺《おりこん》三反《たん》を送ります。できれば足袋に仕立て、十足ほどお送りください。そのほかも都合のつく品があればお送りくださいませ』

自分たちの汚れた衣類を前に、うんざりしている栄一と喜作の顔が思い浮かぶ。

千代は早速、よしと一緒に夫たちの着物を仕立てることにした。

ゑいとていが、太織縞を広げて裁断してくれる。太織縞は、くず繭から取った節のある太い丈夫な糸で縞模様に織った織物だ。

「綿入れも送ったほうがいいだんべねぇ」ゑいが言うと、よしがうなずいた。

「あと、干し芋と草鞋も。うちの人は使い方が荒っぺぇから、すぐに傷んじまうんで」

縫い物をする千代の背では、うたがぐっすり眠っている。

栄一の文には、自分の近況だけでなく、千代への細かい気配りがつづってあった。

『うたは大切にしてください。何か気をもむことがあったら、尾高のにいさんに相談してください。きっとよい分別ができるでしょう』

久しぶりに千代が尾高家へ顔を出すと、きせと勇が座繰りをしていた。

「ほう。お勇は糸繰りがうまくなったなぁ」

油を搾りながら、惇忠が言った。勇はまだ七つだが、手先がとても器用だ。

「そうなんです。お勇、これ千代さんがお前にって」

千代が渡した着物を、きせが勇に見せる。

「ありがとう」

「いいえ、私の古いのを仕立て直しただけだいね」

平九郎目当てに油を買いに来るおなごたちがうっとうしいのか、弟は裏で一人、竹刀の素振りをしている。十九になり、めっきり大人の男らしくなったが、千代はそれが少し寂しい気もする。

『とにかくままならぬことばかりですが、いずれ必ずこちらに呼びます。どうかそれを楽しみに暮らしてくださるよう頼み入ります。まずはあらあらめでたくかしく。篤太夫』

そう締めくくった一文を、千代は幾度も読み返した。


長州藩追討の幕府軍参謀を任じられた薩摩藩の西郷吉之助は、「禁門の変」を率いた三家老の切腹、藩主毛利《もうり》父子の詫び状提出などを条件に交渉し、長州征討を平和裏に収束させた。

一方、筑波勢（天狗党）鎮定《ちんてい》の功を賞され、朝廷より扇を賜った慶喜は、耕雲斎らの処分が気になっていた。母の吉子も、斉昭の忠臣であった耕雲斎の命をことさらに案じていると聞く。

慶喜は、二条城の一橋詰所で幕府軍の天狗党征討総督・田沼意尊《たぬまおきたか》と対面し、こう申し出た。

「天狗党の反乱は、いわば水戸の身内の戦い。武田耕雲斎らは、できればこちらで引き受けたい」

「天下の公論もございますゆえ、それはできかねまする。こちらで引き取り、公儀にて公平な処置をいたしますゆえ、どうかお任せいただきたい」

田沼意尊は、田沼意次《おきつぐ》を曽祖父に持つ幕府の若年寄《わかどしより》である。

「そうか。公平な処置であるというならば不服はない。捕らえた加賀・前田家の重臣や、朝廷からも耕雲斎の助命願いが出ておる。どうか頼む」

「ははっ、承知いたしました」

田沼は深々と頭を下げたものの、廊下に出たとたん表情が一変した。

「……フン、一橋め。二百年以上、戦をしてこなかった御公儀が、この水戸の騒乱でどれほど迷惑を被ったことか……」

耳の穴をほじりながら文句を言い、家臣を振り返って命じた。

「天狗どもを敦賀《つるが》のニシン蔵に監禁せよ。取り調べと裁きは……この私がやる」

田沼により慶喜の願いはことごとく無視され、武田耕雲斎、藤田小四郎ら天狗党幹部二十四名は二月四日、越前国敦賀の来迎寺《らいごうじ》境内で処刑された。

「烈公……今、おそばに」

刀が振り下ろされる直前、耕雲斎はそうつぶやいたという。

「耕雲斎が……」

市之進から報告を受けた慶喜は、茫然として口がきけなかった。

「ははっ。耕雲斎様のみならず、小四郎ら幹部から下々の志士に至るまで、三百五十二人が首を斬られました。小四郎に尊攘の心を教えたのはこの私です！　なぜ、なぜ救えなかったのか……」

市之進は男泣きに泣いた。しかし、処罰はそれだけにとどまらなかった。塩漬けにされた耕雲斎と小四郎の首は水戸に送られて罪人としてさらされ、諸生党の市川らによって、藤田家や武田家の一族は女子《おんな》どもに至るまで死罪にされた。

栄一は喜作からその話を聞き、わが耳を疑った。

「なぜだ？　なぜそんなむごいことになった？　戦は終わったでねえか！」

「幕府に侮られたんだ。一橋家は今、満足な兵もいねぇ……。しかし天狗党を生かしておけば、いずれ殿がそれを取り込み、幕府を潰す火種になると……そう幕府は考え、皆殺しにしたんだ」

「そんなことで国を思う者を無駄死にさせるとは……」

皆、根っこは同じ一本の木のはずだ。邪魔だからと手当たりしだいに枝を切り落としてしまったら、葉も茂らねば芽吹きもしないではないか。

しかし栄一には、そもそもの原因を作ったのは自分だという思いがある。

「いや、俺のせいだに。覚えてるだろう？　俺はかつて、小四郎様をたきつけたんだ。なんで東湖先生の息子のお前が立ち上がらねぇんだと……」

「うぬぼれるんでねぇ！　水戸はお前なんかが言わずとも立ち上がった！」喜作がどなる。

「俺は見たんだい。あの誇り高きはずの水戸の兵が飢えて痩せ細り、寒さにガタガタと震えておった。あれが……俺たちの信じた攘夷の成れの果てだ」

そう言うと、喜作は過去を振り切るように勢いよく立ち上がった。

「この騒動で、今やわが殿も『保身のため身内を切り捨てた非道な人物』と、なっから悪い評判を立てられておる。市之進様もだ。俺ははあ攘夷などどうでもいい」

「え？」

「この先は殿を……一橋を守るために生きる。お前はどうする？」

喜作のように、すぐには答えは見つからない。栄一は何やら、流れに揺らぐ水草のような心持ちであった。

こうして日本中の若者たちに大きな影響を及ぼした尊王攘夷は、大きな犠牲を払って終焉した。

驚いたのは、少し前まで「外国人を殺せ」と叫んでいた外様の武士たちが、一気に外国に頼り始めたことだ。長州はイギリスにすり寄り、薩摩の留学生もイギリスへと旅立った。

開府して二百五十余年、今や彼らの敵は外国ではなく、徳川となったのである。

しかし徳川方も、ただ手をこまねいていたわけではない。

「ただいま、フランスの公使と造船所、製鉄所を作るべく、長浦《ながうら》、横須賀《よこすか》の実地検分を行っております」

家茂に拝謁しているのは、幕府使節団の一人として日本で初めて公式にアメリカに渡った、勘定奉行の小栗忠順である。家康の頃から仕える旗本の名門の出だ。

家茂は、造船所の設計図を手に取った。

「これが造船所か。フランスの公使はロッシュと申したな」

小栗と旧知の間柄である、目付の栗本鋤雲《くりもとじょうん》が答える。

「ロッシュ殿は、賠償金を払えやら港を開けやらとうるさいイギリスなどと違い、公平無私」

栗本は医籍から士籍に格上げされ、箱館《はこだて》奉行組頭から江戸に呼び戻されて目付に登用された人物である。フランス駐日公使ロッシュの通訳を務めるメルメ・カションと箱館時代に面識があったため、ロッシュとも親交があった。

小栗によれば、フランスは本国から陸軍教師を招き、公儀の軍勢を西洋のように強い軍勢に変革するため、力を貸したいとも言っているという。家茂にとっては、願ってもない申し出である。

「ぜひとも頼みたい」

「しかし金が……」と眉を曇らせたのは、老中の阿部正外《あべまさと》だ。

「軍備のみならず、薩摩や長州のあほうがしでかした賠償金までが公儀の懐を苦しめております」

薩摩藩士がイギリス人を殺生した「生麦事件」や長州藩の「下関戦争」の賠償金のせいで、ただでさえ火の車だった幕府の財政は逼迫《ひっぱく》していたのである。が、小栗は自信ありげに言った。

「それがしは勘定奉行でございます。すでに公儀の懐を富ませるため、フランスとコンパニー（会社）設立の策を練っております」

「コンパニー？」家茂には耳慣れぬアメリカの言葉である。

「二百五十余年、代々御公儀の御恩を被ってきたそれがしには、その恩も忘れ暴れ回る長州や薩摩、また京の朝廷や一橋が許せませぬ。その者どもの動き、封じてしまいましょう」

渡米した際、小栗は製鉄や金属加工の最新技術に目をみはった。わが国も負けてはいられない。いつか日本もこれを超える技術をと、造船所から持ち帰ったネジを取り出しては眺めている。

その後、小栗は横須賀製鉄所御用掛に就任。栗本を通じてロッシュとつながりを作り、フランスの援助による貿易会社と製鉄所の建設、そしてフランス式の陸軍の設立へと動きだした。


栄一は引き続き宴席の取り持ちや接待を務めていたが、どうにも仕事のやりがいを感じられない。そこで黒川を通じ、思い切って慶喜に拝謁を願った。

「提言とは何だ？　急ぎ話せ」

「ははっ。先日、関東より兵を連れ戻りましたが、平岡様のお望みだった、殿に十分な御役目を果たしていただくための数には、まだ到底満たぬと思われます。新たな歩兵の組み立てと、その兵を集める御用を、何とぞそれがしに仰せつけいただけませぬでしょうか」

一橋家は、幕府に侮られたのだ――そう喜作に言われてから、栄一はずっと考えていた。

「……おぬしに？」

「ははっ。それがしは平岡様に拾っていただき、百姓から今日の身柄となりました。西の御領地八万石を丁寧に回れば、きっとそれがしのように天下の役に立ちてぇと思う百姓がまだ百人、いや、二百、三百はおりましょう」

「二百、三百など、無理に決まっておる」黒川は頭ごなしに否定する。

「粉骨砕身して集めてまいります。それがしは、公家や大名とのつきあいをしておっても、ちっともお役に立てている気がしません。それならば引き続き兵を集め、薩摩や御公儀にも侮られぬ歩兵隊をお作りいたしたいのです」

それこそ円四郎の遺志を継ぎ、また恩返しになるのではないだろうか。

「……フン、分かった」と慶喜は立ち上がった。

「そなたを軍制御用掛、歩兵取立《とりたて》御用掛に任命する」栄一に言うと、視線を黒川に転じた。

「行く先々の代官所でばかにされぬよう、先に触れを出せ。見栄えも大事だ。支度してやれ」

「ははっ」

慶喜が大広間を出ていってからも、栄一はぽかんとしていた。

「へ？　軍制御用……？」

「提言をお認めいただいたのだ。一刻も早く兵を集めてこい」

「あ……ありがとうございます！」

こうして、栄一は再び人集めの旅に出ることになった。

慶喜に支度を命じられた黒川は、槍持ちをはじめ伝蔵らお供の兵たち、立派な長棒《ながぼう》駕籠と雨具を納める合羽《かっぱ》駕籠なども用意してくれた。

「すげぇ。俺が駕籠に乗るとは……」

「兄貴には似合わねぇのう」

「な、何を言う？　者ども、行くぞ！」

口だけはいっぱしの侍ぶって号令をかけると、栄一は家来たちを率いて西へと出発した。


慶応《けいおう》元（一八六五）年四月、解任されたオールコックに代わり、イギリスの新しい公使になったハリー・パークスが横浜に到着した。

「幕府がフランスと手を組むという噂は本当か！　アメリカが南北の内戦に追われているうちに、何としてもわがイギリスが日本に食い込まねばならぬのだ！」

せっかちに歩き回るパークスに、通訳官のアーネスト・サトウが答える。

「まだ分かりません。ただ薩摩や長州らの大名は、われらイギリスとの貿易を望んでいます。そしてそれには、幕府が邪魔だと考えている」

「何？　将軍はこの国の君主ではないのか？」パークスは驚いている。

サトウは井上聞多や伊藤俊輔と頻繁に文をやり取りし、互いに情報を交換していた。

また幕府でも、宿敵の長州がイギリスに接近していることを、外国奉行の柴田剛中《しばたたけなか》が家茂に報告していた。下関で怪しい動きがあるというのだ。

「今までさんざん攘夷と言っていた長州が、なぜ自ら異国に近づくのだ？　まさか……」

家茂が幕閣たちを見る。

「ははっ。公儀にたてつく企てでございましょう」

栗本に続き、阿部、小栗が口々に言う。

「長州め。やはり先の征討で潰しておくべきであった」

「こうなれば、完膚なきまで打ち潰すしかありますまい」

幕府は長州を朝敵と見なし、とうとう二度目の長州征討へ向かうことになった。

「またも西に行かはるとは……」

涙をこらえきれない和宮を、家茂が慈しむようにかき抱く。いまだなじめない大奥に一人残していく妻が、家茂は不憫でならない。

「おそばにおられず申し訳ない。私は武家の棟梁でありながら、何かと争うよりも、あなた様とずっとこうしておりたいと心の奥で願ってしまう」

好物の甘い菓子を食べながら和宮と語らうひとときが、この若い将軍の至福の時であった。

「どうか、どうか御無事で」

「はい。一度目の征討は戦わずして勝利を得た。次は武勲を立て戻ってまいります。土産は何がよろしいか。江戸では手に入らぬものもございましょう」

「ほな……西陣織をお願いします。上様に、それをまとったわらわを見ていただきたいんどす」

「承知した。きっとあなた様に似合うものを選んでまいりましょう」

家茂はほほえんで、和宮に約束した。

「まぁ、なんと立派なお姿でございますこと。先の上様にもお見せしたかった……」

甲冑《かっちゅう》を身に着け、御休息《ごきゅうそく》の間に現れた家茂を前に、天璋院もまた涙ぐんだ。

「上様が大軍を率いて臨めば、長州はまたすぐ恐れをなして降参するであろうと、老中からも聞い

ております る。御体だけはどうかお気をつけくだされ」

「ははっ。ただ、天璋院様。滝山《たきやま》にも申しましたが、もしこの征討で、私に万が一のことがあらば……」

家茂は天璋院に近寄って、あることを耳打ちした。

さて、栄一はまず、京から近い摂津《せっつ》、和泉、播磨の一橋領を管轄する大坂の代官所へ向かった。伝蔵たちを従え、堂々と中に入っていく。

「失礼する！　拙者《せっしゃ》は……」

「これはこれは渋沢様」

愛想のいい笑顔で歩み寄ってきたのは、大坂の代官・崎玉清兵衛《さきたませいべえ》である。

「兵をお集めになりはるとか？　ええええ、至極大切な御用と万々《ばんばん》承知いたしております。しかしながら、まずは、備中《びっちゅう》を先になさるのがええんと違いますやろか」

備中は一橋家の西の最大の御領地である。そちらがうまく行けば、摂津、和泉、播磨は容易に事が運ぶであろうと助言してくれる。

「……なるほど。しからば備中から着手しよう」

栄一たちが出ていくと、清兵衛は安堵の笑みを浮かべ、まんじゅうを手に取った。

「はぁ〜、あんな新米に面倒言われたらたまらんわ。ああいうのは、体よく追っ払《ぱろ》うとくのが一番やさかい」

そうとも知らず、栄一たちは備中・井原《いばら》村の一橋陣屋に到着した。

一橋領の代官・稲垣練造《いながきれんぞう》が迎えてくれる。広間には、村々から庄屋の総代たちが十名ほど招集されていた。

「先年来、政は京に移り、その京の警衛をわが一橋の御家が任されておる。よって一橋家も兵備充実のため、歩兵取り立てを決定した。御領内村々の次男三男にて、志ある者を速やかに召し連れてほしい」

「ははっ。しからば、この庄屋どもに、村々の子弟を呼び出すよう申しつけまする」

翌日、陣屋の白洲《しらす》に集まった庄屋と村の若者たちの前で、栄一は熱く語った。

「もはやこの日の本に、武士と百姓の別はない！　つまり、民も一丸となり国のために尽くす千載一遇の好機である。ぜひとも皆にも立ち上がってもらいたい！」

が、若者たちはまるで興味を示さない。足の裏をぽりぽりかいている者もいて、栄一の言葉など、かけらも胸に響いていない様子である。

翌日、また別の若者たちに、栄一はより一層熱心に説いた。

「御役目や俸禄などについても、遠慮なく尋ねられよ」

「すでにこの世は波風立たぬ太平無事ではない」

「ひとたび戦が始まれば、『俺は百姓だから関わりない』などと安閑《あんかん》としておられぬのだぞ！」

「器量しだいで立身出世ができるのだ！　ここは一番、奮起しようとは思わぬのか！」

声をからして呼びかけたが、やはり若者たちの反応には感動のかの字もない。

「ははぁ。いずれとくと申し諭しまして、御奉公いたしますんなら、じかにお請けに出させていただきまする」

付き添いの庄屋が慇懃《いんぎん》に頭を下げ、若者たちを連れてぞろぞろと帰っていく。

栄一は毎日、手を替え品を替え工夫を凝らして演説したが、やはり皆、無反応で、希望者の申し出は一人もなかった。

「なぜだ！　なぜ一人も出てこぬ？」

旅宿に戻った栄一は、足袋を脱ぎながら伝蔵に慨嘆した。

「拙者の一橋家家臣としての威厳が足りぬと申すか！　こんな大事な御用を任せていただいたというのに……あぁ、もう時がねぇ」

「時がねぇ？　嵐の前の藍葉の刈り取りみてぇにか？」

「違わい。俺が今、背負ってんのは一橋の御家だぞ。日の本の行く末だぃ！　……とはいえ、あんときもまっさか焦ったのう。もう風が吹き始めて時がねぇってときにかぎって、お代官様に入り用だと呼び出され……」

栄一はふと、自分の足袋に目を留めた。故郷から送られてきた、千代の手縫いの足袋だ。

千代は一日中、仕事と家事で座る暇もない。うたもまだまだ手がかかる。その合間に、寝る間を惜しんで縫ってくれたのだ。

「……そうか。この地の百姓だって暮らしはあるんだんべなぁ」

「おぉ、そりゃそうだいねぇ。兄貴一人が大変なんではねぇで。みぃんなが大変なんだでぇ」

「はぁ、かっさまみてぇな口ぶりすんな。しかし……お前の言うとおりだ」

そう言うと、栄一は足袋の縫い目をいとおしそうに指でなぞった。

「うむ……ゆっくり行ぐべ」

そのうちまたいい考えも浮かぶであろうと、腰を据えることにした。

栄一は村民の呼び出しをやめ、寺戸村《てらど》に興譲館《こうじようかん》という学校を開いている阪谷朗盧《さかたにろうろ》という漢学者がいると聞き、酒樽を手土産に訪ねてみることにした。

「このような小さな塾に一橋家御家臣様がいらっしゃるとは、誠に恐懼の至り……」

「いえ。拙者も、もとは武州の百姓」

これを聞いた塾生たちは驚いている。

「……ほう、武州でございますか」

「はい。かつては、ここよりずっと狭い従兄の塾にて漢学を学んでおりました。そこで論語《ろんご》に朱子学《しゆしがく》、また水戸の攘夷の心を学び……」

「攘夷？　はぁ、それは異なこと。一橋の御家臣でありながら攘夷を語るとは感心できませぬな」

「は？　拙者の塾のみならず、江戸や京の名だたる漢学者は皆、攘夷鎖港論でありましたぞ」

「否。私は港は開くべきと教えております。貴公は寛永《かんえい》の昔の浜田弥兵衛《はまだやひようえ》をご存じありませぬのか」

「弥兵衛？　おぉ、タイオワンで貿易をした弥兵衛！」

昔、惇忠が貸してくれた弥兵衛の伝記を、喜作と争って読んだものだ。

「そう！　かつてはわが国も外に開き、多くの利を得ていた。今日異国が通商を望むのも、異国の魂を広めるためではなく互いの利のため。それをわが日本が盗賊に対するようにむげに払おうというのは、人の道に外れるのみならず、世界の流れとも相反することになる」

「なるほど。拙者は今もってなお攘夷の心構えでございますが、先生のお話は、誠におかしれぇ」

「おかしれぇ？　それは江戸の言葉か？」

朗盧は、柔軟な思考の栄一に興味を持ったらしい。

「貴公も常の役人ではないようだ。どうです？　貴公の土産で一杯」

「それはよい。存分に議論いたしましょう！」

二人は大いに酒を飲んで横議《おうぎ》し、栄一は久しぶりに愉快な時を過ごした。


またある日は、関根《せきね》という撃剣家を訪ねて手合わせを願った。

「いええええええいッ！」

「クッ！」

激しい打ち合いの末に栄一が勝利すると、見物していた塾生や百姓の若者たちはびっくり仰天した。

「おぉ、関根先生を負かすたぁ！」

「あぁ、あのお役人は、ただのお役人じゃねぇ！」

そんな噂がたちまち広がり、近隣の村から文武の心得のある子弟が栄一を訪ねてきたりした。

その夜は、朗盧の家で、関根や塾生たちを交えて宴会となった。

「ここにも、あっちにも、ぎょうさんあるんです」

関根が栄一に持ってきたのは、塩の塊のような白っぽい石である。

「ふむ、この石が……」

「お待たせしました。笠岡《かさおか》の鯛《たい》ですよ」

刺身や鯛めしなど、朗廬の妻のシオや女中たちがさまざまな鯛料理を運んできた。

「おぉ、わしらとお役人様で獲《と》った鯛だぁ」若者の一人が言った。

「ん？　貴公も沖に出られたのか？」

目をぱちくりさせている朗廬に、塾生の山本《やまもと》三四郎《さんしろう》が答えた。

「お役人様が、どねんしても笠岡沖の鯛網をやってみてぇ言うんで、共に獲ってまいりました」

鯛網とは、海中に網を投げ込み、船で鯛を引き寄せてくる伝統漁法である。鯛がたくさん入ったときには海面が赤くなるなどと聞けば、栄一の好奇心の虫が騒がぬはずがない。

シオは三つになる息子の芳郎《よしろう》を抱っこしながら、「ええ、こねんぎょうさんうれしいこと」とニコニコしている。

「かぁ〜ッ、これはうんめぇ！」栄一は舌鼓を打った。旬の桜鯛のうえに新鮮なのだから、まずかろうはずがない。しかも、めったに口にできない高級魚だ。

「おといは畑で、昨日は海。貴公はこの地の何もかもを知りたい御様子だ」

朗廬は、感心しているようなあきれているような口調である。

「あのう、お役人様」

三四郎と弟の五六郎《ごろくろう》が、おずおずと栄一のほうへ歩み寄ってきた。

「帰京のときには、ぜひわしらもお連れくださぃ！」

「わしらぁ京で、一橋家で御奉公したいんです！」

「おぉ！　まことか？　それはありがてぇ」

そのとき、栄一はふと思いついた。

「……そうだ。悪《わり》ぃが、その志を書面にまとめてくれねぇか？」

翌日、栄一は、庄左衛門《しょうざえもん》ら庄屋十数人を旅宿の部屋に呼び出した。

「お役人様。急ぎのお話とは……」

「うむ。先日から一人も望み人がないというので、今日まで日を送ったところ、拙者のもとにかような願いを出した者があった」

三四郎たちの志願書を見せると、庄左衛門たちは息をのんだ。

「次男、三男が五人……中には、総領《そうりょう》の息子もある。同じ備中岡山で、拙者が会ったわずかな中に五人もの志願があるのに、数十の村、数百人の男の中に一人も望む者がいねぇという道理はあるめぇ。してみると……これはどっかで何者かがあれこれと邪魔立てし、志願したい者がおってもできぬようにしておるのではないか？」

何か子細があると確信したが、その理由が分からない。

栄一は立ち上がり、口をつぐんでいる庄屋たちの前に座ってにらみを利かせた。

「おい、俺はその辺にいる、ただ禄をむさぼって安んじている役人とは違うぞ。志を持ってこの御用を建言し、その責を負ってんだい。お前らもいいかげん、因循姑息なく己の心を打ち明けやがれ！」

「お、お代官様が内々におっしゃったんです！」庄左衛門が白状した。

「『このたびの一橋の役人は成り上がりで、従来御家にねぇことをいろいろ思いつき面倒を申し越すが、いちいち従っとったら領内の難儀になるゆえ、なるべく遠ざけよ』と！　今度の歩兵取り立てのことも、『嫌でござる。一人も志願する者ぁおらん』と言えばそれで済む、と」

「……さようであったか。それでよぉく分かった」庄屋たちは、代官に逆らえなかったのだ。

栄一は直ちに井原村の一橋陣屋へ赴き、稲垣と対面すると、静かに切り出した。

「念のため代官殿にいま一度申し上げる。貴殿は、君公の今の御職任《ごしょくにん》が禁裏御守衛総督であることはご存じだな」

「はぁ、もちろん……」

「では、兵がなくてはその職が尽くせぬことも、むろん御承知であろう。拙者は……かように重大な役目ではるばる来たからには、御用を果たせぬとあれば生きては戻れぬ」

「生きては？　……ふふ。そんな大げさな……」

はったりだと思ったのだろう、稲垣が浮かべた苦笑に、栄一は不敵な笑いを返した。

「ふふ。また所領の村人にその御役目の薫陶すらできぬ器の代官、つまり貴殿も拙者と同罪でございまする」

「へ!?　……い、いえ、私は……」と割いてもいない腹を押さえる。

「拙者は明後日には出立いたします。どうか、いま一度よくお考えのうえ、御結論を頂きたい」

脅しの効果はてきめんで、翌日、陣屋の白洲に多くの若者が集まった。稲垣が改めて庄屋たちに話をもちかけ、続々と願い出る者が出てきたのだ。

「何てこったい。二百も集まるとは」

驚く伝蔵に、栄一はため息交じりに言った。

「どこの国でも、代官というのはやっかいだのう」

栄一は続いて播磨、摂津、和泉を回ったが、すでに備中での噂が広まっていたため、各地で多くの希望者が集まり、合わせた数は四百五十七人にも上ったのであった。

「大役をしとげて、大儀であった。褒美だ。取っておけ」

五月の半ば、京に戻った栄一は、慶喜から白銀五枚と時服一重《じふくひとかさ》ねを賜った。

「ははっ。しかし兵が増えるのは喜ばしいことですが、その実、その賄い金は誠に厳しいものとお察しいたします」

栄一の言上《ごんじょう》を聞くや、黒川と猪飼は顔をしかめた。

「何を言うか。武士なら賄い金など案じるでない」

「さよう。殿が御役目を果たすために入り用な金だ。御公儀に借り、どうにか都合をつけよう」

「いえ、借りた金では懐は豊かになりません」

「……何が言いたい？」慶喜の目が鋭くなる。

「武士とて金は入り用です。それがしは、水戸天狗党があのような結果となったのも、それを怠ったからかと存じます。いかに高尚な忠義を掲げようとも、戦に出れば腹は減る。霞《かすみ》を食って生きるわけにはまいりません。腹が減り、食い物や金を奪えば、それはもう盗賊だ。義も忠誠もあったもんじゃねぇ。しかし小四郎様たちは忠義だけを尊び、懐を整えることを怠った」

士分を得ても、栄一の中身はやはり商人だ。武士の目とは違う視点でものを見る。

「両方なければだめなのです。この先、懐を考えずただ義だけで動けば、幕府とてこの一橋とて、必ずや同じことになりましょう。それゆえ、それがしは……一橋の懐具合を整えたいのでございます」

それこそ自分の本領を発揮できる仕事だと考えた栄一は、考案を記した建白書を差し出した。

「このたびの御用で領内を回るうちに、いくつか利を得る道を見つけました。まずは米です。年貢米は従来大坂に集め、それを兵庫《ひょうご》の蔵方がまとめて兵庫でさばいておりました。しかし……」と、手のひらにのせた米を見せる。

「摂津や播磨は土がよい。百姓もよく工夫をしており、まっさか質のよい米が出来ております。これなら灘《なだ》の酒蔵でも西宮《にしのみや》でもいくらでも欲しがる。これを価値の分かる者に、より高く買ってくれる者に売るのです」

「つまり、入札払《いれふだ》いにするということか？」猪飼が口を挟む。

「そうです。入札払いにし、いま少し高く売れば、安く見積もっても五千両ほどの利を得ることができましょう」

「ご、五千両!?」黒川が素っ頓狂な声を上げた。

「二つ目に播磨の木綿。これも今は何の工夫もなく売っておりますが、売り方しだいで相当の利が出るものと考えます。そして三つ目に、備中のこれでございます」

関根にもらった石を懐から取り出して見せる。「なるほど。硝石《しょうせき》か」と即座に返事があったのは、さすが慶喜である。

「ははっ。備中では古い家の下から、硝石となる石がたくさん取れます。製造の場を設け売り出せば、火薬の材料は今いちばんの入り用の品、必ずや求められることになります」

「なんと御用の間にこのようなことまで」

「今まで考えてもみぬことであった」

黒川も猪飼も、硝石を矯《た》めつすがめつしながら感心している。

栄一はこの際、包み隠さず話そうと決心した。

「実は……それがしはそもそも当家に、公儀に代わってそれがしの願う攘夷を果たしていただけねぇものかと……いわば様子見の、腰掛けのつもりで仕官いたしました」

ぶしつけな物言いに、慶喜の眉が動いた。

「こ、腰掛け？　何ということ……」猪飼はわなわなと唇を震わせている。

「しかし、今改めて、この壊れかけた日の本を再びまとめ、お守りいただけるのは、殿しかおらぬと思っております」

慶喜はじっと栄一を見つめた。円四郎も生前、慶喜に言ったことがある。緩んできた世を再びまとめ上げるのは殿しかおらぬ、殿の作られる新しい世を心待ちにしているのだと――。

「そのためにも、一橋の御家をもっと強くしたい」と今度は、栄一愛用の算盤を取り出す。

「懐を豊かにし、その土台を頑丈にする。兵事《へいじ》よりは、むしろそのような御用こそ、己の長所でございまする」

「フン……父を思い出すのう」言いながら、慶喜は建白書を手に取った。

「父も、水戸の懐をどうにかせねばと、林や硝子《ガラス》や茶畑を作らせ、蜂の蜜を集めさせておった」

「蜂の蜜？　あの烈公がそのようなことを……」

「百姓のことも必ず『お百姓様』と呼んで尊んでおった。攘夷の志士など、誰も本当の父を知らぬ」

「それは……大変失礼いたしました。それがしは今の今まで烈公を、わが父にも負けぬ、とんでもねぇ石頭の風神雷神のようなお方であろうと思っておりました」

「渋沢！　おぬしまた何ということを」

猪飼は青くなった。手打ちにされてもしかたのない無礼である。

だが猪飼の心配をよそに、慶喜は「……プ」と小さく噴き出した。

「フッ……フハハハハ。だめだ。耐えきれぬ。雷神となった父を思い浮かべてしまった」

珍しく破顔して笑い続けている。

「はっ！　も、申し訳ございませぬ！」

やっと己の失言に気付いた栄一は、額を床にすりつけた。

「……フン。円四郎め。誠に不思議な者を押しつけおった」

慶喜は笑いを納めて立ち上がり、栄一の目の前に座った。

「渋沢よ。もはや腰掛けではあるまいな？」

「へ？　……は、ははっ！」

「ならばやってみよ。そこまで申したのだ。おぬしの腕を見せてみよ」

「ははっ！」

栄一は深く平伏し、相棒の算盤をぎゅっと握りしめた。

――お前は、お前のまま生き抜け。

円四郎の最後の言葉を胸に、栄一は一橋家を豊かにすべく、動きだしたのである。

第十九章　勘定組頭渋沢篤太夫

慶応元（一八六五）年六月、有能な幕閣たちは、幕府の体制を立て直そうと四苦八苦していた。

「フランスから軍艦を買うか……。さすれば長州など一気に潰せる。時宜に応じて薩摩も討ってしまえば、公儀に刃向かう大名はもうおるまい。むろん、朝廷もだ」

小栗が栗本に話しながら、前に広げた日本地図の長州、薩摩、京に指で×を付けていく。

「諸大名の力をそぎ、代わりに郡と県を置けば日の本は……上様を王とする一つの国となる」

「トレビアン！　今の上様はまさに王と呼ぶのにふさわしいお方。して、このフランスの誘いはどうなさる？」

栗本が手にしているのは、二年後のパリ万国博覧会の案内状である。

「むろん、参加だ。今、公儀の懐は火の車。交易によって利を得るため、世界にわが国の優れた産物を見せつけねばならぬ」

「されば、兵庫の港も急ぎ開きたいものですな」

「さよう。そのためにもコンパニーじゃ。横浜の港の失敗でよく分かった。交易で異国にいいようにされぬためには、公儀もコンパニーを持つのが肝要……」

いつもの癖でネジをもてあそびつつ、小栗は考えを巡らすのだった。

武家は長い間、「金は卑しいもの」と嫌っていたが、新たな世は経済の知識なしには乗り切れなかった。

薩摩藩はいち早く、藩大目付の新納刑部《にいろぎょうぶ》、五代才助、寺島宗則《てらしまむねのり》を視察係として、通訳一名と十五名の留学生とともに使節団をイギリスに派遣していた。

「ベルギー国とコンパニーの約定を結びもした」才助が約定書を手に、新納に話す。

「小松様は銭がなかち嘆いちょいもしたが、こいで薩摩ん富国強兵はうまくいきもんそ。次は国父様に願い出て、再来年のパリん万国博覧会に、薩摩んよか品をたくさん出そうち思っちょいもす」

「じゃっどん、そん手はずはどげんすっとじゃ？」

「モンブラン殿に万事の指揮は任せもす。ほして……」と才助はにっこりした。「薩摩が幕府ん先を行くとじゃ」

五代らは約一年をかけてヨーロッパ各地を歴訪し、視察のかたわら、紡績機械の買い付けなども精力的に行った。

一橋家の懐を豊かにするという目標を掲げた栄一は、まず大坂の代官所で年貢米の入札を行うことにした。

「見てのとおり、当家御領内の年貢米は格段に出来がよい」

栄一の前には、一升《しょう》ますに入った米が置かれている。

「ただ、量に限りがあるゆえ、入札により、より高い値を付けたものに売ることにした」

代官の崎玉清兵衛が告げると、集まった業者たちはざわめいた。

「さぁどうする？　さぁいくらにするか考えてくれ」

栄一の予想どおり、年貢米は従来の売値より高値で売れ、まずまずの利益を挙げた。

備中では、関根を登用して、硝石の製造場を開かせた。

見学に行くと、職人たちが薬研《やげん》で硝石をゴリゴリすったり、臼杵《うすきね》でついたりしている。

「あんな臭ー土《くっせ》から火薬の材料が取れるとは、いまだに仕組みが分からねぇ……」

栄一は不思議でたまらない。調合が終わり、外で試してみようということになった。

職人が銃口に火薬と弾丸を詰める。

「ほしたら、参《めぃ》りやす」

栄一が神妙な面持ちで見つめていると、ものすごい発砲音が響き渡った。

「おおっ、これはすげぇ！」

さて、次は播磨である。栄一は、木綿を多く産出している今市《いまいち》村の集会所に百姓たちを集めた。

「これは俺が大坂で買った、ここ播磨一橋領今市村の白《しら》木綿と、隣の姫路《ひめじ》の白木綿だ」

栄一は二枚の白木綿を交互に触り、「うん、どちらも実に品がよく、水の吸いもよい。これは、この地の皆の働きがよいからに違いねぇ」と言った。

百姓たちは自慢げに顔を見合わせ、「おう、そらそうや」「播磨は昔から木綿の名産地やさかい」と胸を張っている。

「うむ。しかしどちらも品がいいにもかかわらず、この白木綿の値は一反六十文、一方の姫路の白木綿は、一反七十文の値であった」

二枚の白木綿を差し出し、百姓たちに触らせてみる。

「……同《おんな》じや。同《おんな》じ播磨の品で出来も何も違《ちご》うてないのに、なんで姫路だけ高く売れるんや」

「俺もなぜかと探ってみた。すると姫路では、領地で出来る木綿をいっぺん皆、御城下に集め、そこでまとめて晒《さらし》にしたものを……」と言葉を切り、大きく息を吸って声を張る。「『姫路の木綿でござい！　姫路特産の白木綿でござい！』といかにも名物の特産として売っている。だから『お、姫路の木綿か。それは品がいいに違いない』とたとえ高値でもありがたがられる」

百姓たちは、何となく納得がいかないような顔をしている。

「一方、この村では出来た木綿を、おのおので織ったり売ったりして商いしている。きっと今まで、大坂の商人《あきんど》に買いたたかれることも多くあったであろう」

栄一の推察どおり、百姓たちは悔しそうな顔になった。

「そこで、俺は一橋家で、皆の木綿をまとめて買い入れたいと思っておる」

「え？　一橋様でまとめて？」

「そうだ。そして一橋家で『いやんばいす！　播磨一橋領の木綿でござい！』『品は確か。さらりと滑らか真っ白の名物、一橋の白木綿でござい！』と大仕掛けで売り出すのだ。さすればきっと、姫路に負けぬ評判となる」

「そないなことができますのか？」

「そしたらどうなんねや？　俺らが儲かるってことか」

半信半疑ながら、百姓たちの心は動いているようだ。

「そうだ。一橋家が今よりずっと高い値で買い上げ……」

「何言うてんねや！」多呂作《たろさく》という百姓が、栄一を遮って前に出てきた。

「こないな口車に乗ったらあかん。お役人が、わしら百姓を儲けさせようなんて思うはずあるかいな」

頭ごなしに決めつける。するとほかの百姓たちも、「そうやそうや」と騒ぎだした。

「は？　いや、俺も元は藍作りの百姓だ。そう、江戸の紺屋《こうや》でも、阿波《あわ》の藍と言えば高く売れるのに、武州の藍は名が知れてねぇと、なっから買いたたかれ……」

「ハン、だまされへんで。どうせ百姓から搾れるだけ搾って御家だけ儲けさせようとしてんねや」

「何ぃ！　黙って聞いてりゃ百姓の分際《ぶんざい》で……」

いきりたつ伝蔵を「お前が言うない」と諌め、栄一は百姓たちに向かって根気強く言った。

「俺は、白木綿のありがたさもよく知ってる。売り方さえ変えれば、この地の木綿はもっと名が挙がる！」

しかし百姓たちは格好のうっぷん晴らしを見つけたように、「御上はいつもこれやさかい」「何がまとめてや」などと悪口で盛り上がっている。

「信じてくれ！　一橋を信じてくれ！」

必死に訴えるも、栄一の言葉は、百姓たちの耳をむなしく素通りしていった。

そのころ、海上のイギリス船では、イギリス公使のパークスが部下たちの尻をたたいていた。

「アメリカのハリスやわが国のエルギン卿が、日本と修好通商条約を結んだのはいつだ？」

「一八五八年です」とサトウ。

「そうだ。今は何年だ？　あれから何年たった？」

「一八六五年です。あれから七年たちました」再びサトウが答える。

「そうだ！　七年だ！　なぜ日本人は七年も前の約束を果たそうとしない？　いまだに『帝の許しが取れない』などとぶつぶつ、ぶつぶつ、そんな言い訳が通るか！」

いらだったパークスは、空になった缶詰を投げ捨てた。

「公使。どうか落ち着いて……」

なだめようとしているのは、これも通訳のアレクサンダー・シーボルトという若者である。

「ノーだ。私はイギリス帝国の名に懸けて、日本との貿易で利益を出さねばならぬ」

そう言うと、サトウに人さし指を突きつけた。

「いいか。七日以内に帝に条約を認めさせ、兵庫の港を開かせろ！」

「日本では、天皇の許可を『チョッキョ（勅許）』と言います」

「『チョッキョ』だ。帝に『チョッキョ』させろ。一日でも期限を過ぎれば、京の御所に押しかける！」

そして九月十六日、しびれを切らしたパークスの主導により、とうとう御所に近い兵庫沖にイギリス・フランス・オランダ・アメリカの率いる連合艦隊がやって来た。

長州征討のため大坂城に入っていた将軍・家茂のもと、幕閣たちが集まり大評定が開かれた。

「パークスは、勅許が取れねば公儀を無視してじかに朝廷と話をすると申しております」

蝦夷《えぞ》地松前《まつまえ》藩主の松前崇広《たかひろ》が家茂に報告する。西洋の事情に詳しく、外様大名でありながら老中に抜擢された人物である。

「しかし、天子様が今さら勅許などなさるはずがない」

「ははっ」老中の阿部正外が答える。「今までどうにかぶらかしてまいりましたゆえ、もうちいっとどうにかならぬものかと……」

これに異を立てたのは、大目付の永井尚志だ。

「しかし兵庫の開港は、苦難に苦難を重ね、どうにかこうにか五年引き延ばしておりまする。これ以上は無理かと」

永井は列強との交渉役を務め、岩瀬忠震《いわせただなり》らと修好通商条約調印を行った一人である。

「フランスはかばってくれぬのか？」阿部が栗本に聞く。

「ははっ。申してはみましたが、エゲレスの新しい公使パークスが誠に強硬なため、これ以上は守れぬと……」

「そうか……」

落胆している家茂に、栗本がここぞと言上した。

「しかし僭越《せんえつ》ながら、まことに勅許など入り用でしょうか。日の本を東照大権現様の御代から長く守ってきたのは公儀でございます。国の差配は公儀がするもの。いまさら朝廷の許しなどなくとも国は開けましょう」

そのとおり、と松前が同調する。「天子様も朝廷も、世のことなど全く分かっておりませぬ」

「さよう。こうなれば上様、公儀の権威に懸けて、勅許などなくても兵庫の港を開くべきでございまする！」

戸惑っている家茂に、阿部が膝を乗り出して進言したときだ。

「たわけたことを申されるな！」

一喝とともに、慶喜が広間に現れた。容保と定敬も一緒である。

「公儀の専断による条約など、不可に決まっております。このような大きな事柄は朝廷の勅許があってこそ収まる。その前提を無視されれば、国の根源が崩れますぞ」

栗本が「ケッ、京の犬め……」と小声で毒づいた。

敵意をむき出しにした幕閣たちの視線を無視して、慶喜は家茂を見据えた。

「上様、井伊掃部頭《かもんのかみ》殿の失敗をお忘れではありますまい」

一言も返せない家茂の代わりに、「確かに……」と永井が口を挟む。

「あのとき、備中守《びっちゅうのかみ》（堀田《ほった》正睦《まさよし》）様や川路様や岩瀬が何度もハリスと談判を重ねて結んだ条約を、掃部頭様が京への知らせをないがしろにしたために……」

「さよう」と容保がうなずく。「そもそも、あのときに天子様の許しを得ておれば、この数年の徳川の苦労もなかったはず」

「ならば禁裏御守衛総督様はどうなさるおつもりか？　エゲレスのパークスはもう今にも京に入るのだぞ！」

負けじと阿部が慶喜に詰め寄り、呼応するように松前も語気強く言い放った。

「勅許など要らぬ！　朝廷など、どうせ口を出すばかりで何もせぬのだ。無視すればよい」

対立する両者の間で、家茂は青ざめている。

家茂を追い詰めるのは本意ではない。内心憤慨しつつも、慶喜はしかたなく引き揚げることにした。

この幕府の行為は明らかな違勅《いちょく》であり、御上に対する侮辱であると朝廷側は憤り、勅許を不要だと主張した阿部・松前両名の官位を剝奪せよとの勅命を下した。

「朝廷の命で公儀の重臣が罷免されるなど、江戸開府二百余年で初めてのこと……」

眉を曇らせる家茂の前で、阿部は悔し涙を浮かべてうなだれている。

「これも一橋の陰謀。京と組み、このような仕打ちを」松前は歯がみした。

「いいや。これはすべて私の責。そなたらは私を助け、誠によくやってくれた。井伊とてそうじゃ。皆が国を思うて苦心したが、私の力が足りず……」

「否。上様ゆえ、ここまで来られたのでございます」栗本が前に進み出る。

「朝廷や一橋様がこうした挙に出るならば、御先祖様への面目もない。かくなるうえは……速やかに征夷大将軍の大任を辞してはいかがでしょうか」

大胆な提言に家茂は息をのんだが、栗本は不敵な笑みを浮かべて続けた。

「もし上様がお辞めになれば……ふっ、朝廷など、どうせ何もできますまい。『パークスを御所に入れないでくれ』と、泣きついてくるに決まっておる。小栗様など、文久の頃から『朝廷が無理ばかり言うなら、将軍職など返上してしまえ』と唱えておりましたぞ」

「……小栗が？」驚く家茂に、松前が言う。

「ははっ。われらも初めは小栗の言を『なんと不敬な』と思うておりましたが、今はもっともであると考えます」

「和宮様を御台《みだい》様にお迎えになり、ここまで公武一体のため尽くしてこられたと申すのに、朝廷は相も変わらず勝手ばかり。もう面倒など見きれませぬ」

悔し涙を拭い、阿部はきっぱりと言った。

「しかり！　京だけで日の本を回せると思うなら、やってみろというのじゃ！」

腹に据えかねたように栗本がどなる。事あるごとに矢面に立たされるのは、朝廷でも諸藩でもなく幕府なのだ。

「いいや、あるいは一橋殿ならできるのかもしれぬ」

朝廷に発言力のある慶喜の力を認めているのか、家茂が言った。

「そのようなことは決してございませぬ。一橋様も、あくまで上様をお支えしたいと申しておいでです」

もともと一橋派だった永井は慌てて弁護したが、慶喜嫌いの松前は舌鋒鋭く非難した。

「そんな言が信じられるものか！　一橋様は、己のためなら頼ってきた水戸の者をも切り捨てる非情なお方！」

「……もうよい。皆、今までよくやってくれた」

一同が一斉に主君を見る。

「私はこれより将軍職を一橋慶喜殿に譲り、江戸に戻る」

「そんな……」

幕臣たちは悔し泣きしたが、家茂は辞意を翻さなかった。

『臣家茂、これまでみだりに征夷の大任を被り、及ばずながら日夜勉励《べんれい》まかりあり候ところ、国を富し、兵を強くして皇威を海外に輝かし候力これなく、臣家族の内にて慶喜儀は、年来闕下《けっか》にまかりあり、大任に堪えもうすべく存じ奉り候につき――』

朝廷に将軍職の辞表を提出した家茂は、十月四日の早朝、東に向かって出立した。

悔恨。怒り。迷い。諦め。そして安堵――若い将軍の胸にはさまざまな感情が渦巻いていたが、なるようにしかならないと、運命に身を委ねるような気持ちもある。

駕籠の中で反物を手に取る。和宮への土産に買った、美しい七宝柄の織物だ。

妻の喜ぶ顔を思い浮かべていると、全力疾走する馬の蹄音《つまおと》が追いかけてきた。

「上様!」

慶喜であった。馬から滑り下り、家茂の駕籠の前に膝をつく。

「上様、なぜこのようなことを……」

――やはり、追ってきたか。家茂は、駕籠の中から答えた。

「知ってのとおり、私は攘夷を果たすことも、勅許を得ることもできぬ。あなたならば計らうこともできましょう」

家茂にも意地がある。朝廷の幕政への干渉を許したまま将軍の座にいるなど、己が許せない。

「お待ちくだされ。勅許は私が命を懸け、頂いてまいりまする。それゆえ、どうか将軍職を辞するのは思いとどまりくださ い。今、旗本八万騎の臣下を動かしておられるのは上様でございます。上様あってこそ、臣下は懸命に励むのです。私が将軍になったところで誰もついてはこぬ。国は滅びましょう」

その真摯《しんし》な声音に引かれるように、家茂は駕籠から顔を出した。

「……一橋殿」

「将軍は、あなた様でなくてはならぬのです」

そこに、容保と定敬の馬も追いついてきた。

「上様！　よかった。間に合った……」

慶喜と容保、定敬が家茂の駕籠の前に平伏する。

「上様、どうか、お考え直しを」

こうべを垂れる慶喜を、家茂はじっと見つめた。


その夕方、慶喜は京都御所の朝議に参加して、御簾の向こうの孝明天皇に嘆願した。

「公儀が調印いたした条約の勅許をお願いいたしまする。勅許を頂けねば、来航した外国軍艦は兵端を開き、兵隊は天子様をもはばからず京に入ることとなりましょう」

「夷狄が御所に？　そんなことがあってはならん！」中川宮は顔色を変えた。

しかし公家の正親町三条実愛《おおぎまちさんじょうさねなる》は、頑として言い張る。

「いいや、何としても御上は勅許いたしませぬ。こうなった責任を取り、将軍は辞職しなされ」

「正親町三条様。将軍を辞職させよとは、どなたの御意見か？」

慶喜は鋭い視線を向けた。正親町三条が倒幕派であることは百も承知だ。

「それがしは、あなたのもとに薩摩の者どもが出入りしていることを存じておる。これほどの大事を誰かにそそのかされたとあっては、そのままではすませぬぞ」

静かにすごまれ、正親町三条はゾッとして口をつぐんだ。

「なるほど。これほど申し上げてもお許しがないのであれば……それがしは責を取り、切腹いたす以外にございませぬ」

「一橋殿。またそのようなお戯れを……」中川宮が顔をひきつらせた。

「戯れではござらぬ。またそれがしも、不肖ながら多少の兵を持っております。腹を切ったのちに家臣どもがおのおの方にいかなることをしでかすかは責めを負いかねまするゆえ、御覚悟を」

「そ、それは……」

ざわめく公家たちを無視して、慶喜は御簾に向かい平伏した。

「……二条、人払いを」

孝明天皇が関白の二条斉敬に命じ、皆が席を立って、臣下は慶喜だけになった。

「朕は、決して家茂や公儀を憎んではいない……憎きは長州じゃ。いまだ降参せぬとは何事ぞ」

「ははっ」

「外国のことは、慶喜がそこまで言うのであれば……朕は、慶喜の言うことを信じよう」

慶喜の働きにより、幕府は実に七年越しに、五か国との修好通商条約の勅許を得ることができた。

また朝廷は今後、幕府の人事に干渉しないと約束し、家茂は辞意を撤回した。

川路は病床で、永井からの書状を受け取った。

「そうか！　ようやく天子様も、お認めになったか……」

うれし涙を浮かべながら文を書いている永井の姿が思い浮かび、川路は顔をほころばせた。

永井は海防掛《かいぼうがかり》時代の部下で、共に列強との交渉に当たった。一橋派にくみし、井伊直弼に罷免されたのも同じである。ただ、川路はもう、永井のように幕政の中心に返り咲くことはないだろう。

「やすさんが参られましたよ」

妻の佐登《さと》と、果物を持ったやすが部屋に入ってきた。

「こんにちは。あら、今日はまた御機嫌な御様子で」

「あぁ、一橋様のおかげで、あのころの苦労がようやっと報われた。俺はプチャーチンをぶらかし、ハルリスを上様に目通りさせ……そうよ、俺は国なんか早く開いちまえと思ってたのさ」

「ぷちゃあちんにはるりす？　あたしゃ、川路様は勘定奉行様かと思ってましたが」

「ばかやろう。俺《おり》ゃあ全部やってたんだぜ。長崎へは、東湖殿に頼まれ原市之進を供に連れてってよ。一橋様のところには円四郎を推挙して……」

しゃべりながら、懐かしそうに目を細める。

「えぇえぇ。あの人、本当にうれしそうに、人が変わったみたいによく働いて……あんなことに」

「……うん。この春には、講武所《こうぶしょ》師範の高島秋帆先生もお亡くなりになった。あの方も、公儀にぬれぎぬで投獄なんてひでぇことをされても、最後まで国を守ることを忘れなかった……」

体は思うように動かせなくなったが、頭のほうは以前にも増して冴えている。

「寂しいことだが、やす、俺はな、みんなの分まで新しい徳川の夜明けを見届けるまで、くたばるわけにはいかねえよ」

「えぇえぇ、どうか長生きしてくださいまし」

「一橋様がおられれば、きっと徳川は大丈夫《でえじょうぶ》だ」

そう言ってほほえむ川路の瞳には、希望が輝いている。

になるのだった。

円四郎や左内が、命を懸けても将軍にしたかった男。その名を聞くたびに、やすは複雑な心持ち

「一橋様か……」

猪飼によると、慶喜は京の若狭屋敷に戻ってきたが、体調を崩して寝込んでしまったという。

「もう大事ないと思うが、大坂の務めで、よほどお疲れになったものと思われる」

栄一はとりあえず安堵したものの、目通りできぬと分かりがっかりした。

「そうですか。せっかく提言をと思っていたのに……」

「またか。そなたは話が長いゆえ、お疲れの殿には会わせるわけにはまいらぬ」

「ならば聞いてください。物産所のことです」歩きながら猪飼に話す。

「それがしは播磨の木綿を一括して売り買いする物産所を設けました。この先、木綿を一橋の名物とするためには、こしらえる百姓から木綿をなるたけ高く買い取り、それをなるたけ安く売る工夫が必要になります」

「うむ……ん？」と猪飼は立ち止まった。「いや、待て。高く買って安く売るのでは……物産所が儲からぬのではないか？」

「それがしは、物産所で儲けようとは思っておりません」

「しかし、おぬしは一橋の懐を潤すと……」

「ははっ。それがしは、幼え《おさね》頃から藍葉を買いに、信州や上州を回っておりました。そのとき、父はいつもよい葉を見極め、必ず高く買い付けた。するとその百姓は『次もよい葉を作るべぇ』と、

必ず励んでくれます。安く買われた百姓も『次こそは』とみんなで競い、よい葉をたくさん作ってくれた。そしてその葉で藍玉を作り紺屋に売りますが、武州の藍は阿波の藍ほど高く売れねぇ。ただ父が手を抜かずよい藍を作っていたおかげで、一度手にすれば、買った値以上の値打ちがあると分かってもらえる。よい品が安いとあれば、以降は必ずよく売れるようになります」

例によって立て板に水のごとくしゃべるが、猪飼には話の趣旨がさっぱり分からない。

「一体、何が言いたいのだ？」

そこに、市之進に付き添われた慶喜が通りかかった。栄一は気付かず、猪飼に先を続ける。

「はぁ……つまり、『子曰《しのたまわ》く、富《とみ》と貴《たっと》きとは、これ人の欲する所なり。その道をもってこれを得ざれば、処《お》らざるなり』……仁をもって得た利でなくては、意味をなさねぇ」

慶喜は足を止め、栄一の話に耳を傾けた。

「上に立つ者だけ儲けるなら、御用金を取り立てれば早《はえ》ぇ話です。しかしそれではどん詰まりだ。誰かが苦しみ、不平を持てば、そこで流れはよどんじまう。一方、みんなが儲ければみんなが生き生き務めに励み、流れはどんどんどんどん大きくなる。みんながうれしいのが一番です。上に立つわれらがこの大きな流れを作り、家だけでなく民を、皆を潤すのです！」

話が佳境に入ったときだ。

「……フン」

耳慣れた声が聞こえて、栄一は「ん？」と目を向けた。

「お、と、殿！」

驚いて猪飼と共に慌てて平伏する。

「相変わらず息災のようだな」

「ははっ。殿はその、あまり息災ではねぇ御様子で……」

「こら、また余計な……」猪飼に横目でにらまれ、栄一は肩をすくめた。

「殿はお疲れなのだ。殿、お部屋にお入りを」市之進が促す。

せっかく会えたのに残念だが、しかたがない。諦めていると、思いがけなくも慶喜のほうから栄一に声をかけてきた。

「いや、渋沢よ。話の続きを聞かせろ」

驚いて顔を上げると、疲労の色を残しながらも、慶喜の口元は笑んでいた。


栄一の提言とは、「藩札《はんさつ》」を作ることであった。

「年貢米と硝石については滞りなく進めておりますが、木綿がうまくいきません。そこで売り買いの流れをよくするために、一橋の『銀札』を作りたいのです」

慶喜に、肥後や肥前《ひぜん》、備中の藩札を出して見せる。

藩札とは藩で通用する兌換《だかん》紙幣で、銀札は銀貨を引き換えの対象とする紙幣である。ほかにも金札、銭《ぜに》札、米と交換する米《べい》札などもあった。

「昨今、西のほうで銀札は盛んに作られております。銭は重たい。それがしも商いの際はこう、懐に銀の切り餅を入れて山道を歩きましたが、まっさか難儀しました。紙ならば軽いし、気軽に多くの物を売り買いできる。はぁ、これは実によいものです……」

うっとりしている栄一を、慶喜はもの珍しそうに見ている。

「しかし、この銀札の多くはまっさか値打ちが低い。札に書いてある値打ちはおろか、束で出しても豆腐一つ買えねぇなんてこともあるほどです。それはなぜか？　いやぁ気持ちは分かる」

そう言って、栄一は札をひらひらさせた。

「銭と違って、こんな風が吹いたら飛んでっちまいそうな、くしゃみが出たら洟かんじまいそうな紙っ切れに『五分の値打ちがある』『これは十文だ』などと言われても、なかなかスッと信用などできません」

身ぶり手ぶりを交えて饒舌に語る栄一に、慶喜はじっと視線を注いでいる。

「そう。信用！　銀札をただの紙切れと思わずに、きちんと銭だと思ってもらうのに入り用なのは信用だ！　しかるに一橋家で真心をもってこれを作り、これで木綿の売り買いをさせ、真心をもって値打ちどおりの銀をきちんと支払えば、きっと商い人も百姓もこの札を信用し、大いに役立てるように……」

話しだしたら止まらない舌が、慶喜のまっすぐな視線に気付いて急にもつれた。

「し、しかるに、これを作るのに大坂の商人と手を組み……殿、それがしの今の話、お分かりになりましたでしょうか？」

「否。途中からおぬしの顔に見入り、聞いていなかった」

「なんと！」栄一は自分の顔を触ってみた。それほどの美男であったろうか。

「おぬしは円四郎風に言えば、まことおかしろい。このひと月、実に不毛なことばかりに気をすり減らしていたゆえ、おぬしを見て、少しばかり気鬱が治った」

顔がおもしろいということだろうか。主君の気鬱が治ったのは喜ばしいが、少々釈然としない。

「仁をもって為す、か。フッ……」

「……殿？」

どうしたことか、いつもの「フン」ではなく、「フッ」だ。それも、いかにも楽しそうにほほえんでいる。

「おぬしがまことに信用のできる札を作り、民をも喜ばせることができるというのならば、ぜひ見てみたいものだ」

なんと、慶喜のお許しが出た。栄一の満面に喜色が広がる。

「……ははっ！　必ずやってみせます！」


藩札作りは、「一分《ぶ》預《あずかり》手形」「二分預手形」「五分預手形」「一文目《もんめ》預手形」「五文目預手形」「十文目預手形」など、さまざまな価格の札の図案を考えることから始まった。

「もっと模様が細かいほうがよい」

完成した図案を基に彫師が版木を彫り、それを刷師が紙に刷るのである。

手探りで準備を進めながら、栄一は播磨と大坂を駆け回り、約半年かかって播磨に「銀札引換所」を設立。冬になって、ようやく一橋家の紙幣制度が実施されることになった。

今市村の集会所に百姓たちがやって来て、銀札を銀に引き換えていく。

「はは〜、ほんまに値打ちどおりの銀がもらえたで」

「助かった。これでぎょうさん飯食うてまた働けるわ」

栄一が自ら事務をしていると、多呂作が銀札を引き換えに来た。

「おぉ、こんなに木綿を作ってくれたとは、誠に頭が下がる」

「……悪かったのう」多呂作がぼそぼそと言った。「ひどいこと言うて、悪かった」

ほかの居丈高な役人と違い、栄一は百姓たちに心から敬意を払った。文句があれば、ちゃんと耳を傾けて対応する。多呂作たちは、そんな栄一を次第に信用するようになっていた。

「これからも頼む。頼りにしてるんだかんな」栄一は破顔して言った。

「おう、任しとけ。のう！」

「おぉ！」

一橋家の藩札は、額面どおりの銀と引き換えたことで信用を得て、広く便利に使われるようになった。そのおかげで、播磨の木綿の商いは大いに盛り上がったのである。


慶応二（一八六六）年一月、福井城の松平春嶽のもとを、薩摩の大久保一蔵が訪れていた。

「今ん幕吏は、度を越えちょいもす」

「うむ。今の公儀のやり方は乱暴が過ぎる。天狗党の一件もひどいものだった」

話しながら、春嶽は机に向かい筆を取っている。

「ははっ。井伊大老の『戊午《ぼご》の大獄』でさえ死罪は八名。天狗党の乱で殺された水戸の者は三百九十五名にも上りもす。幕府はもはや追い詰められ、血に狂うたとしか思えもはん」

ため息をつきながら一蔵はかぶりを振り、再び鋭く春嶽を見やった。

「幕府はフランスと組んで長州を潰し、その後はわが薩摩をも潰す気に違いあいもはん。老中なども『大名を潰し、徳川が国をじかに治める』と堂々と論じておるとのこと」

「……うむ。しかし将軍が日の本一家の主《あるじ》となり、全国の力を集中させるというのは、元をただせば左内の考えだ」

もう八年も前になる。春嶽の股肱《ここう》の臣であった橋本左内は、日本地図の真ん中に赤い金平糖《こんぺいとう》を一つ置いて言った。

「まず一橋様という優れた公方様を定め、それを親藩《しんぱん》、譜代、外様の差別なく有為のお方が支えます。例えば、事務宰相《さいしょう》はわが殿と水戸の御老公、そして島津殿の三人」

赤い金平糖の周りに、白、青、黄色の金平糖を置く。さらにその周囲にもどんどん金平糖を並べていった。

「外国宰相には佐賀《さが》の鍋島閑叟《なべしまかんそう》様、蝦夷地は宇和島の伊達様か土佐の山内様、京の守護には尾張《おわり》様、また身分にかかわらず才知ある者を選び、政に加えるのです」

あのあとすぐ「安政の大獄」で命を落とすことになるとも知らず、左内はうれしそうに展望を語ったものだ。

「左内が今の世に生きておれば……」

「西郷も申しておいもした。左内殿の意見は、常に一歩も二歩も先を行っておったと……じゃっどん、今ん世ではもう、一橋様は誰にも好かれておりもはん」

残念ながら、春嶽も否定できなかった。

「また幕府にも、もはや左内殿の夢をかなえる力はなか。わが国父様や薩摩ん殿は、そろそろ幕府を見限るべきかと考えちょいもす」

「幕府を見限る？」

「越前様。どうか京にお上りを。ほして才知ある者《もん》で、異国に堂々と立ち向かえる日本を作いもんそ」

一蔵や西郷吉之助を中心に、薩摩藩はこれまでの公武合体論を一擲《いってき》し、幕府でなく雄藩連合によって国家を動かす方向に大旋回する。

そこで薩摩は、幕府が兵庫の開港や長州征討の準備に追われている間に水面下で動きを進め、土佐の脱藩浪人・坂本龍馬《さかもとりょうま》らの斡旋もあり、敵対関係にあった朝敵・長州とひそかに薩長同盟を締結した。同年一月二十一日のことである。

その翌月、五代才助がイギリスから帰国してきた。

「才助！　おぉ、よお戻ったのう」

一蔵は早速、薩摩の料亭で会合を持った。

「いよいよわが薩摩を富ませねばなりもはん。まずは富国強兵。金銀の山を開いて……」

「いいや。それよりまず、おはんの親しいグラバーじゃ」一蔵は言った。

「長州がエゲレスの武器を大量に買いたいっちゅうとる」

「長州？　はぁ、いつん間にわが国は長州と懇意になったとでごわすか？」

「ハッハッハ。早速、用立ててくれ。大いに売いもんそ」

「はい。こん先は、おいに任せっくいやんせ。グラバーと話はついちょいもす。バーミンガムのショルト商会からもミニエー銃が入りもす」

このあと、薩摩藩御用人外国掛となった才助は、長崎で外国領事や商人と組み、食料や弾薬、武器などを長州やほかの藩に売り始める。

「ほうじゃ。そいから……おいは今から京に行き、あるお方に会いに行ってくう」

一蔵が会いに行こうとしている「あるお方」は、比叡山を仰ぐ洛北《らくほく》の岩倉村にいた。

質素な茅《かや》ぶきの小屋で熱心に何かを書いている、むさくるしい格好をした男がそうだ。

書き上げた書を読み返して破り捨て、坊主頭をかく。

「くそぉ、どうやったら王政復古が果たせるのか……」

また新しい上申書を書き上げ、読み返しては破り捨てるを繰り返している。

「……あのお方は、ほんまに元お公家さんか？」

「あぁ、まるで山賊の親分じゃ」

家をのぞき見していた近所の者は、こそこそと噂し合った。


さて、領地の物産の盛り上げと播磨の紙幣の流通に成功した栄一は、京に戻って一橋家の勘定組頭に抜擢された。ちょうど桜の頃である。

「おぉ〜」慶喜から賜った数々の褒美の品に、栄一は感嘆の声を上げた。

「瞬く間に一橋の懐が安定したと、京のみならず、江戸の家中も驚き、喜んでおる」

「ははっ。領内の民も今はようやく安堵し、紙は扱いやすいと喜んでおりまする。しかし物産所も硝石の製造所もまだまだこれから。これからが腕の見せどころでございまする」

「……渋沢篤太夫よ」

「はっ」

「よくやった」慶喜がほほえんだ。

「ははっ！」

その言葉が何よりもうれしく、一橋家に仕官してから、栄一は初めて充実感を得たのだった。

一方、喜作は軍制所調役組頭に昇進し、それぞれ別の部署に勤めることになった二人は、一緒に住んでいた長屋を離れることになった。

「お千代に送ってやんべぇ」

部屋を片づける合間に、栄一はニコニコと褒美の品を手に取った。

「金はまた長七郎のところに送るべぇ。こうして日を置かず送っておけば、長七郎も牢から出る望みを捨てねぇでいてくれるかもしれねぇ」

もう丸二年がたつが、二人はいまだに長七郎を牢から出す手だてを見つけられずにいた。

「しかし身分が上がったとはいえ、勘定方とはな……断れなかったのか？」

喜作がさも気の毒そうに言うので、栄一は「ん？」と聞き返した。

「なぜだ？　なぜ断る？」

「せっかく武士になったというのに勘定もあるめぇ。百姓や商人相手に金のことばかりこつこつやるんでは、村にいた頃と変わらぬ」

「うむ。まぁ、俺もそう思ったが、俺にはこれが合っているのかもしれねぇ」

栄一は、使い込んで黒光りしている算盤を掲げた。

「殿にお褒めいただいて、おぉ、俺は一橋のお役に立っているのだと胸がぐるぐるした。井原村や播磨の民も前よりも生き生きとしておる。役に立っているのなら、どんなことでもかまわねぇだんべ」

喜作は無言のまま、血洗島村にいた頃とまるで変わらない栄一を見つめている。

「そうだ。それに聞いた話じゃ幕府の勘定奉行は今、小栗上野介様という、えらくやり手のお方だそうじゃねぇか。俺は一橋家の勘定方として、きっと幕府の勘定方にも負けねぇ差配をしてみせるんべぇ」

「……勘定勘定と言うが、お前は殿のまことの苦しさを知らぬ。今や公儀はいつ長州を討つかで一触即発の時分だ。しかもその長州征討に、薩摩が兵を出さぬと言ってきた」

「は？　なんでだい。前の長州の征討のときなどは、西郷様が仕切っていたはずじゃねぇか」

「さぁ。しかしその薩摩の動きを見て、阿波も尾張も兵を出さず、征討の陣を置く広島《ひろしま》まで『民の恨みが暴発しそうだ』と断ってきた。そんな中で公儀は戦うのだ」

「一橋も出兵するのか？」

「いいや、まだだ。殿はあれほど勇猛果敢であるにもかかわらず、幕吏どもに信用がない。まるで朝廷とのお使い役のように扱われておる。この先、一橋がどうなるかは分からぬが、俺は命を懸けて殿のために戦う」

そう言って、喜作は銃身の短い鉄砲のような武器を取り出した。

「何だそれは？　異国の武器か？」

「フランス式のピストルだ。時々思い出すんだ。俺たちはあのとき……長七郎を、行かせてやるべきだったんじゃないかとな」

——下手計村の一介の百姓のこの俺が、老中を斬って名を遺すのだ。これ以上何を望む？

長七郎はそう言った。暗殺実行後は切腹し、自分は武士になるのだと。

「俺たちは……長七郎が志士として名を遺す好機を、奪っちまったのかもしれない」

今、武士の身になってみて、喜作は長七郎の無念がいかばかりか、まことの意味で理解できた。

「……しかし、死んじまったら何にもならねぇ」

何度話しても堂々巡りだ。喜作は、ピストルをしまうと立ち上がった。

「それは己が決めることだ。俺は長七郎の分も、武士として名を挙げる。いつか長七郎とそろって一橋家の雄となるのだ。お前は、懐でも守っておれ」

「何？」栄一も立ち上がり、長屋を出ていく喜作の背にどなった。

「おう、守ってやるべぇじゃねぇか！　懐だって大事だい。道はたがえるが……お互い身締めて、一橋を強くすんべぇ！」

喜作の姿はもうとっくにない。これまで喜作がいたから寂しくなかったし、苦労があっても支え合えた。この狭い部屋で喜作と貧しい食事を食べ、背中合わせに眠った日々を思い出す。

独りぼっちの部屋はひっそりとして、栄一は何だか急に心細くなってしまった。


夏になって慶喜が朝廷から勅許を得ると、幕府は薩摩など各藩の助けのないまま、十数万の兵で二度目の長州征討を開始した。

圧倒的な軍勢の差があったにもかかわらず、長州藩は、軍事に長《た》けた高杉晋作や大村益次郎《おおむらますじろう》が鍛えた農兵と、薩摩やイギリスから手に入れた最新鋭の武器で、幕府軍を次々と倒していった。

「なぜだ？　なぜこれほど苦戦する？」

大坂城の幕府軍営で、家臣の報告を受けた家茂は顔色を失った。

「長州は従来の戦と違い、農兵たちは大将の指図なく、それぞれが銃を持って駆け回っております！　しかもゲベール銃よりも弾の飛ぶ新たな銃で、大勢が一気に攻め込んでくるのです！」

「ミニエー銃か？　そんなものをどこで大量に手に入れた？　まさか……」

阿部が罷免されたあと、老中に再任された板倉勝静《いたくらかつきよ》もまた、憂慮を浮かべて言った。

「芸州《げいしゅう》でも、洋式調練を受けた隊はまだ奮闘しておりますものの、阿部殿、井伊殿の兵の多くは弾丸に倒れ、榊原《さかきばら》殿の兵も手負いの者数知れずで、撤退しておるとのこと」

「井伊、榊原と言えば、御神君が天下を取った際には最も強いと言われていた軍。それが今、百姓の寄せ集めの長州勢にさんざんに敗れるはめになるとは……」

足元が崩れ、大きな波にのみ込まれるような不安を覚えた瞬間、家茂は胸を押さえた。

「う……」

「上様？」

「……大丈夫だ。大事ない……うっ」

家茂は、激しい痛みに倒れ込んだ。

「上様！　上様！」

時は慶応二年七月。ようやく居場所を見つけた栄一の運命もまた、大きく変わろうとしていた。

第二十章

篤太夫、青天の霹靂《へきれき》

幕府軍が長州軍に連戦連敗する中、大坂城の将軍・家茂が病に倒れた。知らせを受けた孝明天皇や和宮はそれぞれ典医《てんい》を差し向けたが、両手足が腫れ、嘔吐《おうと》がひどくなるなど、容体は思わしくなかった。

慶喜が見舞いに参じると、家茂はうっすらと目を開いた。

「……一橋殿か？」

「ははっ。老中らから、私とお会いになれば病が高じると追いやられておりましたが、ようやくお目通りがかないました。お好きな梨とぶどうをお持ちいたしましたが……」

「一橋殿、私は、まだ死ねぬのじゃ……今の徳川を残して死んでは先の上様、またあのとき、命を懸けて私を立てた井伊に、面目が立たぬ」

そう言うと、力を振り絞ってがばっと起き上がる。

「それだけではない。私は天子様の妹君を御台に頂きながら、攘夷が果たせなかった！　だからこそ天子様の憎む長州だけは倒さねばならぬのだ！　あなたにその覚悟があるか！」

「ありませぬ」慶喜はさらりと答えた。

「先の上様や掃部頭殿の御目は確かであった。ですから……必ずや御本復《ごほんぷく》のあと、徳川をお守りください」

「……うむ」

「われわれは実に数奇な時世《ときよ》に生まれた。長きにわたり、将軍とはただ在るだけで皆から仰がれるものであったはず。それが、かように陣に出て戦うはめになるとは」

「いかにも。御神君は、長々かように戦い続けておられたかと思うと誠に頭が下がる。私はずっと……あなたとこうして腹を割って話してみたかった」

苦しげな息遣いの下で、家茂は笑んでみせた。

しかし、そのわずか三日後の慶応二（一八六六）年七月二十日、第十四代将軍・徳川家茂は二十一歳の若さで薨去《こうきょ》した。徳川家康が戦の世に終止符を打って以来、徳川将軍十四人の中で戦の陣中で果てたのは、この家茂ただ一人である。死因は脚気衝心《かっけしょうしん》であった。


「大坂より、御注進！」

若狭屋敷に遣わされた伝令が、猪飼に文書でこっそり家茂の死を伝えた。

「……何！　上様が身罷《みまか》られた⁉」

慌てて自分の口を塞いだが、そばで仕事をしていた栄一の耳は聞き漏らさなかった。

「猪飼様……今、何と？」

「……しばらく喪は伏せるとのこと。誰にも言うなよ」

「ははっ。しかし……」と栄一は小声になり、「公方様はいまだお若く、お世継ぎもおられなかったはず。この先、将軍家はどうなるのですか？」

「ひょっとすると……いや、ひょっとなどせずとも、ほかに人はおらぬ。わが殿が、将軍になるやもしれぬ」

「え!?」

数日後、栄一は喜作とともに、急ぎ足でどこかへ向かっている用人筆頭の市之進を捕まえた。

「原様！　この先、殿はどうなられるのでしょうか？」

市之進は険しい表情のまま答えない。家茂逝去の流言は、もう京に広まっていた。

「まさか、まさか殿が次の公方様に……。それはなりませぬ。今、これほどまでに人々に憎まれ、疎まれている公儀を、殿が背負うべきではございません」

栄一は必死で反対した。今、将軍家を継ぐなど、自ら死地に陥るようなものだ。

「しかり！　われらが尊《たっと》ぶ水戸の出の原様ならばお分かりのはず。殿はあくまで京にて、天子様をお守りし……」

喜作も訴えたが、「控えよ！」と市之進に一蹴された。

「それはおぬしらが口を出すことではない。また……殿の一存で決まることでもない」

「しかし……」

「くどい。それに私は、烈公がどれほど殿の将軍就任を望んでおられたかも、よく知っておる」

そう言うと、市之進は家臣を連れ足早に去っていった。

家茂の死はひそかに江戸城にも伝えられた。和宮は身も世もなく泣き崩れたが、天璋院は嘆く間もなく、将軍継嗣《けいし》問題に向き合わなければならなかった。

「ならぬ！　一橋はならぬ。私も滝山も、上様からじかに伺っておる」

家茂が出陣する前に、天璋院に耳打ちしたのだ。

「私に万が一のことがあれば……田安《たやす》家の亀之助《かめのすけ》殿を跡目に定めていただきたいのです」

「亀之助殿？　しかし亀之助殿はまだ御年四つ」

「はい。しかし今の公儀には、頼もしき者も多くおる。たとえ初めは飾り物であっても、彼らが支え、助けたいと思う血筋の者こそ、今の公儀にはふさわしい」

あのときは立派になられたと感じ入ったが、まさか本当に遺言になろうとは思いもしなかった。

「亀之助殿は上様と先の上様の又従弟《またいとこ》。次の将軍には……一橋慶喜殿ではなく、田安亀之助殿をお立てになるべきでございます」

天璋院は老中たちに断固として言った。


「一橋様、今日はいかに？」

「今はまだ戦の最中。急ぎ一橋様には、将軍職御相続の御決断をいただかねばなりませぬ」

京では、慶喜が大目付の永井や老中首座の板倉から、将軍就任を急《せ》きたてられていた。

「朝廷もわれわれも、一橋様以外おらぬと思っております」

「しかり。越前様も『紀州公《きしゅう》（徳川茂承《もちつぐ》）、水戸公は頼りなく、田安公では幼すぎ、一橋様のほかにはおらぬ』と申されておる」

京都所司代の松平定敬、定敬の実兄で京都守護職の松平容保も熱心に勧める。

参与会議が瓦解《がかい》したあと、一橋（徳川）慶喜、会津藩主の容保、桑名藩主の定敬の三人は「一会《いちかい》桑《そう》政権」と呼ばれる体制を築き、京での政治を主導してきた。また越前の松平春嶽も、慶喜とともに幕府を支えてきた。その彼らが、口をそろえて将軍就任を願っている。

「兵庫の港を開く支度もある中、日の本を束ねている将軍が不在では、異国に面目が立ちませぬ」

諸外国との交渉事を任されている永井はそう言って泣きついたが、慶喜はきっぱりとかぶりを振った。

「いや、先の上様はお若くはあったが、誰からも仰がれる品格と仁徳をお持ちであった。今の徳川のどこを見ても、あの上様に勝る者などおらぬ。むろん私もだ」

黙り込んだ一同に、慶喜は淡々と言った。

「徳川の世は、もはや滅亡するよりないのかもしれぬ」

「滅亡!?　なんと！」

板倉の祖父は「寛政《かんせい》の改革」を行った松平定信《さだのぶ》で、自身も家慶から三代にわたって仕えている譜代の臣だ。徳川が滅亡するなど、天地がひっくり返るくらいありえない話である。

「そ、相続は先の上様の御遺命でございまする！」

唐突に永井が言った。うろんげな皆の視線を浴びながら、慶喜に膝を詰める。

「上様は、病の中おっしゃった。この先、政務を一橋様に委任し、御自分は養生に専念したいと！一橋様とて、実のところはお分かりのはずです。日の本を救うには、これよりほかに道はないのだと！」

額に汗をかいている永井に、慶喜は刃先のような鋭い視線を向けた。

「……なるほど。もしその言がまことであるならば、私はこの先、自分の思うように徳川に大なたを振るうやもしれぬが、それでかまわぬのだな？」

何としても将軍家相続を阻止せねばならない。栄一が待ち構えていると、慶喜が市之進たちを従えて部屋を出てきた。

「殿！　建白を！」

思い切って飛び出したとたん、猪飼やほかの家臣たちに捕まった。

「やめよ！　殿は急ぎ大坂に下られると申したであろう」

「しかし、今言わねぇと次いつ申し上げられるか分かりませぬ。殿、殿、将軍家をお継ぎになってはなりませぬ！」

栄一は皆を振り切って土下座した。

「今の公儀はいくら賢明な殿が一、二の修繕を加えようとも、倒壊を免れることはできませぬ」

徳川という大きな家は、もはや土台も柱も腐り、屋根も二階も朽ちている。大黒柱を一本取り替えたところで、その破壊を早めるようなものだ。

「あやつ、またあのような……」前に出ていこうとした市之進を、慶喜が手で制した。

栄一は頭を下げたまま、まくしたてるように続けた。

「またそうなれば、非難は必ずや殿の御一身に集まりましょう。かつてのそれがしのような血の気の多い者が国中からあふれ出て、『殿を倒せ、倒せ』と立ち上がるに決まっておる。かように危ねぇと分かっている道を、あえて進まれることとわりがどこにございましょうか」

黙って聞いていた慶喜が、栄一の前に進み出た。

「……言いたいことは、それだけか？」

「ははっ。今となってはもうそれ一つ、それのみにてございまする。どうか、どうか一橋にお残りください。そしてそれがしに、あなた様を支えさせてください」

しかしその言葉は届かず、慶喜は栄一に答えることなく去っていった。


同年七月二十九日、慶喜の徳川宗家相続が内定し、慶喜は長州征討に赴くことになった。

「慶喜よ」御簾の向こうの孝明天皇が、刀を示して厳かにのたまう。

「家茂に代わり、速やかに追討の功を奏し、誠忠《せいちゅう》に励むべし。御剣一腰《ぎょけんひとこし》これを与う。必ず長州を討て」

「ははっ」

慶喜は節刀《せっとう》――任命のしるしとして、天皇が出征する将軍に与える刀を賜った。

「俺たちが御直参の士になるとは！」

「こんな誉れはない！」

若狭屋敷の家臣たちは欣喜雀躍《きんきじゃくやく》した。

名を須永虎之助《すながとらのすけ》と改めた伝蔵も、皆につられて「へぇ、そりゃすげぇ！」と興奮している。

「喜んでいる場合ではねぇ！」喜作は伝蔵をにらみつけた。

「幕吏、幕吏と言っていた俺たちが幕府の犬になっちまうとは……あにぃや長七郎に何と言う？」

頭を抱えて慨嘆する。栄一は、失望のあまり言葉もなかった。

そこへ、市之進が部下を連れて入ってきた。恵十郎も一緒だ。

「おい、騒いでる場合ではないぞ！」

市之進の一声で、家臣たちが素早く整列する。

「われらは直ちに大坂城に入り、長州を討つ」

「え？　長州を討つ？」

栄一は思わず声を上げた。ほかの家臣たちもざわめいている。

「殿が御宗家を継いだからには、先の公方様に代わり長州を征討するのも、この御家ということになる。出陣の軍勢、部署、名を申し伝える」

人事の巻紙が貼り出され、家臣たちはわれ先に自分の名前を探し始めた。

「お！　あったぞ！」喜作が巻紙の端っこを指さす。「俗事役《ぞくじゃく》で出陣だ。伝蔵、お前も一緒だ」

『渋沢成一郎』の名は、十人ほどの集団の先頭にあった。その後ろのほうに伝蔵の名もある。

俗事役というのは、戦う兵たちの雑事を助ける役目、要するに雑用係だ。

栄一が自分の名前を探していると、恵十郎が歩み寄ってきた。

「篤太夫。おぬしはこっちだ」

「へ？」

恵十郎に連れられて巻紙の最初のほうにいくと、御用人の原市之進ら重臣や医師の名前が載っており、そのすぐ並びに『御用人手附《ごようにんてつき》　川村恵十郎　渋沢篤太夫』と栄一の名があった。

「……御用人手附？」

「そうだ。おぬしも御用人方の補佐として本営に入れ」

「本営に……しかし、それがしは勘定の役目が……」

戦よりも、藩札や年貢米のほうがはるかに気にかかる。

するとと市之進が、「殿じきじきの命だ」と不機嫌そうに栄一を見やった。

「あれほど失礼を申したというのに、殿はおぬしを入り用と申されておる。心して戦の支度をせよ」

そう言うと、ほかの家臣に向き直って声を張る。

「皆も同様じゃ。長州は新式の銃を用い、公儀の久留米、柳川《やながわ》、唐津《からつ》、中津《なかつ》の軍勢は次々と兵を下げておるとのこと。われらが蛤御門の戦のごとく、長州を一網打尽にせねばならぬ！」

失敗すれば、幕府の権威は完全に失墜する。負けられぬ戦であった。

奮起する市之進たちをよそに、栄一は茫然とするばかりだ。

そんな栄一を、喜作が複雑な目で見ていた。


藍葉の一番刈りも一段落した頃、千代宛てに栄一から文が届いた。

『一筆申し上げます。あなた様をこちらへ呼ぶ日を楽しみにし、たびたび手紙を送っておりましたが……このたび、長州へ出陣される殿の供をするよう命じられました』

出陣の二文字が目に飛び込んできて、千代は息をのんだ。

横から文をのぞき込んでいたゑいも、「長州へ出陣？」と驚愕《きょうがく》する。その声を聞きつけ、庭で働いていた市郎右衛門とていが家の中に入ってきた。

『武士となったうえは、戦は常なること。致し方ありません。送った一包みは、私の形見のつもりの懐剣です』

千代は震える手で、文と一緒に送られてきた包みを開いた。文に書いてあったとおり、新しい懐剣が入っている。

「形見って……」とゑいは絶句した。

「栄一は侍となったんだ。死ぬ覚悟なんだんべ」市郎右衛門は、平静を装って言った。

「この家を出たときから分かっていたことじゃねぇか。あいつは百姓ではなく、志士となって国のために命を捧げる覚悟で出ていったんだい。一橋の殿様のお供となるとは誉れなことじゃねぇか」

「何が誉れだい」ゑいはへたり込み、早くも涙ぐんでいる。

「はぁ、こんなことになるんだったら、やっぱり行がせなけりゃよかったんだ……」

「かっさま、しかたねぇよ。つらいけど、しかたねぇんだい。にいさまが己で選んだ道なんだから」

母の背をさすりながら、ていが言う。

大人たちの様子がおかしいことに気付いたのだろう、一人でおとなしく人形遊びをしていたうたが、千代に寄ってきた。

「かっさま、どうしたん？」

見上げてくるつぶらな瞳に、千代は答えることができなかった。

慶喜は出陣の準備を進めていたが、思わぬ事態が起きた。北九州《きたきゅうしゅう》で善戦していた頼みの綱の幕府軍が、小倉《こくら》城を失って敗走したのである。これで幕府の敗北は決定的となった。

「もはやここまでだ。引き際であろう」

大坂城で軍議が開かれ、慶喜は決断した。

「否。まだ終わっておりませぬ。進発《しんぱつ》いたしましょう」

「さよう。天子様に節刀を賜りながら兵を出さぬとは……」

容保と定敬の反対を、慶喜は退けた。幕府軍の士気は落ち、ほとんどの外様雄藩が征討軍の解体を建白しているのが現状である。

「今や天子様以外、誰もこの戦を望んでおらぬのだ。天子様にもお分かりいただかねばならぬ」

いったんこうと決めたら、慶喜の対応は素早かった。

「和睦の勅命をくださるよう、関白殿下にとりなしを頼め。長州にも密使を送りたい」

市之進と板倉にそれぞれ指示を出す。

「ははっ。軍艦奉行の勝麟太郎に行かせまする」

こうして幕府の第二次長州征討は、中途半端な形で一時休戦となったのである。

孝明天皇は、この先の長州の扱いを相談するため、各藩に京に集まるように命を下した。

しかし半分以上が病気と偽って上京せず、朝廷にとっても幕府にとってもゆゆしき状態となった。

「率直に答えよ。慶喜が嫌われておるのか？　それとも、朕が皆に疎まれておるのであろうか」

「め、めっそうもございません！」中川宮は慌てて平伏した。

「しかし何も思うようにならぬ。国を閉ざすこともかなわず、長州を倒すこともできず……岩倉はどうしておる？」

ふと、帝は岩倉具視の名を口にした。佐幕《さばく》派と見なされて失脚した公家である。「八月十八日の政変」で京都の攘夷派が一掃されても赦免はされず、いまだ洛中《らくちゅう》に戻れないでいる。

「岩倉は、和宮様を徳川に嫁がせた賊臣にて……」関白の二条が答える。

「否。朕は、三条は嫌いじゃが、岩倉は頼りにしておった。岩倉には朝廷を思うまことの心があった。後醍醐《ごだいご》帝以来の力を取り戻すには、公儀を取り込むがよいと教えてくれたのも岩倉じゃ。岩倉はどうしておるのか……」

その岩倉は、洛北にある岩倉村の粗末な小屋で暮らしていた。

「御上は……夷狄が来るようになってから急に、日の本じゅうの耳目を集められることになった」

訪ねてきた一蔵を相手に、今日も今日とて上申書を書きながら話す。

蟄居《ちっきょ》生活は四年に及び、近頃では薩摩藩や朝廷の同志たちが岩倉のもとを訪れるようになっていた。

「神風起こしてくれやら、尊王攘夷やら……けど、あいにく御上はあんたんとこの国父様と違《ちご》うて、兵も金も何も持ってない。わしは公儀を踏み台にして、御上にそれに見合う御力をつけて差し上げたかった……ただ、わしら公家は日本一頭が古い。頑迷固陋《がんめいころう》で変わることを恐れ、見て見ぬふりして蹴鞠《けまり》をするのが精いっぱい」

「せやのにこのお方、見て見ぬふりが苦手で」

手伝いの老女のトメが、白湯《さゆ》を出しながら一蔵に言った。

うるさいわ、と岩倉がトメをにらむ。

「わしも公家の中では、下っ端のほうでしたから。しかし将軍がなぁ。あの将軍は、和宮様を決して粗末に扱わぬと、わしの目ぇ見て誓《ちこ》うてくれましたんや。あぁ、和宮様はどうしておられるか……で、次の将軍はやはり一橋様がなられましょうかのう」

「恐らく。じゃっどん、一橋はまだ渋っておっとです」

「ほう……そら好機かもしれん。いっそ今のうちに、親王様のお一人を新たな将軍に据えるはどうか？　いやそれより……」

坊主頭をかきながら、岩倉はぶつぶつとつぶやいている。

一蔵は口元をほころばせた。幽閉の身でも、政治への情熱は以前と少しも変わらないようだ。

「岩倉様。わが薩摩は、うんにゃ、長州もすでに幕府を捨て、天子様を戴く世を作りたかち考えちょいもす」

「そうか！　よう言うてくだされた！」と一蔵ににじり寄る。

「今こそ、この長いこと続いた武家の世を終わらせて、御上が王政復古を果たすのじゃ」

公武合体派だった岩倉は、薩摩に呼応して倒幕派へと転向していったのである。


江戸城の大奥は、家茂の死によって深い悲しみに包まれていた。

「次の将軍は、慶喜殿がお継ぎになるがよいと申されたとは、まことでございまするか？」

落飾《らくしょく》して静寛院宮《せいかんいんのみや》となった和宮の背に、天璋院が問う。

「なぜです？　上様は……」

「天璋院様……御覧くださいませ。御城にお戻りになられた上様の亡骸とともに、これが……」

静寛院宮が手にしているのは、家茂が用意した一巻の唐織錦《からおりにしき》だ。

「まぁ、美しい唐織……」

「着物など、上様がおられればこそのもの。今はもう……」

たまらず泣き崩れた静寛院宮の肩を、天璋院が抱いて支える。

「……慶喜が継げばよい」すすり泣きの合間に、恨みのこもった低い声がした。

「将軍など……将軍にさえなられなければ、上様があれほどお苦しみになることはあらしゃられませなんだ。次は、次は慶喜が苦しめばよいのです」

静寛院宮の激しい口調に、天璋院は声を失った。しかし慶喜に憎しみをぶつけでもしなければ、正気を保てないのかもしれなかった。

そして一橋邸にも、夫を思い、悲しげな面ざしをしている女人がいた。

「慶喜殿も、十年前ならまだしも、今となって将軍職に就かれることなど望まれてはおられますまいなぁ」

徳信院が、美賀君に声をかける。

「でも公儀の都合とはいえ、ホッといたしました。慶喜殿がお出になられ、美賀君まで大奥に入られたら、この一橋もどんなに寂しくなることかと案じておりましたゆえ」

「わらわもホッとしておりまする。わらわに御台所《みだいどころ》として三千人の女を束ねるなど、どだい無理な話。それにたとえ大奥に入ったところで、殿は京よりお戻りにはなられませぬ」

生きていても会えないのであれば、夫を亡くした静寛院宮と同じではないか。

「この先、もう共に暮らすことはあらしゃられませんのやろな……」

遠い目をする美賀君に、徳信院は何も言えなかった。

慶喜が徳川宗家を継いだことにより、市之進をはじめとする一橋家家臣の一部は、将軍家の御家《ごけ》人《にん》として召し抱えられることになった。

栄一と喜作も一橋家を離れることになり、引っ越しの準備に追われていた。

「貢米《こうまい》のことについては、困ったら代官殿に聞くとよい。播磨の木綿のことは……」

栄一は、勘定所の事務を丁寧に後任者に引き継いだ。苦労して立ち上げた事業である。わが子のように愛着があり、手放すのはつらかった。

一橋の札を手に取り、しみじみと眺めていると、猪飼が歩み寄ってきた。

「渋沢。私は、江戸の一橋家に戻ることとなった」

「そうですか……」

「何だ、そんな顔をして。おぬしは宗家の御家人となるのだ。もっと喜べ」

「ははっ。ここに仕えて二年半、身分は低くとも、平岡様や猪飼様に身に余る御恩情を頂きました」

「うむ。金も、きちんと返してくれたしな」

鍋釜を買う金も持っていなかった栄一たちに、戻ってこないだろうと思いながら貸した金だ。

「殿に何度も建白をさせていただき、艱難辛苦《かんなんしんく》しながらもいささか懐を整えさせていただいて……これからだい、これからもっと一橋のお役に立とうと思っていたのに、それをなげうっていかねばならねぇとは……」

残念でたまらず、何やら泣けてきてしまう。

「やむをえまい。そなたならきっと、宗家でも殿を助け、よい働きができる」

「いいや、もうだめだい。ここを出たら殿はもう上様です。二度とじかに建言なんか届かねぇ。もう……」

「泣くな。ほら、泣くな」猪飼が優しく慰める。

「くぅ……」

大坂城に移る日、荷をまとめた栄一たち家臣は、若狭屋敷の門に向かって深々と頭を下げた。


栄一と喜作は、陸軍奉行支配調役という役目を新しく与えられた。

幕府陸軍奉行所では多くの幕臣が働いていたが、代々食禄を受けてきた身分であるから緊張感がなく、一橋家で切磋琢磨《せっさたくま》していた栄一には、まるでぬるま湯にいるように感じられた。

「おぅい、書付はどうした？」

「ははっ。ただいま！　おい新入り、早くやれ」

歩兵頭の平岡準蔵《ひらおかじゅんぞう》の用事を組頭の森新十郎《もりしんじゅうろう》が受け、調べ物をしている栄一と喜作に命じる。

「ははっ」

喜作は返事をして立ち上がったが、もとより不満のある栄一は仕事を覚える気も起きない。

そのとき、市之進が重臣たちと通りかかった。

「市之進様！」

栄一と喜作が急いで駆け寄り、「殿は今、何をなさっておられるんですか？」「この先、将軍職をお継ぎになられるのでしょうか」と矢継ぎ早に質問を浴びせる。

「まだ分からぬ。忙しいのだ。後にせよ」

市之進はそっけなく言い、慌ただしく去ってしまった。

喜作と庭に出た栄一は、がっくりと庭石に腰を下ろした。

「やはりもう御目見えもかなわねえ。殿は遠い遠いお方になっちまった」

「あぁ、市之進様さえ隔たりがあるように見える。おもしろくねぇなぁ」と喜作が天を仰ぐ。

「いっそ辞めちまうか」栄一は捨てばちになって言った。

「ほかの皆は御家人御家人と威張って喜んでるが、俺たちは幕府で働きてぇなどとは思い浮かべたこともねぇ。こんなことでは先の望みもあるもんか」

「……しかし、辞めたところでどうする？」喜作が痛いところを突く。

「俺は、臣下として殿をお守りしたいという志には変わりはない。もうしばらくここにおって……何ができるかを考えてみたい」

「……フン。粋がりおって」

「粋がってなどおらぬ。元来、おぬしは男のくせに口ばかり達者で武士には向いておらぬ。辞めるなり、村で百姓に戻るなり、好きにせよ」

上からものを言われ、栄一はカチンときた。

「お前……実はやっかんでんだんべ」

立ち上がって行こうとした喜作に、皮肉っぽく片方の口角を上げる。

「はぁ？」

「へへッ、そうか。長州征討のときも俺のほうがお前より、ちっとんべ重宝がられておったもんな」

「ば、ばか言うな！」喜作は顔を真っ赤にした。

「それに結局、長州への出兵はなかったではないか。そんなことでなぜ俺がやっかむ？」

小さい頃から何事も競い合ってきたので、お互い、こいつには負けられないという妙な意地があるのだ。

「何がおぬしだい。一橋様は俺を重宝してくだすったんだい。懐を富ませた俺を『よくやった』と褒めてくだすったんだ。生意気に似合わねぇ武家言葉など使いおって」

「似合わねぇだと？　お前こそ仕官して二年もたつのに、いつまで『だんべぇだんべぇ』言い続けるつもりだい」

「はぁ？　俺は『だんべぇだんべぇ』など言ってねぇだんべぇ！」

「言ってるだんべぇ！　毎日なっから言ってるだんべぇ！」

だんだん揚げ足取りになっていく。

「何なん？　勝負すっか？」

「おぉ、望むところだい！」

あげくに取っ組み合いが始まった。どっちもどっち、血洗島村の百姓の子どもに逆戻りである。

浪人に戻っても行く先はなく、百姓に戻るわけにもいかない。栄一はしかたなく、言いつけられた用事を面倒くさそうにこなしていた。

ふと喜作と目が合う。昨日のけんかで、二人とも顔が傷だらけだ。

栄一はフンとそっぽを向き、喜作は書類を手にその場から出ていった。

陸軍奉行所の一角では、奉行の溝口勝如《みぞぐちかつゆき》が、準蔵や新十郎たちを集めて話をしていた。

「謀反人でございまするか？」

「あぁ。京都町奉行から掛け合いが来た。京に滞留しておる大沢《おおさわ》という御書院番士《ごしょいんばんし》が兵器鉄砲の支度を多く整え、謀反の嫌疑ありとのこと。ついてはこの大沢を捕縛するため、誰かわしの名代を務めよ」

「いやぁ、そんな恐ろしい男をしとめるなどとは」新十郎は及び腰だ。

「新選組にでもやらせたらどうですか」と準蔵が言う。

「新選組を護衛には付けるが、大沢はこの陸軍の支配の者。ここより名代を出さぬわけにはまいらぬ」

しかし皆、そんな物騒な役目はごめんである。何やかや理由をつけて互いに押しつけ合っている部下たちに、溝口がしびれを切らした。

「早く決めろ。新選組局長に急ぎ知らせねばならぬのだ」

「そうだ。手前の組に元浪人がおりまする」新十郎が声を潜めた。

「攘夷かぶれの気性の激しい男で、態度は悪いが腹が据わっており、大坂の代官も頭が上がらなかったとの風聞……」

言いながら視線を動かす。ほかの面々もそちらを見る。顔に傷のある仏頂面の男が、手荒く書類を扱っていた。体はそれほど大きくないが、なるほど粗暴そうである。

「……ん？」

皆の視線に気付き、栄一はきょとんとした。

次の日、栄一は早速、京都町奉行所に出向いた。小部屋で役人の説明を受ける。

「それでは、大沢源次郎《げんじろう》という者を訪ね、『御不審の筋があるゆえ、奉行の名代をもって捕縛して糺問《きゅうもん》する』と申し、捕縛すればよろしいのですね」

貧乏くじを引かされた感はあったが、詰所で書類整理をしているよりはよほどおもしろい。

「うむ。まもなく護衛の新選組が……」

役人が言い終わる前に、長身の男に率いられた壮士が五名ほど入ってきた。

「失礼する。拙者、新選組副長・土方歳三」

「おぉ！　ひ、土方殿がじかに参られるとは。これが渋沢じゃ。では頼んだぞ」

役人はおびえたように顔をひきつらせ、栄一が止める間もなくそそくさと出ていった。

「渋沢殿、貴殿を護衛する命を受けた」

声をかけられ、栄一は振り返った。歳三の鋭い視線とぶつかる。

互いに見たような顔であるが、かつて木屋町通りですれ違ったことは、二人とも記憶になかった。

「大沢はなかなかの腕利きと耳にしたゆえ、腕に覚えのある者をよりすぐって同道いたしてまいった。はばかりながら御安心くだされたい」

「あぁ……うむ」

歳三の威厳に負けないよう、栄一は胸を張った。

「ただいま、探索の者を遣わしてござる。大沢が戻ればすぐに踏み込み、われらがひっ捕らえるゆえ、そのうえにて御自分の御使命を達せられよ」

「ん？　……それはいかん。まず先に私が大沢に奉行の命を伝えるのが筋であろう」

なぜ栄一がそんなことを言うのか、歳三は分からぬふうである。今までに知っている幕吏といえば、事なかれ主義の臆病な連中しかいなかったからだ。

「もし命を伝え、手向かいいたしたならば、そのときは縄を打って引っ立てていただきたい。しかしまだ罪があるかどうかも分からぬ者を、有無を言わせず縛り上げるは道理に外れておる。さような卑怯なふるまいはできませぬ」

それを聞いた新選組の隊士たちは、顔を見合わせて苦笑した。

「……立派な御説ではあるが、何も言わぬうちに向こうが剣を振り上げてきたら何とされる？」

歳三も、かすかにあざけりの笑みを浮かべている。

「なんの。そうなればこの渋沢にも腕はある」

「しかし失礼ながら、貴殿が斬られたとあれば、貴殿の面目は立つにしても新選組の面目が潰れ申す」

「護衛の面目のために名代が正々堂々と使命を果たすことができぬとは、それこそ本末転倒でござろう。さほどのことがお分かりにならねぇなら、護衛など要らぬ。一人で出向きまする」

穏やかながらきっぱりと言い、出ていこうとした栄一を、隊士たちが阻む。

「おい、勝手なことをするな」

「新選組を要らぬとは聞き捨てならねぇ！」

「待て、静まれ！」

血の気の多い部下たちを抑えて、歳三が前に出てきた。そして栄一の顔をじっと見つめ、やがて何かを見極めたかのように薄く笑った。

栄一は新選組に警衛されて夜道を進み、北野《きたの》近辺の宿までやって来た。

暗闇の中、隊士の一人が明かりで宿の前に掲げられた白木の札を照らすと、『禁裏御番頭　大沢源次郎宿所』と書いてある。

「では、まずは、まことに一人でよろしいのだな？」

歳三に尋ねられ、「うむ。男に二言はない」と栄一は少々格好をつけて答えた。

「しからば御油断なく」

新選組の一団は、宿から離れて闇に紛れた。

栄一は大きく息を吸い、玄関の戸に向かって叫んだ。

「頼もう！　頼もう！」

書生であろう、若い男が少し戸を開け、隙間から不審そうに栄一を見る。

「拙者は、陸軍奉行支配調役・渋沢篤太夫と申す者。大沢殿に御面会いたしたい」

相手が役人と知り、書生はあからさまに動揺した。

「しゅ、主人は、もはや床に就きましてございますが」

「いや、奉行所より火急の御用で参ったとお取り次ぎを」

「おい、どうした？　こんな夜分に……」

そこへ、寝巻き姿の大沢が目をこすりながら出てきた。

「大沢殿か。御不審の筋があるゆえ、陸軍奉行・溝口伊勢守《いせのかみ》様の名代をもって捕縛して糺問いたす。

さよう心得られよ」

「捕縛……？」

次の瞬間、大沢が踵を返した。逃げるつもりだ。

「待て！」

慌てて中に押し入るも、刀を構えた護衛の志士たちに行く手を阻まれる。

栄一はかろうじて鞘を払い、斬りかかってくる刀を必死にかわしたが、次第に追い詰められていく。護衛など要らぬと明言した手前、大声で助けを呼ぶなどというみっともないまねはできない。

あわやというそのとき、歳三が颯爽と現れた。

「し、新選組！」

志士たちが目に見えてたじろいだ。

「しかり。神妙に縛に就け」

次々と攻撃してくる志士を、歳三が瞬時にしとめていく。

ほかの隊士も現れ、あれよという間に志士たちと奥に隠れていた大沢を取り押さえた。

「……ふう」

一件落着である。栄一は安堵の息をついた。

宿の表札が外され、新選組の者たちが大沢を京都町奉行所に連行していく。

栄一はゴホンとせきばらいし、歳三に声をかけた。

「ご……御苦労であった」

「うむ。貴殿の指示どおりに働かせていただいたぞ」

「うむ。ただ、もうちっと早く来るかと思ったぞ」

「そうか。しかし先ほどの貴殿の御覚悟は、武士として誠にごもっともの御説。この土方、心服いたした。これは貴殿の功。褒美でも受け取られるがよい」

さらりと言ってのける。男前なのは顔貌《がんぼう》だけではないようだ。

「……いや、本音を言えば、名代などばからしい話だ」

栄一は素に戻って言った。分不相応に偉ぶるなど、やはり性に合わない。

「あんなの、御奉行様がじかに大沢に会い、腹割って真偽を問いただせばそれで済むこと。それを幕吏というのは、まこと旧弊を引きずり風通しが悪《わり》ぃ。こんなことだから、日の本全部の民のことなど目に入らねぇんだい」

つくづく嫌になって、近くにあった石の上に座る。

「そんなとこに己も入っちまうとは！　褒美などちっともうれしかねぇ。きっと今に徳川の幕府は潰れ、俺たちもこうしてただ禄を食んでるうちに亡国の臣となる」

「亡国の臣だと？　貴様、御直参のくせに何を！」

歳三は色をなしたが、栄一はひらひらと手を振った。

「かまやしねぇだんべぇ。明日にはもう辞めておるやもしれぬ。俺は、元は武州の百姓だ」

「百姓？」

「そうだ。志を持って草莽の志士となるつもりが、一橋に仕官することになり、戦う覚悟を決めたと思えば戦はねぇし、やっと役に立てる道を見つけたと思えばその道も途絶え、今や大嫌いだったはずの幕臣だで。……喜作の言うとおりかもしんねぇな。俺にはお武家様など合ってなかったのかもしれねぇ」

われ知らず深いため息が出る。

「お千代にも形見の懐剣なんて送っちまって……何の返事もねぇがあきれられたんか？　いや、まさか勘違いして先走ったことでも……」

心配になり一人でぶつぶつつぶやいていると、歳三が不意に破顔した。

「……なるほど。それで先ほどからさような言葉であったのか。ハハハ、合点がいった」

栄一の隣に座り、人懐こく笑む。「俺は武州多摩《たま》の百姓だい」

「なぬ？　おぉ、多摩か！　俺は岡部だい」

「おぉ、熊谷の北の。薬の行商で行ったぞ」

「そうか。多摩か。多摩の地には何が育つんだい？」

「忘れた。俺は畑を耕し行商をする暮らしに飽き足らず、この道を選んだんだ」

「……そうか」

その居ても立ってもいられぬ気持ちは、栄一にもよく分かる。

「武士となって国のために戦うのが目当てであった。おぬしと違って後悔は少しもない。日本のために潔く命を捨てるその日まで、ひたすら前を向くのみだ」

「潔く命を捨てる？」

「あぁ。この手で何十人と命を奪ってきた。己の命にもみじんも未練はない」

歳三は自分の手を見つめながら言う。

「はぁ、俺とは違うな。俺は行く手に詰まったり、迷ったりしてばかりだ。でも、日の本を守りたいという思いは同じだ。そこだけは俺も曲げねぇ」

「……うむ。御奉行の名代がそこもとでよかった」

栄一に笑いかけると、歳三は立ち上がった。

「拙者はこれより報告に戻る。しからばごめん」

「俺も……土方殿と話せてよかった」栄一は思わず声をかけた。「武州の風を思い出した。そのころの、己の気持ちを」

振り返った歳三に、自分の胸をたたいてみせる。

「いつかまた会えたときに恥じぬよう、俺もなるたけ前を向いて生きてみんべぇ。百姓に戻ってるか、何になっているかは分からねぇけんどな」

「『生きる』か……あぁ、いつか必ず」

歳三は小さく笑むと、まっすぐに歩いていく。まさにすがすがしい風のような男であった。

徳川宗家だけは相続したものの、慶喜はいまだ将軍就任を受け入れないでいる。

将軍不在のまま十月になり、江戸城の幕閣たちもいよいよ方針を決めねばならなくなった。

「紀州や大奥も『一橋に将軍宣下《せんげ》を』と朝廷に進言しておる。こうなれば一橋が将軍になることは避けられまい」

小栗が言うと、栗本は眉根を寄せた。

「まさか。あのような男が武家の棟梁とは……」

「いや、かくなるうえは、われらは公儀を守るのみ。あの男を盾に御家を守るしかなかろう」

そこに、外国奉行の向山一履《むこうやまかずふみ》が、組頭の田辺太一《たなべたいち》とともに入ってきた。

「小栗殿、パリの博覧会はどうする？」

来年、フランスで博覧会が催され、各国の帝王が会同することになっているのだ。

「ロッシュ殿より、そろそろ公儀から誰を送るか、返事が欲しいとの催促にてございまする」

田辺は三年前、幕府使節に随行して渡仏し、皇帝のナポレオン三世に謁見していた。

「……しかたあるまい。一橋……いや上様となられるであろうお方に相談してみよう」

数日後、大坂城の慶喜のもとに小栗から文が届いた。

添付されていたパリ万国博覧会の招待状を手に取り、少し思案してから言った。

「……市之進よ」

「ははっ」

「渋沢はどうしておる？」

慶喜が何を考えているか知る由もなく、行く先の見えない栄一は、懐から千代の守り袋を取り出してはため息をついていた。

第二十一章　篤太夫、遠き道へ

この一、二年のうちに幕府が潰れるのは間違いない。あれこれ考えるも屈託するばかりで、ただこのまま亡国の臣になるよりは、やはり職を辞して元の浪人になろうか。

いよいよ栄一が覚悟を決めつつあったある日、ある装置が幕府陸軍奉行所に持ち込まれた。

「テレガラフ？」

目を丸くする栄一に、幕臣の市川斎宮《いちかわさいぐう》がプロイセンの電信機だと教える。

「さよう。離れたところにおる者に、こちらの申し立てが伝わる」

斎宮は医学・蘭学《らんがく》・兵学を学び、幕府の洋学教育研究機関の開成所《かいせいじょ》の教授を務めている才人だ。

「近頃メリケンとエゲレスの間にもこのテレガラフが通り、両国で申し立てができるようになったとのこと」

「離れたところに申し立て？　それは魔術では……」

「否。これは役立つ実用の品だ。上様より、この扱いをそなたに教えるよう仰せつけられた」

上様が――？　驚いていると、歩兵頭の平岡準蔵が歩み寄ってきた。

「渋沢。原様がお呼びだ。何やら火急の用とのこと」

火急の用とは、また何事だろうか。栄一はおっとり刀で若狭屋敷に参じた。

「原様、お久しゅうございます。殿は、殿は今どのようにお過ごしなのでございましょうか」

「殿は、今では『上様』と呼ばれている」

「上様……では、やはりもう将軍に……」

「まだだ。しかしおぬしを呼び出したのは、このような問答をするためではない。火急の用だ。少し口をつぐめ」

聞きたいことが山ほどあったのに、市之進に機先を制されてしまった。

「……ははっ」しかたなく口をぎゅっと閉じる。

「内々《うちうち》の話であるが、きたる卯《う》の年（一八六七年）、フランスのパリにて『博覧会』という催しが開かれる」

「はく、らん？」

「うむ。何でも、西洋東洋の万国が、己の国の自慢の物産を持ち寄り、『これはいい』『あれはいい』などと品定めをする会だそうだ」

「おぉ、物産会《え》か。異国に物産会があるとは……」

「その会に、わが国も初めて公に参加することとなった」

「それは御英断でございまする！　確かに異国には優れた品もある。しかし日の本とて優れたものは存分にございます。物産会はそれを夷狄に見せつける好機！」

胸躍るあまり、勝手に口が回りだす。

「話を最後まで聞けぃ！」

いらだった口調で遮られ、栄一は「は！　ははっ！」と慌てて平伏した。

「その博覧会には、国の威信を懸け各国の王族が集まる」

王族？　と喉元まで出かかったが、我慢する。

「それゆえ、フランスはわが国からも王族を送るよう求めておる。天子様は異国に行くなどもってのほかゆえ、上様の御親類をと種々《しゅじゅ》評議した結果、弟君の民部公子《みんぶこうし》をお送りすることとなった」

民部公子とは、慶喜の腹違いの弟で御年十四歳の、天狗党征伐にも出陣した松平昭徳である。家茂死去に伴い、諱《いみな》を昭武《あきたけ》と改めていた。

「民部公子は、会津松平家に御養子として入られることになっていたが、このたび上様の御意向により、清水《しみず》家を御相続された」

今まで諸外国に旗本を送ることは幾度もあったが、これほどの貴人が国を出るのは初めてのことだという。

「また民部公子には博覧会ののちも数年の間パリにとどまり、洋学をお学びいただく見通しだ。しかしこれには当然、お付きの水戸の者が反対し、『行くなら三十人はついてまいる』と言いだす始末。どうにか数は減らしたが、異人と見れば斬ってかかるような連中ばかりだ。それゆえ、上様が内々におっしゃったのだ。渋沢であれば、公儀との間を取り持つのに適任ではないかと」

なんと、慶喜がじきじきに推薦してくれたとは……驚くやらうれしいやら、栄一は感激した。

「つまりおぬしに頼みたいのは、一行の一員としてパリへ参り、俗事や会計を務めながら水戸侍を見張ることだ。大変な務めではあるが、上様のおぼし召しゆえ、よく考えてから返事をせよ」

降って湧いたような話である。栄一はたまらずグッと胸をつかんだ。

「いやぁ、はぁ、まっさかたまげたことだい」

「うむ。寝耳に水の話と驚くのも無理はない」

「ははっ。それがしは数年前にも道に詰まり……そのときにたまげた道を開いてくださったのは平岡様だった。それを今度は上様が開いてくださるとは……これは僥倖《ぎょうこう》」

「は？　僥倖？」

栄一は顔を上げると、迷わず答えた。

「参ります」

「おい、今、何と言った？」

「ははっ。参ります。行がせてください！」

打てば響くがごとくの即断に、市之進のほうが躊躇《ちゅうちょ》した。

「……待て。もっとよく考えろ。おぬしも元来は攘夷だろう。それがなぜそれほどすらりと受け入れられる？」

「はぁ、なぜでございましょうか」と言いつつ、自分の胸をたたく。「それがしは今、誠に胸がぐるぐるとしておりまする。詰まっちまった道に思わぬ一条の光がさし、ぐるぐるして、はぁおかしろくてたまらねぇ気持ちでございまする」

「おかしろいとは何事だ。行くのは長崎や蝦夷地ではない。異国の地だ！　フランスだ！　後で、やはり行きたくないなどと言われては困るのだぞ！」

「ははっ、そのようなことは決して申しませぬ。それに敵を倒すにも、敵を知るが何より肝要」

飄々《ひょうひょう》と言ってのけると、栄一は市之進に深々と頭を下げた。

「どのような艱苦《かんく》もいといません。何とぞ、それがしをパリに行がせてください！」

胸がいっぱいで、まさに天にも昇る心地の栄一である。

市之進は慶喜に報告するため、若狭屋敷からすぐの二条城に向かった。

「そうか。やはり行くと答えたか」

政務を執っていた慶喜は、栄一の様子を思い浮かべて苦笑した。

「京を出る前に一度呼び出せ。話がしたい」


随行団に加わることになった栄一は、早速、大目付の永井から説明を受けた。

「出発は年が明けてすぐだ。まずは民部公子と横浜まで下り、そこで江戸の外国方の人員と合流したあとに、フランス船にて出航する。横浜には行ったことはあるか？」

「ははっ。焼き討ちの策を練る際に、何度か下見に」

うっかり口を滑らせてしまい、永井がぎょっとした。

「あ……今はむろん、考えておりませぬ」

「うむ。そうでなくては困る。私など、幾度も外交使節に加わりたいと願ったがかなわなかった」

永井は独学で蘭学を修め、西洋諸国の事情にも詳しかったが、有能ゆえに幕政を離れることができないのだ。

「異国に出る際には、公儀が旅費を前貸しする。帰国したらそれぞれ何にいくら使用したかを報告し、そなたが勘定書を仕上げなければならぬ」

「承知しました。しかし永井様。異国で必要な物を売り買いするにしても、どのような手だてで……」

「外国方から通詞《つうじ》を同行させるので差し支えない。医師や髪結いも共に参る。見立て養子はどうする？」

「見立て養子？」

「国を出るときには、その者の家を断絶させぬため、先に後継ぎを定めることと決まっておる。船の中や異国の地で病にかかり、戻れぬ者が数多くおるからな」

そういう場合も考えておかねばならぬほど、このお役目は甘くないということだ。喜んでばかりはいられないと気を引き締める。

「家の者や友には、もう知らせたのか？」

「いえ、無二の友に話して後のことを決めたいのですが、今ちょうど江戸に御用で行っております」

「二度と会えぬかもしれぬ。必ず道理は通しておけよ」

「……ははっ」

喜作はかの大沢源次郎を檻送《かんそう》するため江戸に行っており、準蔵に聞いたところ、年明けまで戻らないということであった。


そのころ、東下していた喜作は故郷に足を伸ばし、尾高家を訪ねていた。

「上様は、幕府を再びよみがえらせようとのお考えだ」

相変わらず汗牛充棟《かんぎゅうじゅうとう》の書物に埋もれた部屋で、喜作は惇忠の前に端座して言った。

「まもなくフランスから軍事顧問も招かれる。陸軍総裁、海軍総裁という職も復活させ、幕府は大きく変わる」

「幕府が変わる」

おうむ返しに問うたのは、惇忠の後ろに座っている平九郎だ。

「なるほど。それが一橋様の今のお考えか」惇忠が納得したようにうなずく。

「あぁ、倒幕の心積もりだった俺たちが幕臣に転じるなどとはあまりに変節だと、栄一と悩んだ。しかし……今、俺は幕臣として、上様を支えたいと思っている」

「そうか。俺は……今や、一橋様のお考えに異論なしだ」惇忠は笑んで言った。

「本来、国を守るは幕府こそ至当《しとう》。国を開くことで日の本をおとしめるのではなく、かえって国威を上げるのであらば、これぞまさに水戸の教え。さすが烈公の御子だ。烈公も東湖先生も今頃さぞお喜びに違いねぇ」

「あぁ〜、よかった。あにぃがそう言うなら安堵した」

緊張が解け、膝を崩した喜作を見て平九郎が笑う。

「ハハ。何だい、喜作さん気後れしてたんかい？」

「はぁそらそうだい。ほかの者には何を言われてもかまわねぇが、あにぃだけには道が違うと言われたくなかった」

「違うどころか天晴だ。お前たちがその一員とは」

喜作は、再び居ずまいを正して言った。

「あにぃも、来ねぇか？　平九郎もだ」

「え……」平九郎が思わず身を乗り出す。

「平岡様も亡くなられ、上様が求めていらっしゃるのは、優秀な頭だ。軍師だ。あにぃならばきっとできる」

何を思っているのか、惇忠は答えない。平九郎は、そんな惇忠を気にしているようだった。

喜作が階段を下りると、よしだけでなく、千代も待っていた。

「私が呼んだんだに。いつもお千代ちゃんと一緒に、お前様たちのことを案じてるんだかんな」

「そうか。よしが世話になってるな」

「いいえ。年の近いおよしちゃんが近くにいてくれて、どんなに頼りになることか」

「うむ。名残惜しいが、しかしもう行かねばならぬ」

出立する準備を始めた喜作を、よしがかいがいしく手伝う。

「足りねぇもんはありませんか？　これ、干し芋を……」

「案じるな。俺は今や上様の奥祐筆《おくゆうひつ》だ。家臣もおる。足りぬものといえば、そうだな、お前たちだけだ」

「はぁそんなこと。あまりに御立派になられ……私などは、ちっとんべお前様が遠くなってしまったようで」

「何を言うか。お前はもう武士の妻だぞ。来春にはきっと呼ぶ。きっと立派な家を支度してやる」

「はい！」

仲むつまじい二人をそばで見ていた千代が、おずおずと喜作に声をかけた。

「あの、それで……栄一さんは今？」

「ん？　あぁ……栄一とは、お役目をたがえたのだ」

「え？　共に御公儀にお勤めなのでは？」よしが聞く。

「あぁ。だがあいつは今、『なんでこんなことになっちまったんだ』と世をすねている。俺とは少し考えが違う」

「そうでしたか。それは……夫も内心、さぞ心細いことでしょう」

栄一を心から思う千代の言葉で、喜作は自分が意固地《いこじ》になっていたことに気付いた。


十二月五日、慶喜は、ついに江戸幕府第十五代征夷大将軍に就任した。

「こうなったからには、外国公使との接見を急ぎたい」

開国に向け、慶喜は腹心たちを集めて言った。永井が答える。

「ははっ。ロセスはすぐにでもと申しておりますが、パークスは、『お会いするなら兵庫開港が正式に決まってから』と、ごねてございまする」

それを聞いて、市之進が舌打ちした。「エゲレスめ。あくまで公儀にたてつく気か」

永井が続ける。

「しかし天子様は、このたびの御就任も誠にお喜びであられるとのこと。いかに異国嫌いとはいえ、上様がこのまま京におられるとあらば、きっと御安堵なされましょう」

「うむ。天子様への謁見は願い出たか？」慶喜が板倉に聞く。

「ははっ。御挨拶に伺いたいと申したところ、今宵は内侍所《ないしどころ》の御神楽ゆえ、別の日にとのことでございました」

「そうか。この寒空でのお務めは、さぞお疲れになろう」

京都御所では、かぜ気味にもかかわらず、孝明天皇が神楽の支度をしていた。

「御上、御無理はなさらんほうが……」

中川宮が心配して止めたが、日頃は至って壮健であり、責任感の強い天皇は聞き入れない。

「ふふ。神事をおろそかにして、何が帝か」

雪が舞う寒天の下、国の安寧《あんねい》を祈るため、天皇は四時間もの御神楽を行った。

その無理がたたったのだろう、翌日から高熱を出し、床に就いてしまった。

「睦仁《むつひと》、来るなと申したであろう」

うっすらと目を開けると、幼名の祐宮改め睦仁親王がそばにいた。十五になり、白の直衣《のうし》が目にまぶしいほどだ。

「ご案じなされませんように。私はすでに種痘を受けております。どうか早く治られますように」

「種痘？　そうか……種痘か……」

孝明天皇は、安堵交じりの苦笑を浮かべた。その手には、発疹の痕があった。

外国嫌いだった天皇は、天然痘の種痘を受けていなかったのである。

数日後の十二月二十五日、孝明天皇は享年三十六で崩御した。

孝明天皇の突然の死に、慶喜の落胆ぶりは見るに忍びないほどであった。

「半年もたたぬうちに、公方様と天子様とが続けて亡くなられるとは、なんと忌まわしいこと」

板倉が永井に小声で話す。

「ははっ。ここからが朝廷と一丸となり、公儀を盛り上げる好機だったと申しますのに……」

「まもなく祐宮様が践祚《せんそ》なされる。まずいのう。祐宮様の後ろについているのは、先の帝に追い出された公儀に刃向かう公家ばかりじゃ」

その公家の一人・岩倉具視は密偵から、帝崩御の報告を受けていた。

「なんでや。なんで御上がお隠れになった？　病は治ると言うてはったやないか！」

われを忘れて密偵に詰め寄る岩倉を、トメが間に入って引き離した。

「おやめくだされ。やめときって」

「御上は、後醍醐帝以来の帝による政をなさるはずのお方やったんや。あぁ、わしがおそばにおったら……」

岩倉はこらえきれず落涙した。

「文久の頃、大橋訥庵という学者が、『このままでは天朝も幕府と共倒れになる』とわしに言うてきましたのや。これでは、そのとおりになる……」

そう言うと、振り切るように涙を拭った。

「はぁ、こんなことしてる場合やあらへん。ばあさん、わしはそろそろ表に出なあかんわ」

「はい？」

「わしが幼帝をお守りし、今度こそ帝の世を、王政復古を果たします」

その声には、確固たる響きがあった。

二条城の書院で栄一が平伏して待っていると、「上様のおなり〜」と声がした。

「面を上げよ」

「ははっ……」

顔を上げた栄一は、慶喜の姿を見て口をぽかんと開けた。慶喜が苦笑する。

「そんな顔をするな。先日、フランスから招いた陸軍教師たちが横浜に参り、武具一式を公儀に献上した。これもフランスの皇帝・第三代ナポレオンが私にとくださったものだ。不似合いとは分かっておる」

慶喜が身に着けているのは、フランスの軍服らしい。

「え？　いや、ちっとんべたまげただけでございまする」

嘘ではない。むしろ高貴で精悍《せいかん》な感じがして、よく似合っている。

「昭武、これが明日よりそなたに同行する渋沢だ」

慶喜のそばに控えている昭武に、栄一は慌てて平伏した。

「渋沢でございます。以後、お見知りおきを」

「うむ。よろしく頼む」

「ははっ」

「昭武よ。そなたがパリの博覧会に出ることで、日の本はようやく世界の表舞台に立つこととなる。その門出を前に、そなたに五つの心得を話したい」

兄の真摯なまなざしに、昭武が襟を正す。

「一つ、会が終わったのちは、条約を結んでおるエゲレス、オランダ、プロイセン、ベルギー、イタリー、スイス等の各国を訪ね、その地の王に挨拶をすること。二つ、それが終わればフランスにて学問を修めること。三年から五年。もしもまだ足りぬときは、さらに長く学んでも一向にかまわぬ。三つ、学ぶ間は師を必ず重んじよ。四つ……もしも日の本に常ならぬ事変が起きたと風聞を耳にすることがあっても、決してみだりに動かぬこと」

そのたびに「ははっ」とうなずいていた昭武だったが、四つ目の心得には、少し驚いたようだ。

「そして五つ……このたびの渡欧の一行は、一和に、円満に努めること」

そう言うと、慶喜は「よいな」と優しく笑んだ。

「ははっ。上様のお申しつけを固く守り、精いっぱい務めてまいりまする」

「うむ。支度もあろう。下がってよい。兄はいま少し渋沢と話がある。ほかの者も人払いを」

「ははっ。失礼いたしまする」

昭武と従者たちが退出し、部屋には慶喜と栄一の二人だけになった。

「久しぶりだな、渋沢」

「ははっ」にわかに緊張する。

「どうする？　もう将軍になってしまった」

「ははっ、あれほどおなりにならないでほしいと申しておりましたのに……こうして見ると、存外にその座がお似合いなことが、何とも言えぬ心持ちでございます」

慶喜は三十歳。初めて馬上の姿を見てから三年たつが、さらに威厳と風格が増した。

「ハハハ。市之進は父の願いがかなったと泣いておった。あるいは円四郎も喜んでおるやもしれぬ」

いまだ円四郎を失った傷が癒えぬのだろう。心なしかそのほほえみは寂しげだ。

「しかし、内外多難の今、かように重き荷を負っても、もはや私の力などでは及ばぬことも分かりきっている」

ああ、それを承知で将軍におなりになったのかと栄一は思い至った。

「ゆえに行く末は、欧州にて、じかに広き世を見知った新しき人材に将軍の座を継がせたい。それには、あの昭武がふさわしい。昭武が戻れば、もし私に子があったとしても、昭武を世継ぎに推す所存だ」

「まさかそのようなお考えだったとは……」

慶喜はそこまで考えて、将軍の後嗣を出す資格を有する清水家を昭武に継がせ、徳川を名乗らせることにしたのだ。

「フン。まぁ、フランスまで行けば、そなたの異国嫌いも少しは直るであろう。問題は……昭武が一人前となって戻るまで、私が公儀を潰さずにおられるかどうかだ」

内心で感じているであろう途方もない重責を、慶喜はおくびにも出さない。

「天子様が突然お隠れになり、薩摩に長州、それに土佐も動きが怪しい。しかし……こうなった以上、私もやすやすと潰されるわけにはまいらぬ」

「……ははっ。『及ばざるは過ぎたるよりまされり』とも申します」

父の市郎右衛門から耳にたこができるほど聞かされた、徳川家康の遺訓の一節だ。

「『人の一生は、重荷を負うて遠き道を行くがごとし。急ぐべからず』……」

慶喜が先を続ける。

「……『不自由を常と思えば不足なし。心に望みおこらば、困窮したるときを思い出すべし』」

「……『堪忍は無事長久のもとい』」

『怒りは敵と思え』」

交互にそらんじ、最後は声をそろえた。

「『勝事《かつこと》ばかり知りて、負くることを知らざれば害その身に至る。己を責めて人を責むるな。及ばざるは過ぎたるよりまされり』……」

言い終わると、どちらからともなく破顔して笑い合った。

「はぁ、人の一生とはなんと摩訶《まか》不思議なことでしょう。上様と大権現様の御遺訓を唱えることがかなうとは……」

「……渋沢」

「ははっ」

「遠き道、苦も多くあろうが、弟を頼んだぞ」

「ははっ！　必ずや民部公子をお支えいたします！」栄一は固く誓った。

翌日、昭武の一行は幕府海軍の長鯨丸《ちょうげいまる》に乗り込んで京を出帆《しゅっぱん》。船内で慶応三（一八六七）年の正月を祝い、一月九日、横浜港に昭武を歓迎する祝砲の音が響き渡った。

「民部公子様、どうぞこちらへ……」

随行する傅役《もりやく》の山高信離《やまたかのぶあきら》や水戸藩士の菊池平八郎《きくちへいはちろう》らが、昭武を囲むようにして神奈川奉行所に向かう。外国奉行の栗本鋤雲たち江戸の幕臣が、一行を出迎えた。

「民部公子様。お疲れのところ大変恐縮にてございまするが、お目にかけたき者が多々おりまする」

老中の小笠原長行《おがさわらながみち》をはじめ幕閣たちがわらわらと集まってきて、次々と昭武に挨拶する。

「うむ。御苦労であった」昭武は、一人一人にねぎらいの言葉をかけた。

「勘定奉行・小栗上野介でございまする」

栄一はアッと声を上げそうになった。「あれが小栗様……」と口の中でつぶやく。

そのとき、別のほうへ視線を外した栗本が大声で言った。

「おぉ、いらしたいらした！」

フランス語で「こちらです」と呼びかける。

外国奉行の向山一履と組頭の田辺太一に案内されてやって来たのは、フランス公使のレオン・ロッシュだ。海軍将校たちを引き連れている。

「い、異人が民部公子様に……」

慌てて止めようとした栄一を、同じ随行団の奥医師・高松凌雲《たかまつりょううん》が制した。

凌雲は適塾《てき》の緒方洪庵《おがたこうあん》のもとで西洋医学を学び、オランダ語と英語を操る才人で、九州の農家の出ながら一橋家に抜擢されたという経歴を持つ。

「フランス公使のロッシュでございます」栗本が昭武に紹介する。

「オメニカカレテ、コウエイニゴザイマス」

「……こちらこそ、よろしく頼む」

ロッシュは親しげにほほえみ、昭武の手を握った。昭武も戸惑いを隠して笑顔を見せる。

「くぅ、なんとなれなれしい……」

栄一が歯がみしていると、やはり随員の一人である、外国方の杉浦愛蔵《すぎうらあいぞう》が歩み寄ってきた。

「おぬしが渋沢殿か？　医師の高松殿は……」

「こっちだ。高松凌雲だ」

「そうですか。では、こちらへ」と愛想よく栄一と凌雲を促していく。

「僕は外国方の杉浦です。あと、外国方から行くのは、先ほど奉行所におられた奉行の向山様、組頭の田辺様こと田兄《でんけい》。田兄と僕はフランスの地を踏むのは二度目です」

そのとき「おぉ、高松ではないか！」という声がした。男が二人、歩み寄ってくる。

「おぉ、福沢《ふくざわ》殿！　お久しぶりです」高松が笑顔で答えた。

杉浦が栄一に、福沢諭吉《ゆきち》と福地源一郎《ふくちげんいちろう》だと、二人を紹介した。

「ほう、おぬしが渋沢殿か。向こうに行ったら、モンブランというフランス人には気をつけろよ」

通詞御用頭取を務める福地が言う。

「もんぶら？」

「公儀の使節が異国に行くたびに交わりを求めてくるのだ。何度も断っておったら、次は薩摩に近づいておる」

「薩摩に？　薩摩も西洋に行っておるのか？」

「あぁ、何かたくらんでいるかもしれねぇと奉行様に申し上げたが、ほっておけと言われた」

「あぁ。気がかりだなあ」杉浦の眉が曇る。

「僕は、あっちが気がかりだ」

諭吉の視線の先には、菊池や井坂泉太郎《いさかせんたろう》ら水戸藩士の一団がいる。

「異人め。今度若君に手を触れたら、たたっ斬ってやる」

「おうよ。異人などわれら水戸侍がねじ伏せてくれるわ！」

草履を脱ぎながら、気炎を上げている。

「原様のお話どおり、いかにも水戸侍だのう」栄一はあきれた。

「あぁ、あんな考えの者たちがフランスやエゲレスに行けば、騒動を起こすに違いねぇ」

豊前《ぶぜん》国中津藩出身の諭吉は外国奉行支配翻訳御用を務めており、栗本とは適塾で共に学び、英語もオランダ語も堪能だという。幕府使節団の一員として、アメリカやヨーロッパ各国を歴訪した経験もあった。

「僕は元来、攘夷攘夷と言っているのはばかしかいねえと思っていた」

熱烈な攘夷論者だった栄一は、いささかムッとした。

「おい。口を慎め。おぬしもまもなくメリケンだろう」

杉浦にたしなめられたが、諭吉は知らん顔で続けた。

「イエス。軍艦を受け取りにのう。今の上様は、軍も公儀もフランス式で改革しようとなされている。大君のモナルキ（君主政治）なしに大名がかじり合いをしていても文明開化は進まない。僕は大いに上様に期待をしている」

「上様に期待なら俺もしてる」文明人だという諭吉に少々臆しながらも、栄一は言った。

孝明天皇が亡くなって京の情勢が安定しないため、慶喜はいまだ江戸に入らず二条城にとどまっていた。

「皆も重々分かっておろうが、このたびのフランス行きの、もう一つの大きな目当ては、六百万ドルの借款だ。パリにて、フランス帝国郵船会社のクウレを介してその六百万ドルの融通がなされれば、横須賀製鉄所も無事に完成し、洋式の陸海軍も整い、兵庫開港の支度も万全。いよいよ公儀の力が盤石となる」

小栗が随行団の面々に説明する。

「さよう。また徳川の高貴なお方がパリに入られることでより友好が深まれば、この先の通商やコンパニーにも必ずや有利に働くことになろう」

ナポレオン三世の信任の厚いロッシュと親しい栗本も、補佐として渡仏することになっていた。

「博覧会の事務についてはレセップに、財務や交渉に関してはフリュリ・エラールに万事依頼しておる」

「ははぁ、これが公儀の勘定奉行様か……」

感嘆する栄一に、同じ末席の杉浦が小声で話す。

「小栗様は、異国との貿易や税の交渉を一手に受けている。豪商の三井《みつい》を引き入れ、横浜の荷物為替組合を結成させたのも上野介様だ。茶や生糸の売り買いにまで詳しく、いつも感服させられる」

庶務会計係として随行する栄一は、その小栗と打ち合わせをすることになった。

「フランスはフラン。メリケンはドル、エゲレスはポンド……通貨だけでこれほど違いがあるとは。それで六百万ドルとは何ポンドで、およそ何両になりまするか？」

栄一には見当がつかないが、小栗は苦もなく即答した。

「およそ百五十万ポンド、四百五十万両となろう」

「おぉ、それは誠に大きな金でございまする」

「うむ。借款の手はずも書いておいたゆえ、船出までによく読んでおくとよい」

小栗が帳面を差し出す。なんと配慮の行き届いた御仁であろうか。

ありがたく帳面を受け取り、栄一はもう一つ、聞いておきたかったことを尋ねた。

「民部公子様はフランスの物産会に御列席なされたのち、かの地にて三年から五年にわたり洋学を学ばれるとのこと。それがしが懸念いたしますのは、その間の金子でございます。初めは公儀より当面の金子を預かるものの、その後はいかになされる見込みでございましょうか」

「ほほう。それはおかしいのう」小栗がかすかに笑む。

「確かおぬしは、つい近頃まで高崎城を乗っ取り、横浜を焼き討ち、攘夷倒幕を唱えておったとか。そのような男が、御公儀の三年先、五年先を案じてくれるなどというのは、おかしなことではないか」

「そ、それは昔の話でございまする」どこから耳に入ったのか、栄一は冷や汗が出てきた。

「ほんの一、二年前の話であろう」

「ははっ。確かに命を捨て、日の本のため攘夷倒幕を考えたこともございました。しかし今は違います。今は、生きて何とか日の本の役に立ちてぇと……」

「冗談だ」今度は、はっきりと笑う。「ただのざれ言だ。とにかく、このたびの民部公子御憤発は誠に結構なことと私も心より喜んでおる。おぬしの一橋の勘定所での働きも存じておる。金は、いやしくも不肖小栗が勘定奉行の職にある間は間違いなく送るゆえ、案じることはない」

「……ははっ。ありがとうございます」

「しかし公儀については、五年はおろか、三年先も一年先も分からぬ」

「え？」

「私がメリケンに行ったのは六年前だ。公用のあとにいろいろ見学をしたが、驚いたのは造船所だ」

そう言って、小栗は懐から取り出したネジを栄一に見せた。

「蒸気機関の仕掛けで、重い鉄の骨組みや木の板が軽々と持ち上げられ、巨大な船を造っていた。大砲や小銃、そしてその組み立てに用いる小さなネジまでもが、人の手でははるかに及ばぬ驚くべき速さで作られていた」

その様子を思い浮かべてみるが、想像もつかない。

「わが国は何も勝てぬのだと知った。しかし心意気だけは負けるわけにいかぬ。すぐにでも日本にあのような造船所を造らねばと思った。しかし帰ってみれば井伊大老はこの世におらず、国は攘夷の大合唱……私の構想はだいぶ遅れた。いまさら造船所が出来たところで、その時分に公儀がどうなっているかは分からぬ。しかし、親の病が治る見込みがないからといって、薬を与えぬ子がおると思うか？」

「……いいえ」

「フッ、いつか公儀のしたことが日本の役に立ち、『徳川のおかげで助かった』と言われるなら、それも御家の名誉となろう。旗印に葵の紋でも染め出すとするさ」

そして、栄一が自分用に書き留めた紙をのぞき込んだ。

「うむ。のみ込みが早い。おぬしなら嫌いな異国からでも多くのことを学べよう。無事に戻れば、共に励もうぞ」

　いつか小栗のもとで働いてみたいと思いつつ、栄一は「ははっ」と深く頭を下げた。

　出発を明後日に控えた栄一は、外国行きの支度の合間を縫って、千代に文をしたためた。

『一筆申し上げます。さてこちらは結構な命を仰せつけられ、民部公子とおっしゃる上様の弟君に付き添って、フランスへ行くこととなりました。明後日十一日には出発します。かつ今回フランスへ行くことについては見立て養子を出さねばならぬため、そのことは成一郎に相談し……』

　そこまで書いて、栄一は手を止めた。

「……杉浦殿」

「ん？　どうした？　杉浦と呼び捨てでもかまわぬぞ」

「明日朝には戻るので、ちっとんべぇ江戸に行ってきてもよいでしょうか」

　死生を共にしようと誓い合った喜作にだけは、やはりどうしても会っておきたかった。

　許可をもらった栄一は江戸に急行したが、喜作は入れ違いで京に戻ったらしい。

　しかたがない。せめて長七郎に会えないかと、栄一は小石川代官屋敷に足を運んだ。

「失礼する。渋沢と申すが……」

「また来なすったか。あなた様も大概……おや？　昨日までの渋沢様と顔が違うようだが……」

　役人が不思議そうに言ったとき、「失礼する」と武士が入ってきた。

「渋沢だ。今日こそ、尾高長七郎に目通りを願いたい」

「あ！」なんと、供を連れた喜作ではないか！

「あぁ！」栄一に気付いた喜作も、素っ頓狂な声を上げた。

思わず抱きついて喜作に嫌がられながら、とにかくフランスに行くことを伝える。

「はぁ？　フランス？　なんでそんな……」

「あぁ、なぜかと言えば殿が……いや民部公子が物産会に、そう、水戸侍もおって、三代目のナポレオンが……」

「あ〜、ちっと訳が分からねぇ」

「俺も分からねぇ。しかしこの先は恐らく、もっと訳の分からねぇところに飛び込むことになるんだい。こんなことになるとは、ひと月前には思い浮かべることもできなかった」

そんな栄一を、喜作がじーっと見る。

「……お前、ちっとワクワクしてねぇか？」

「ワ、ワクワクなどしてねぇ！　日の本のために行くんだい。三年から五年は戻ってこられねぇ。もう明後日には船が出るから故郷には文で知らせるしかねぇが、お前には何としても、その前に会っておきたかった」

その言葉に、思わず喜作は胸がじんとする。栄一のこういうてらいのなさに、喜作は勝てないのだ。

「長七郎もだ。ずっと顔を見てねぇ」栄一がため息をつく。

「俺もだ。江戸に出てから何度も金を持って通っておるが、具合が悪いと会わせてもらえぬ」

そこに役人がやって来て、二人に小声でささやいた。

「渋沢様。今宵はよろしきようです。どうぞ」

思いがけなくも許しが出て、栄一と喜作は、初めて伝馬町の牢に足を踏み入れた。

獄卒《ごくそつ》に連れられていくと、多くの薄汚れた罪人たちが、すえた臭いのする牢獄につながれていた。

まるで落ち葉の吹きだまりのように、皆、身じろぎもしない。

その奥に、ほうけたように空《くう》を見ている長七郎の姿があった。髪はぼさぼさ、髭も伸び放題で、かつての凛々しい若武者の面影はどこにもない。

「長七郎？」

喜作が声をかけると、長七郎の耳がぴくりとして、ゆっくりとこちらに顔を向けた。

「……喜作？　おぉ、喜作に栄一！」

血色の悪い顔にみるみる喜色を浮かべ、這うように格子に近づいてくる。

喜作と栄一も格子にしがみついた。

「あぁ、やっと会えた！」

「長七郎！　体は大丈夫なのか？」

「うむ、今日は具合がよい。今も思い出していた。満月の夜にお前たちと陣屋の牢をのぞきに行ったことを。薬や金子のことは恩に着る。あにぃや叔父上たちにも……」

「大丈夫だ。こっちのことは案ずるな」そう言うと喜作は小声になり、長七郎を励ました。

「いつか出られる。いつかは出られるぞ。望みを失うな」

「あぁ……ここは生きたまま死んでるみてぇだ。捨てるべきだった命も捨てることのできねぇまま……今宵も、こうして月を思い浮かべるしかねぇ」

目に涙をにじませる長七郎に、二人はかける言葉もなかった。

牢を出た栄一と喜作は、別れる前に屋台で一緒に蕎麦《そば》を食べた。

「旅立つ前に顔が見られてよかったが……」

沈み込む栄一に、喜作が元気づけるように言った。

「俺はこの先もなるべく顔を見に行く。しかし、お前がそのような公儀の大事な一行に加わるとはのう」

「うむ。ただ、いくつか心配事《しんぺーごと》が残ってる。一つは、見立て養子のことだ。俺は市太郎を亡くしてから息子がいねぇ。だからといって、公儀の薦める見ず知らずの御曹司を養子にはしたくねぇ。それで……尾高の平九郎を見立て養子にできねぇかと思うんだが、どう思う？」

「平九郎を？」

「あぁ。伝蔵の話じゃ、平九郎も俺たちの人選御用についてきたがってたんだい。しかし長七郎のこともあり、尾高のかあさまや、あにぃに遠慮して来《き》なかったそうだ。俺の養子になれば、幕臣として堂々と千代やうたとともに江戸か京に出てくることができる」

「俺も、あにぃや平九郎を徳川に呼びたいと思っていた」

「おぉ！」

やはり肝胆相照らしてきた仲だ。中の家と尾高家には、喜作からも話してくれるという。

「お前は国を離れるが、俺はあの焼き討ちの日に果たせなかった分も、あにぃやかつての仲間たちと、日の本のために戦う」

「うむ」

「ほかに心配事《しんぺーごと》というのは何だ？」

喜作に尋ねられた栄一は、言いにくそうに少し口ごもった。

「去年から何度も文を出しておるが……お千代から一度も返事がねぇ」

「は？」

「いつも文には返事をくれと書いたし、長州の征討のときには形見の懐剣まで送った。なのに、何も返事がねぇ。お前も知ってのとおり、お千代はあの器量よしだ。なっから女盛りでもある。そんな女を、己の都合で長《なげ》ぇ間ほったらかしにして……もしや、もしやお千代は今頃……」

本気で勘ぐっている栄一を見て、喜作は笑いをこらえきれなかった。

「アハハハハハハ」

「な、なぜ笑うんだに！　俺が真剣に……」

「お千代にも俺が伝えておいてやろう。くれぐれも操は守れよと」

千代があれほど栄一を思っているというのに、取り越し苦労もいいところだ。だが外国の女にふらふらしないよう、少しくらい栄一にも心配させてやったほうがいい。

「おぉ、頼むぞ。伝えといてくれ。俺もいま一度、文には書いておくが……」

「おう！　御公儀も兵たちも上様も何もかも俺に任せろ。遠く別の空の下にあっても、お互い死ぬべきときには、死に恥を残さぬようにな」

喜作は真顔になって言った。

「ケッ。まぁた武士ぶりやがって。俺はパリに戦に行ぐんじゃねぇで。きっと生きて民部公子と戻ってくる」

「そうだな。お前が戻る頃には、日の本は一体、どのようになっているのだろうな」

「あぁ、ちっとんばっかりの間で、こんだけいろんなことが変わっていぐんだ。ちっとやそっとじゃ思い浮かべることもできねぇ。でも……今よりもきっとよい世になっていると願いたい」

「おう、俺たちが、よい世にしていくんだい」

「おう、負けらんねぇ」

また会う日まで、しばしの別れだ。栄一と喜作は、互いの顔を見てうなずき合った。


栄一からの文には、決して千代を忘れる日はないと書いてある。

布に包んだ懐剣を、千代は胸に握りしめた。次に会えるのは何年先になるか分からないが、己の操は言われるまでもなく、栄一が不在の間、家と家族をしっかり守っていこうと誓う。

栄一の文が届いたと聞いて、市郎右衛門たちが集まってきた。

「栄一がまぁたどっかに行っちまうって？」毎度ながら、ゑいが心配する。

「はい。『フランス』と……」

「異国だに！」ていは悲鳴のような声を上げた。「にいさまは鬼の住む島に行っちまうんだ！」

「鬼はいねぇにしても、フランスといえば、日の本から幾千里も西にあるはずだで」

市郎右衛門が説明すると、ていは西の方角へ目をやった。

「お日様の沈むほうってことかい。戦に行ぐって言っていたんが、なんでそんなことに」

目まぐるしすぎて、ていにはとてもついていけない。

ゑいは頭にかぶっていた手拭いを取り、土間にくったりと座り込んだ。

「はぁそんな向こうなんじゃあ、どんなとこなんだか、暑いんだか寒いんだかも思い浮かべることができねぇ。ひょっとしたら、はあこの世で顔を見ることもできねぇんだんべか」

「あぁ、そうかもしれねぇ」言いながら、市郎右衛門は千代から文を受け取った。

そこに書いてある、『平九郎事養子之つもりニいたし置』の一文に目を留める。

「……平九郎を養子に？」

市郎右衛門は、思わず娘のほうを見た。ていは何も知らず、ゑいを励ましている。

何かの予兆のように、家の外をからっ風が吹き荒れていた。

慶応三年一月十一日、栄一はフランス船籍のアルフェー号の甲板に立ち、胸が躍るような出航の汽笛を聞いた。

栄一が、その一家が、慶喜が、そして徳川の世がこの先どうなるのか。

日本を飛び出す栄一の眼前には、ただ晴れ渡った空を映す真っ青な大海原が広がっていた。

（第三巻につづく）

本書は、大河ドラマ「青天を衝《つ》け」第十一回〜第二十一回の放送台本をもとに小説化したものです。番組と内容・章題が異なることがあります。ご了承ください。

取材協力／渋沢栄一記念館（埼玉県深谷市）
参考資料／『渋沢栄一自伝　雨夜譚・青淵回顧録（抄）』角川ソフィア文庫
公益財団法人 渋沢栄一記念財団 情報資源センター 渋沢栄一デジタルアーカイブ

DTP　NOAH
校正　円水社

大森美香（おおもり・みか）
福岡県生まれ。テレビ局勤務を経て、脚本家になる。二〇〇五年「不機嫌なジーン」で第二十三回向田邦子賞を史上最年少で受賞。脚本家のほか、映画監督や小説家としても活躍。NHKでは、連続テレビ小説「風のハルカ」「あさが来た」のほか、多数の脚本を手がける。一六年「あさが来た」で第二十四回橋田賞を受賞。一七年「眩〜北斎の娘〜」は文化庁芸術祭大賞や東京ドラマアウォードグランプリなどを受賞した。大河ドラマの執筆は今回が初。

青天を衝《つ》け 二

二〇二一年四月三十日　第一刷発行

著者　作　大森美香
　　　ノベライズ　豊田美加

発行者　森永公紀
発行所　NHK出版
〒一五〇-八〇八一　東京都渋谷区宇田川町四十一-一
電話　〇五七〇-〇〇九-三二一(問い合わせ)
　　　〇五七〇-〇〇〇-三二一(注文)
ホームページ　https://www.nhk-book.co.jp
振替　〇〇一一〇-一-四九七〇一

印刷　共同印刷
製本　共同印刷

Printed in Japan
ISBN978-4-14-005717-9 C0093